Konfetti
CHAOS

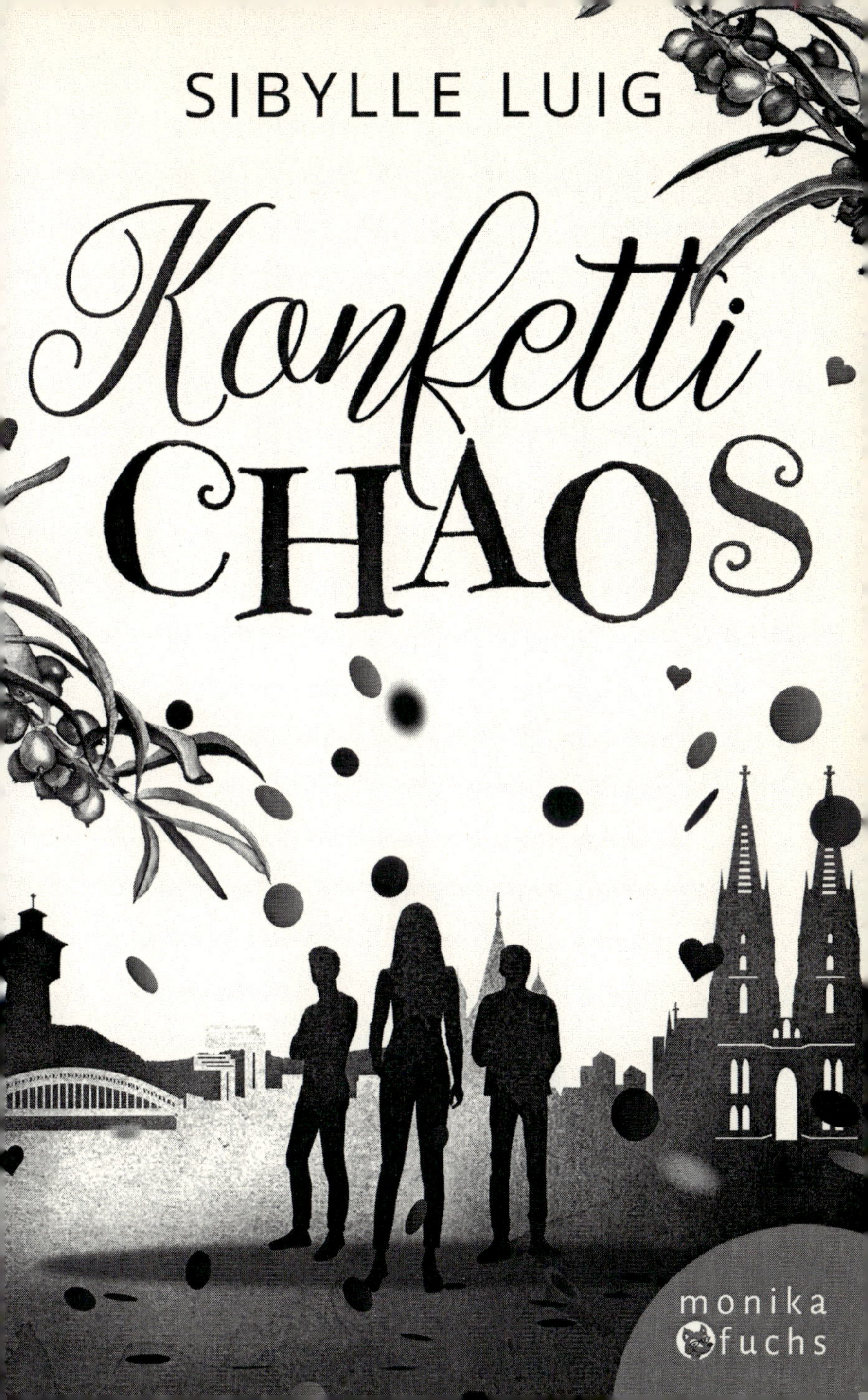
SIBYLLE LUIG
Konfetti
CHAOS
monika
fuchs

Alle Ähnlichkeiten mit lebenden oder verstorbenen Personen sind in diesem Buch zufällig. Es handelt sich um eine fiktive Geschichte.

www.verlag-monikafuchs.de
www.sibylle-luig.de

Bibliografische Informationen der Deutschen Nationalbibliothek:
Die Deutsche Nationalbibliothek verzeichnet diese Publikation in der Deutschen Nationalbibliografie;
detaillierte bibliografische Daten sind im Internet über http://dnb.dnb.de abrufbar.

ISBN 978-3-947066-50-6 – *auch als eBook erhältlich*

Text: Sibylle Luig
Cover-/Umschlaggestaltung: Buchgewand Coverdesign | www.buch-gewand.de | Verwendete Grafiken/Fotos: Veronika; Galina; SimpLine; Shara; lichtbildmaster; Tim Aßmann (alle stock.adobe.com); julieboro; bejotrus (alle depositphotos.com)
Layout und Satz: Die Bücherfüxin | Hildesheim | www.buecherfuexin.de
Lektorat: Casjen Griesel

Printed in Poland 2021 | azymut.pl

Inhalt

1

Der Zug rauschte mit zweihundert Sachen durch die kahle Februarlandschaft und brachte Julia Kilometer für Kilometer ihrer Heimatstadt näher. Sie hatte es sich im Großraumwagen des ICE nach Köln bequem gemacht, vor sich auf dem Tisch einen Stapel bedruckter Seiten. Lustlos blätterte sie darin herum, als ihr Handy klingelte und eine ihr unbekannte Nummer im Display anzeigte. Der Anrufer konnte nur Herbert Weidel sein, der Bestseller-Autor, mit dessen Manuskript sie sich gerade abmühte. Sie hätte sich denken können, dass er nicht so einfach aufgeben würde.

»Wollen Sie nicht drangehen?« Die Frau auf der anderen Seite des Tisches zeigte auf das klingelnde Handy.

Wollen ist definitiv das falsche Wort, dachte Julia. Ich will nicht, aber ich muss wohl. Sie nahm das Telefon.

»Julia Krings.«

»Julia! Wie schön, dass ich Sie erreiche.«

»Hallo, Herr Weidel.« Sie gab sich Mühe, freundlich zu klingen.

»Ich wollte mich noch einmal melden. Sie sind vorhin so hastig aufgebrochen, gerade als wir an einem wirklich wichtigen Punkt in meinem Manuskript waren!«

»Ja?« Julia konnte sich an den Punkt im Gespräch nicht mehr erinnern. Sie war aufgebrochen, als er zum dritten Mal die Hand auf ihr Knie gelegt hatte, um ihr eine vermeintlich wichtige Stelle im Text zu zeigen.

»Wir sind doch gewissermaßen gemeinsam auf einen Höhepunkt in der Geschichte zugesteuert.«

Herbert Weidels Stimme war laut und euphorisch. Julia spürte förmlich die neugierigen Blicke der Frau gegenüber.

»Ein gewisser Höhepunkt?«, wiederholte sie. Welcher Höhepunkt sollte das gewesen sein in einer Geschichte, die von einer amourösen Begegnung zur nächsten mit größtmöglicher Belanglosigkeit vor sich hinplätscherte?

Herbert Weidel sah das offensichtlich anders: »Ja, ja. Sie sind weggelaufen, als es spannend wurde! Genau in dem Moment, in dem Paul realisiert, dass er seine Traumfrau schon längst getroffen hat.«

Auf einmal konnte sich Julia wieder an die Stelle im Text erinnern, an der sie abgebrochen hatte. Der Held war in einem Blumenladen auf Sylt, um mitten im August einen riesengroßen Strauß Tulpen für seine Freundin zu kaufen. Die Szene lebte von einer ebenso anschaulichen wie ausführlichen Beschreibung des wogenden Dekolletés der Floristin, die langsam Tulpe für Tulpe in den üppigen Strauß steckte. Sie hatte sich den Kommentar erspart, dass es im August keine Tulpen gibt. Der Text war voller falscher Bilder und sie hatte an dieser Stelle bereits aufgehört, sie anzumerken.

»Er merkt, dass die Blonde seine Traumfrau ist, als er mit der Floristin flirtet?« Julia kniff die Augen zusammen. Die Nachmittagssonne, die zum Zugfenster reinschien, blendete sie.

»Na ja, vielleicht nicht genau in diesem Moment. Außerdem ist sie keine Floristin, sondern …« Herbert Weidel brach ab, ihm war offenbar entfallen, welchen Beruf die Frau ausüben sollte, die in seinem Manuskript in einem Blumengeschäft arbeitete.

»Ah, okay, da weiß Paul es also noch nicht, dass er seine Traumfrau schon gefunden hat.« Julia versuchte, ihre Stimme möglichst neutral klingen zu lassen. Um sich abzulenken, klemmte sie sich das Handy unters Kinn und wollte das Rollo vors Fenster ziehen. Es gelang ihr nicht.

»Aber nicht lange danach!« In Herbert Weidels Stimme klang Triumph mit.

»Nicht lange danach?« Julia ließ vom Rollo ab und blätterte im Manuskript.

»Ah, dann ist es sicher, als er die mit dem lustigen Pferdeschwanz fragt, ob sie mit ihm am Strand reiten gehen möchte, oder?«

»Nein, natürlich nicht! Doch nicht in dieser Szene!« Man hörte Herbert Weidel an, wie absurd er diesen neuen Vorschlag fand.

»Ich dachte, da wird ihm vielleicht bewusst, dass es keine gute Idee ist, so viel Zeit mit anderen Frauen zu verbringen?« Julia blätterte weiter.

»Oder bei dem One-Night-Stand mit dem zwanzigjährigen Model?« Es fiel ihr immer schwerer, nicht in offenen Sarkasmus zu verfallen.

»Wie kommen Sie denn da drauf?« Ihr Gesprächspartner war jetzt wirklich irritiert.

»Nur so eine Idee wegen der zeitlichen Nähe.« Julia atmete tief durch.

»Nein, also es ist eher so …« Herbert Weidel verstummte. »Wie war noch mal Ihre Frage?«

Einundzwanzig, zweiundzwanzig, dreiundzwanzig, zählte Julia in Gedanken und nahm dann einen großen Schluck aus ihrer Wasserflasche. Dies wäre der perfekte Moment, Herbert Weidel zu bitten, aufzulegen und sich mit seinem Manuskript an eine andere Literaturagentur zu wenden. Aber leider war das keine Option. Herbert Weidel war schließlich nicht irgendwer, sondern ein gefeierter Autor, und sie war eine kleine Lektorin, die erst vor einem halben Jahr eine Literaturagentur mitgegründet hatte. Das Buch war schrecklich und noch dazu schrecklich langweilig, aber sie musste einen Weg finden, ihm höflich klar zu machen, dass dieser Text im Moment noch nicht bereit war für eine Veröffentlichung. Dass er es wohl nie sein würde, brauchte er schließlich nicht von ihr zu erfahren.

Sie setzte erneut an: »Wissen Sie, Herr Weidel, es ging mir bei der Frage um den Spannungsbogen in Ihrer Geschichte. Ich glaube, die Leser möchten wissen, wann ihm auffällt, dass die Blonde seine Traumfrau ist.«

»Also wirklich, Julia!« Jetzt war Herbert Weidel nicht mehr irritiert, sondern beleidigt. »Erstens haben diese Frauen alle Namen und außerdem, es geht doch wohl nicht darum, auf die Sekunde genau festzulegen, wann er gemerkt hat, dass er nur Jessica liebt.«

»Jessica?« Julia überschlug ein paar Seiten. »Ich dachte Jacqueline?«

Es herrschte einen kleinen Augenblick Stille am anderen Ende der Leitung. Dann hatte sich Herbert Weidel gefangen.

»Meine ich ja, Jacqueline! Natürlich Jacqueline. Haben Sie das Buch überhaupt gelesen?«

Julia schaute aus dem Zugfenster in die gleißende Sonne des letzten Februartages. Hatte er gerade den Namen seiner Protagonisten verwechselt und ihr dann vorgeworfen, das Buch nicht gelesen zu haben? Die Sonne blendete sie zu stark. So konnte sie sich nicht konzentrieren. Sie legte das Handy auf den Tisch und stand auf, um mit beiden Händen am Rollo zu ziehen.

Ihre Nachbarin stand auch auf und winkte ihr herrisch zu. »Lassen Sie nur! Ich mach das!«

Julia setzte sich wieder und nahm erneut das Handy ans Ohr.

»Wo waren wir stehen geblieben? Wollten Sie mir gerade erklären, worum es in dem Roman geht?«

»Julia, hören Sie mir überhaupt zu? Das habe ich doch eben schon mal gesagt.«

Die Frau hatte das Rollo heruntergezogen und saß jetzt wieder Julia gegenüber. Sie hatte Nüsschen aus ihrer Tasche geholt, und während sie wie ein Eichhörnchen an ihnen knabberte, ließ sie Julia nicht aus den Augen.

Julia nahm das Telefon vom Ohr.

»Soll ich auf Lautsprecher stellen?«

»Geht das? Ich verstehe ihn nur schlecht.« Die Frau strahlte.

Julia verdrehte die Augen und schüttelte den Kopf.

»Mit wem reden Sie denn da?« Jetzt klang Herbert Weidel vorwurfsvoll. Der hatte echt Nerven.

»Ich sitze im Zug und hier ist eine Dame, die fasziniert unsere Unterhaltung verfolgt.«

Die Dame nickte und schob Julia die Nüsschen rüber. »Bedienen Sie sich!«

»Wieso sind Sie denn im Zug?«

Julia nahm sich eine Erdnuss und steckte sie sich in den Mund. Herbert Weidel wurde ungeduldig.

»Sagen Sie doch was, Julia. Wo fahren Sie denn hin?«

»Ich fahre nach Köln, um endlich Karneval zu feiern.«

Sie biss sich auf die Lippen, das »endlich« hätte sie sich sparen können, aber er hörte ihr sowieso kaum zu.

»Karneval? Also das ist eine Art von Humor ...«

»... mit der Sie nichts anfangen können. Ich weiß, Sie erwähnten es.« Mit welcher Art von Humor er etwas anfangen konnte, hatte er nicht gesagt.

»Jetzt fahren Sie nach Köln zurück?«, unterbrach Herbert Weidel ihre Gedanken. »Ich dachte, wir beide ... Also ich hatte den Eindruck, dass ...«

»Da müssen Sie sich getäuscht haben, das war wohl die mit den braunen Locken, nicht ich.«

Julia lachte betont fröhlich, um dem Satz die Schärfe zu nehmen. Sie konnte es sich nicht leisten, ihn zu vergraulen.

»Ha, ha«, machte Herbert Weidel.

»Hi, hi, hi«, kicherte die Dame mit den Nüsschen.

»Julia, jetzt hören Sie mir doch mal zu. Ich glaube wirklich, dass Sie und ich, also wir beide zusammen ...«

»Das ist eine wunderbare Idee. Lassen Sie uns den Faden hier am Aschermittwoch wieder aufnehmen, dann habe ich Zeit gehabt, mich mit meiner Agenturkollegin abzustimmen. Ich rufe Sie an.«

Don't call me. I'll call you, dachte Julia und legte auf, ohne den Protest von Herbert Weidel zu beachten. Lange hätte sie nicht mehr freundlich bleiben können.

»Schade«, kommentierte die Dame.

»Um den ist es nicht schade!« Julia nahm sich noch eine Erdnuss.

»Ich hätte so gerne noch zugehört. Endlich passiert mal was.«

Julia schaute die Frau an: »Endlich passiert mal was?«

»Also, ich finde die Geschichte sehr spannend, aber ich muss leider in Hannover schon aussteigen.« Die Dame zeigte auf den Koffer, den sie sich bereits aus der Gepäckablage heruntergenommen hatte.

»Dann passt es ja.« Julia konnte sich ein Grinsen nicht verkneifen. »Soll ich Ihnen mit dem Koffer helfen?«

»Ach, das schaffe ich schon. Gute Weiterreise. Ich lasse Ihnen die Nüsse da.« Sie stand auf und zerrte den Koffer umständlich vom Sitz. Auf dem Weg zum Ausgang drehte sie sich noch einmal um. »Sind Sie sich sicher, dass Sie ihm nicht noch eine Chance geben wollen?«

Julia winkte ihr zum Abschied. »Nein, ausgeschlossen, aber danke für die Nüsse.«

Ob der ganze Wagen ihr Gespräch so interessiert verfolgt hatte wie ihre Tischnachbarin? Julia schaute sich um, aber von ihrem Sitzplatz aus konnte sie nur eine Frau an dem Tisch auf der anderen Seite des Gangs entdecken. Sie hatte kurze schwarze Haare und Julia sah, dass sie Kopfhörer in den Ohren hatte. Die hatte sie jedenfalls nicht gestört. Es wirkte sehr gemütlich, wie sie so dasaß mit Musik auf den Ohren, in einen großen Schal gewickelt und vor sich eine Thermoskanne. Irgendwie kam Julia die Frau bekannt vor. Ja, natürlich! Das war doch Dagmar, die sie immer auf den Geburtstagen ihrer Freundin Selda traf.

»Hallo, Dagmar ...« Julia stand von ihrem Tisch auf und winkte, um sich bemerkbar zu machen. Die Frau schaute hoch, entfernte die Ohrstöpsel und lächelte Julia an.

»Ich habe dich vorhin schon gesehen, aber du warst sehr beschäftigt, da wollte ich nicht stören.«

»Hättest du mal gestört!« Julia grinste. »Fährst du nach Köln zum Karneval?«

»Ja, ich fahre zu Selda!«

»Ach stimmt! Das hatte sie erzählt. Wie lustig, dass wir im gleichen Zug sind! Willst du dich hersetzen?« Julia zeigte auf den freien Platz ihr gegenüber.

»Gerne!« Dagmar schnappte sich ihre Handtasche und die Thermoskanne und setzte sich zu Julia. »Heute Abend feiere ich mit Selda und Anne. Morgen fahre ich weiter zu Freunden nach Bonn.«

»Das hat Selda erzählt. Oh Mann, ich weiß gar nicht, was sie für heute geplant haben. Ich dachte, ich bin auf diesem Termin in Berlin und kann nicht feiern. Wo geht ihr denn heute Abend hin?«

Auf einmal war Julia nervös. Sie feierte jedes Jahr mit Selda und Anne Karneval und jetzt saß sie hier im Zug. Ohne Kostüm und ohne Pläne für den Abend. Es war eine Katastrophe.

»Wir gehen ins Haus Weyer!«

»Wohin?« Julia wurde immer nervöser. Haus Weyer, was war das denn? Davon hatte sie noch nie was gehört. Eine neue Karnevalslocation und sie war nicht dabei?

»Bei Selda um die Ecke. Haus Beyer oder Weyer oder so.«

»Haus Mayer!« Endlich kapierte Julia, was Dagmar meinte. »Das Weyers ist in Berlin. Da komme ich gerade her.« Sie verzog das Gesicht.

»Kann auch sein. Willst du Tee? Ich habe hier irgendwo noch einen Becher.« Dagmar kramte in ihrer Tasche.

»Gerne. Ich muss nur kurz Selda und Anne fragen, ob ich noch mitkommen kann.«

Sie wählte Annes Nummer. »Habt ihr noch eine Karte für heute Abend?«, fragte sie statt einer Begrüßung, sobald Anne ans Handy gegangen war.

»Bist du schon wieder da?« Anne war überrascht.

»Gleich!«

»Großartig. Wir brauchen keine Karte. Der Bruno ist in der Küche, der lässt dich rein. Kein Problem! Ich freu mich so!«

»Aber ich brauche ein Kostüm. Wir sind um vier in Köln. Ihr verkleidet euch sicher bei Selda, oder? Dann fahren wir einfach zusammen zu ihr«

»Du bringst ihn mit?«

»Wen? Herbert Weidel oder was? Bin ich irre? Ich habe Dagmar im Zug getroffen!«

»Spitze! Bis gleich.« Anne legte auf.

»Alaaf!« Julia prostete Dagmar mit dem Tee zu. »Freust du dich?«

»Und wie!« Dagmar strahlte übers ganze Gesicht. »Ich wollte schon letztes Jahr Karneval feiern und dann hat's ja wegen des Drehs doch nicht geklappt.«

Selda hatte Dagmar auf der Schauspielschule kennengelernt und inzwischen waren beide erfolgreich im deutschen Fernsehen unterwegs. Julia spürte einen kleinen Stich Neid. Alle hatten Karrieren, nur sie dümpelte mit ihrer Schreiberei und der Agentur so vor sich hin.

»Diesmal ist ja nichts dazwischengekommen!«, sagte sie betont fröhlich.

Sie hatte ihr Handy in der Hand behalten, um ihrer Mutter noch schnell eine Textnachricht zu schreiben. Nach einem Abend im Haus Mayer wollte sie auf keinen Fall mehr quer durch die Stadt in ihre Wohnung in Ehrenfeld fahren. Da würde sie lieber zu Fuß zu ihrem Elternhaus laufen und eine Nacht in ihrem alten Kinderzimmer schlafen.

»Und wieso bist du nicht in Köln? Selda behauptet immer, dass Weiberfastnacht der beste Tag ist.«

»Oh Gott, sprich bloß nicht davon. Der Donnerstag ist so schön und ich musste nach Berlin.«

»Was hast du denn in Berlin gemacht?« Dagmar schenkte sich Tee nach und bot Julia auch noch etwas an.

»Ich hatte einen Termin mit einem Autor, der uns sein Manuskript zur Vermittlung anbieten wollte.«

Julia schob ihr den Becher entgegen.

»Klingt doch gut.«

»Klingt gut, ist es aber leider nicht.« Julia zeigte auf den Haufen Zettel, der vor ihr lag. »Der Inhalt ist genauso unordentlich wie die Aufmachung.«

»Ich verstehe nicht, dass du durch die halbe Republik fährst, weil einer ein schlechtes Manuskript geschrieben hat. Man sollte meinen, dass auch in Köln schlechte Bücher geschrieben werden.«

»Absolut!« Julia verdrehte die Augen und lachte. »Viele sogar! Die Sache bei diesem Autor ist, dass er vor fast vierzig Jahren mal ein Buch geschrieben hat, das verfilmt und in dreißig Sprachen übersetzt wurde. Seitdem steht die literarische Welt stramm, wenn er anruft.«

»Kenn ich das Buch?«

»Das kennt jeder! *Mein Herz schlägt laut Berlin*.«

»Das ist von dem? Den Film habe ich tausendmal gesehen.« Dagmars Gesicht bekam einen verträumten Ausdruck.

»Der Film ist Kult, aber der Typ ist total daneben. Der dachte, wir gehen sein neues Meisterwerk Satz für Satz zusammen durch. Am besten mit seiner Hand auf meiner Hüfte ...« Julia seufzte. »Lesen muss ich es leider. Meine Kollegin flippt aus, wenn sie hört, dass ich den einfach sitzengelassen habe. Ich wollte den Termin unbedingt machen ...«

»Du, kein Problem. Ich muss sowieso noch Text lernen.« Dagmar zog einen Hefter aus ihrer Tasche.

»Na, dann!« Julia blättere mit spitzen Fingern durch das angegraute Manuskript bis zu der Stelle, an der der Anruf des Autors ihr Lesen unterbrochen hatte.

2

Als Julia nach zwei weiteren Stunden im Zug das hohle Rattern hörte, mit dem sich die Fahrt über die Hohenzollernbrücke ankündigte, beugte sie sich vor und legte ihr Gesicht an die Fensterscheibe. Sie wollte unbedingt den Dom sehen, der gleich auf der linken Seite auftauchen müsste.

»Was machst du da?« Dagmar betrachtete ihre Verrenkungen.

»Nichts.« Julia löste sich vom Fenster und rieb sich die kalte Wange. »Ich wollte nur wissen, ob wir jetzt da sind.«

Dagmars Kommentar ging im Kreischen der Bremsen bei der Einfahrt in den Bahnhof unter.

»Komm!«

Mit ihrer Reisetasche in der Hand stieg Julia aus dem Zug aus und schaute sich glücklich um. Überall waren kölsche Jecken unterwegs. Was hatte sie sich nur dabei gedacht, für diesen beknackten Termin nach Berlin zu fahren?

»Hier lang!« Julia hatte es jetzt eilig. Sie lief vorneweg und bahnte ihnen einen Weg durch die rot-weiße Menge.

»Hier sind ja schon alle verkleidet!« Dagmar schaute sich staunend um, während sie versuchte, mit Julia Schritt zu halten.

»Genau!« Julia wollte sich endlich auch verkleiden.

»Und warum so viele in Rot und Weiß?« Dagmar kam kaum hinter Julia her.

»Die kölschen Farben«, rief Julia ihr über die Schulter zu. *»Rud und Wieß* ...«, trällerte sie vor sich hin und gleich fiel eine Gruppe von Frauen, die auf ihren Zug warteten, in die Melodie mit ein.

»Alaaf!« Julia winkte ihnen zu und warf eine Kusshand hinterher. Was für ein Erlebnis, mitten im Karneval in Köln anzukommen! »Wir nehmen ein Taxi!«, rief sie.

»Wow!« Dagmar war auf dem Bahnhofsplatz stehen geblieben und legte den Kopf in den Nacken. Julia folgte ihrem Blick. Der Anblick des Doms in seiner ganzen steinernen Pracht war wirklich überwältigend, aber sie hatten jetzt keine Zeit, ihn zu bewundern.

»Die feiern alle schon seit gestern. Ich halte es nicht mehr aus.« Sie zog Dagmar am Ärmel ihres Trenchcoats zum Taxistand auf der rechten Seite des Platzes.

»Wo darf isch denn de Damen hinbringen?« Der Taxifahrer lehnte mit roter Clownsnase und einen karierten Cappy an seinem Auto, als Julia und Dagmar auf ihn zugesteuert kamen.

»Nach Lindenthal! In die Krieler Straße!« Julia hatte schon die Autotür in der Hand.

Dagmar stieg schweigend ein und blieb, anders als im Zug, die ganze Fahrt über still. Wahrscheinlich fand sie es befremdlich, dass Julia und der Taxifahrer mit der roten Nase ein Karnevalslied nach dem anderen mitsangen, die gerade im Radio gesendet wurden.

»Vill Spasss ...!«, wünschte ihnen der Taxifahrer, als sie in der Krieler Straße angekommen waren, und küsste Julia zum Abschied auf beide Wangen.

»Das geht ja gut los!«, kommentierte Dagmar.

»Das finde ich auch!« Julia schnappte sich ihre Reisetasche und ging auf Seldas Haus zu.

Sie klingelten und zum Summen des Türöffners schrie ihnen Selda »Alaaf« durch die Anlage entgegen. Die Musik hörten sie schon im Treppenhaus und an der Wohnungstür begrüßten Selda und Anne sie mit Kölsch.

Julia umarmte Anne und drückte sie, als ob sie sich wochenlang nicht gesehen hätten. Dann prostete sie ihren Freundinnen zu: »Ihr seht herrlich aus!«

Selda und Anne sahen wirklich großartig aus. Sie waren bereits verkleidet und geschminkt. Anne trug ein Cowboy-Outfit in Weiß und Gold wie Elvis Presley, und Selda war eine Kuh. Beide hatten sich um die Taille jede Menge Lasso geschlungen und trugen Lasso-Ohrringe und Lasso-Dutts. Es hatte bestimmt Spaß gemacht, die Kostüme vorzubereiten. Julia hatte dieses Jahr nicht mitgemacht, die Agentur hatte ihre ganze Zeit beansprucht. Jetzt tat es ihr leid, die Karnevalsvorbereitungen verpasst zu haben.

»Ihr müsst euch auch umziehen!«, unterbrach Selda ihre Gedanken. »Die Party geht um fünf Uhr los!«

»Ich habe kein Kostüm!« Nicht zu fassen, dass Julia das mal an einem Freitag im Karneval zu ihren Freundinnen sagen musste.

»Kein Problem, such dir was aus!« Selda zeigte auf die Klamotten, die überall in ihrem Wohnzimmer verteilt lagen.

»Wie wäre es damit?« Lachend hielt Anne ein türkisfarbenes Rüschenkleid hoch, das am Boden gelegen hatte. »Weißt du noch, Selda, da warst du ›die Spitze des Eisbergs‹ drin.«

»Ja, genau. Das war spitze!«

»Da waren wir noch in der Schule, als du das anhattest. Da passe ich im Leben nicht rein!« Julia schüttelte den Kopf.

»Dann nimm doch den hier!« Anne setze sich einen grauen, spitzen Hut aus Pappmaschee auf.

»Was ist das?«, wollte Dagmar wissen, während sie sich ihr rosa Cowgirl-Outfit anzog.

»Das ist der Hut von meinem alten Hinkelstein-Kostüm. Da waren wir mal auf einer Asterix- und Obelix-Party.«

»Ich werde auf gar keinen Fall heute Abend Hinkelstein!« Julia zerrte an einem weißen Kleid, das noch in der Verkleidungsschublade lag. »Guck mal, Krankenschwester wäre doch schön.«

»Du gehst nicht als Krankenschwester«, sagte Anne streng. »Das kommt nicht in Frage.«

»Warum nicht Krankenschwester?« Dagmar zupfte sich ihren Pony unter dem Cowboyhut zurecht.

»Krankenschwester ist einfach …« Julia wollte Dagmar erklären, warum Anne, Selda und sie einander verboten hatten, so offensichtliche Rollenklischees zu bedienen, aber Anne unterbrach sie.

»Ich hab's.« Triumphierend hielt sie ein türkisfarbenes Kleid und einen goldene Perücke hoch.

»Oh …«, flüsterte Julia ehrfurchtsvoll. »Darf ich, Selda?«

»Na, klar!« Selda schaute kaum hin. Sie war damit beschäftigt, saure Gürkchen und eingelegten Fisch in sich reinzustopfen. »Noch jemand Matjes?«

»O nee, ich habe schon so viel gegessen!« Anne wehrte das Angebot lachend ab. Während auch Dagmar ablehnte, schlüpfte Julia in Seldas Kostüm. »Das Kleid ist der Knaller!« Sie setzte sich die goldene Perücke auf.

»Wie cool! Eine 4711-Flasche!« Dagmar war begeistert.

»Komm, ich schminke dich!« Anne malte Julia ein Herz in Gold und Türkis auf die Wangen.

»Großartig!« Selda hatte endlich aufgehört zu essen. »Und jetzt müssen wir los!«

3

Sie zogen ihre Mäntel an und spazierten lachend im Nieselregen durch das kahle graue Köln zum Haus Mayer auf der Berrenrather Straße. Dagmar, die vor jeder neuen Gruppe kölscher Jecken wieder erstaunt Halt machte, immer ein paar Schritte hinter ihnen.

»Cool mit den Karten vom Karnevalsverein, oder?« Anne gab Selda und Dagmar ihre Tickets.

»Stimmt! Und ich geh durch die Küche rein! Wie früher.«

»Lass *mich* mal durch die Küche reingehen.« Anne gab Julia ihre Karte. »Ich weiß nicht, ob Bruno dich sofort erkennt. Das ist mein Veedel hier.«

»Danke, Liebelein!« Julia warf Anne eine Kusshand zu.

»Ich glaub, ich höre schon die Musik!« Die letzten Meter zur Kneipe rannte Selda, während sich die anderen kaputtlachten.

Dä Plan von Querbeat fing gerade an und Selda sang schon im Laufen mit. Julia ging hinter ihr her zur Tür rein. Die Kneipe war knallvoll und sie sah absolut niemanden, der nicht tanzte und sang. Alles im Raum schien sich zu dem Beat zu bewegen. Es war herrlich!

Sie zog Dagmar, die fassungslos hinter ihr stehen geblieben war, mit sich mit. Einen Augenblick schauten beide einfach nur gebannt der Party zu. Dann beugte sich Dagmar vor und schrie in Julias Ohr: »Ich glaub', ich hol' uns erst mal ein Bier!«

Julia nickte ihr zu: »Top!«

Während sich Dagmar zum Tresen durchkämpfte, blickte Julia sich nach einem Platz für ihren Mantel um. Selda hatte ihre Sachen schon in die extra mitgebrachten Tüten gestopft und in einer Ecke verstaut. Anne war auch aus der Küche aufgetaucht und beide tanzten und sangen, als hätten sie den ganzen Tag nichts anderes gemacht.

Julia war noch nicht soweit. Sie wartete auf Dagmar und das Kölsch und schaute ihren Freundinnen beim Tanzen zu.

Selda und Anne waren ein ungleiches Paar. Selda war groß und sehr schlank. Mit ihren langen schwarzen Haaren und den ebenmäßigen Gesichtszügen war sie klassisch schön. Anne hatte rötliche, gewellte Haare und war etwas kleiner und üppiger. Wobei, wer war das nicht im Vergleich zu Selda? Sie waren zu dritt in die Schule gegangen und genauso lange befreundet. Seit Anne Kinder und Selda eine Karriere hatte, waren sie nicht mehr die besten Freundinnen, aber heute schon. Während sie die beiden so betrachtete, merkte Julia, dass ihre textsicheren und fröhlichen Freundinnen bereits die Blicke auf sich zogen.

»Hier«, schnaubte plötzlich Dagmar neben ihr und streckte ihr vier Kölsch entgegen, damit sich Julia eines davon nehmen sollte. »Ganz schön voll!«

Julia grinste. Logisch war es voll. Das war ja das Schöne. Es war Karneval!

Dagmar kämpfte sich weiter zu Anne und Selda vor, um das Bier abzuliefern, kam dann aber zu Julia zurück. Dagmar sah mit dem rosa Cowboyhut, den rosa Federwimpern und der geblümten Hose mit Fransen wirklich super aus. Selbst passende rosa Stiefel hatte sie sich besorgt.

»Prost!«, sagte Dagmar in Julias Gedanken hinein und fügte hinzu: »Du siehst fantastisch aus«.

»Danke, aber du solltest Selda mal darin sehen!« Julia grinste.

»Ach, Quatsch!« Dagmar nickte ihr zu. »Komm, wir drängeln uns mal zu den Mädels durch!«

Anne und Selda schunkelten in einer Traube von Menschen, die alle Arm in Arm inbrünstig *Du bes Kölle*... sangen. Julia war sofort klar, dass sie bei dieser Gruppe an echte Kölsche geraten waren. Hier konnten alle den Text Wort für Wort und sangen jede Strophe mit. Großartig, dachte Julia. Genauso soll es sein! Sie schaute zu Dagmar, aber um die musste sie sich offensichtlich keine Sorgen machen. Sie hatte sich von einem Vampir unterhaken lassen und machte passende Mundbewegungen zu dem Lied, das sie bestimmt noch nie in ihrem Leben gehört hatte. Ein Naturtalent, dachte Julia.

Dann blieb ihr Blick an einem Piloten hängen, der neben Dagmar stand. Er war der Einzige in der Runde, der nicht mitsang, aber auch wenn das auffällig war, war es nicht das, was sie fesselte. Julia konnte nicht aufhören, ihn anzuschauen, weil er so unfassbar attraktiv war. Er überragte die meisten seiner Freunde und sie konnte ihn über die Menge der Köpfe hinweg anschauen. Sie bewunderte sein dunkles, volles Haar, das unter der schmucken Pilotenmütze hervorschaute, die hohen Wangenknochen und das markante Kinn. Wie gut ihm diese Pilotenuniform stand! Als sei sie maßgeschneidert und kein Karnevalskostüm. Julia war bisher noch nie aufgefallen, dass sie Uniformen super sexy fand. Dieser Pilot war überhaupt genau ihr Typ. Und er war gar nicht weit weg von ihr. Sie musste nur zu Dagmar rübertanzen und sich zwischen die beiden einhaken und dann ...

Gerade als sie lostanzen wollte, klopfte ihr jemand auf die Schulter: »Du siehst so aus, als hättest du Durst!«

Julia zuckte zusammen und blickte sich um. Neben ihr stand ein großer, stämmiger Mann mit einem komplett blau angemalten Gesicht, auf seinem Kopf wippte eine Sonne an einem Haarreifen.

Julia nickte. »Und wie!«

»Soll isch dir mal wat zu trinken holen?« Er machte eine Pause. »E Kölsch vielleisch?«

Julia nickte wieder und lachte. Als ob man hier irgendetwas anderes bekommen würde.

»Is jut!«

Mit beeindruckender Geschwindigkeit verschwand der Typ in der schunkelnden Menge. Julia schaute ihm nach. Wahrscheinlich geht er als Himmel, dachte sie. Als Himmel auf Erden im Karneval loszuziehen war eine super Idee, das würde sie auch mal machen. Nur das viele Blau im Gesicht war doof. Unmöglich, damit zu bützen! Aber man könnte sich ja auch rot-weiße Wölkchen auf die Wangen schminken, überlegte sie noch, als der Himmel schon mit einem Kranz zurückkam und Kölsch verteilte. Er schien die halbe Kneipe zu kennen, der Kranz war sofort leer. Als alle versorgt waren, wandte er sich wieder Julia zu und stellte sich vor.

»Prost! Ben«.

»Julia, Prost!«

Er wollte gerade ansetzen, noch etwas zu sagen, als ein junger Mann ihn an einem seiner Hosenträger zog und ein Gespräch mit ihm begann. Und schon hatte sie nicht nur ein Kölsch, sondern auch wieder Zeit, ihren Piloten zu beobachten. Julia war gerade bei der Bewunderung seiner breiten Schultern angekommen, als Selda auftauchte und sich bei ihr einhakte: »Heute will ich tanzen, tanzen, tanzen!«

Julia grinste. So war es immer im Karneval: Selda tanzte und sang und riss alle in ihrer Begeisterung mit. Sie drehte sich nach Anne um. Ob die sich auch schon so gut amüsierte? Aber eigentlich war es klar. Anne tanzte selig und selbstvergessen. Sie war die echteste Karnevalistin von ihnen allen. Schon als Kind war sie mit ihren Eltern immer zum Rosenmontagszug gegangen: mit Trommel und Fässchen und Wiener Würstchen im Gepäck. Anne tanzte und sang und war im Gegensatz zu den anderen immun gegen Karnevalsliebschaften.

»Und wir sammeln dann die Brosamen vom Tisch der Reichen auf«, pflegte Selda zu sagen, die sehr gerne im Karneval flirtete. Julia pflichtete ihr immer eifrig bei. Einer plötzlichen Anwandlung folgend, nahm Julia Selda in den Arm und drückte sie: »Ich freu' mich so, dass wir zusammen feiern!«

Selda strahlte zurück: »Ich mich auch! Super Abend, oder? Ich hol' auch mal nen' Kranz.« Und schon war sie in Richtung Theke verschwunden.

Julia schloss sich Dagmar an, die mitten in der Menge schunkelte, als plötzlich Ben wieder an ihrer Seite auftauchte und ihr eine Hand auf die Schulter legte: »Darf ich bitten?« Er nahm er sie in den Arm und fing an, mit ihr durch die Menge zu tanzen. Die Finger seiner rechten Hand landeten zielgenau auf ihrer Wirbelsäule, als ob er sie von da aus steuern wollte. Ein halbes Lied lang bemühte sie sich, im Takt zu bleiben, aber dann gab sie auf.

»Ich kann nicht tanzen!«, schrie sie ihm ins Ohr.

»Was du nicht sagst!« Er grinste sie an und tanzte einfach weiter.

»Du musst mal mit Selda tanzen, die will heute Abend nichts anderes tun! Das hat sie mir gerade noch gesagt.« Julia versuchte, ihn durch ein Gespräch vom Tanzen abzuhalten.

»Das klingt gut!« Er wirbelte sie durch den Raum und fragte über ihre Schulter. »Und du, was willst du machen?«

»Von allem ein bisschen, aber auch ein bisschen atmen«.

Er lachte wieder und lockerte seinen Griff.

»Besser so?«

»Mhm ...«

Einen Moment später kam Selda mit dem Kranz zurück und Julia nutzte die Chance, um sich aus Ben Umarmung zu befreien. Er hörte auf zu tanzen und prostete ihr zu: »Schön, mal ein neues Gesicht hier zu sehen!«

Julia blickte sich um. Bis auf ihre drei Freundinnen gab es nur neue Gesichter für sie. Dann fiel ihr ein, dass sie die Karten fürs Haus Mayer über Annes Karnevalsverein bekommen hatten. Wahrscheinlich gehörte Ben auch zum Club.

»Du kennst hier alle?«

»Absolut! Bis auf dich.«

Er sah so aus, als ob er das gerne ändern würde.

Dagmar kannst du auch nicht kennen, dachte Julia, aber sie ersparte sich den Kommentar.

»Mehr Kölsch?« Er streckte die Hand nach ihrem leeren Glas aus und sammelte dann die Gläser der anderen ein.

»Danke, ich brauche eine kleine Pause. Sonst bin ich gleich willenlos.« Julia grinste.

»Dann kriegst du Wasser. Willenlos ist nichts für mich.«

Ben verschwand mit dem leeren Kranz.

»Ich bin sowieso nichts für dich«, murmelte Julia halblaut vor sich hin. Was bildete der sich ein? Julia warf einen Blick zu dem Piloten rüber. Aber der wäre was für mich, dachte sie, als Ben mit einem Kranz Kölsch und zwei Gläsern Wasser zurückkam. Ben gab das eine Wasserglas Julia, das andere trank er selbst.

»Ich hab gestern schon ordentlich gefeiert!«, erklärte er.

»Ich leider nicht.« Das Wasser tat gut. »Bin gerade erst angereist.«

»Biste jeck?«

»Ich hatte einen Termin in Berlin. Habe ich mir selbst eingebrockt. Ich dachte, ich wäre dem neuen *Mein Herz schlägt laut Berlin* auf der Spur.« Julia verdrehte die Augen.

»Was?«

Hatte er sie nicht verstanden oder hatte er noch nie etwas von dem Film gehört? Egal, dachte Julia. Der Kneipenkarneval war nicht der Ort für solche Gespräche. Sie beschloss, es abzukürzen.

»Lange, sehr öde Geschichte, in der ein Manuskript, das ich nicht verkaufen können werde, die Hauptrolle spielt.«

Ben lachte. »Da wärst du mal lieber hiergeblieben! Es war herrlich gestern. Wir waren in der Südstadt.«

Wir, dachte Julia. Damit konnte er doch nur die Freunde meinen, die er ständig mit Kölsch versorgte.

»Habt ihr gestern auch schon alle zusammen gefeiert?« Julia zeigte in die Runde und versuchte, vor allem auf den Piloten zu zeigen.

»Ja, genau. Das sind Freunde und Verwandte von mir!«

»Verwandte?«

»Der junge Mann da zum Beispiel, der Vampir, das ist mein Sohn. Also: Hände weg!« Ben grinste.

»Wirklich? Bist du schon so alt?« Julia zwinkerte Ben vergnügt zu.

»Ich bin uralt!«, kam es wie aus der Pistole geschossen. Als ihr nicht sofort eine Antwort darauf einfiel, beugte er sich zu ihr runter. »Alt und sehr erfahren!«

Julia lachte. Die Antwort saß. Das war er offensichtlich nicht zum ersten Mal gefragt worden.

Ben lachte mit und nahm sie wieder in den Arm.

»Lass uns tanzen! Meinen Personalausweis kann ich dir auch später noch vorlegen.«

»Aber nicht Arm in Arm! Ich kann das nicht gut.«

Ben war nett und es war sehr praktisch, dass er sie mit Getränken versorgte, aber sie wollte alleine tanzen. Und außerdem will ich mit dem Piloten flirten, dachte sie. Es war ihr zwar noch nicht gelungen, Blickkontakt herzustellen, aber der Abend hatte gerade erst angefangen und immerhin hatte sie mit Ben schon einen Freund von ihm kennengelernt.

»Okay. Ich hab's kapiert!« Ben zwinkerte ihr zu. »Also, wer von euch ist jetzt diese Selda, die tanzen möchte – und es vielleicht auch kann?«

»Die da!« Julia deutete auf Selda. »Die kann tanzen.«

»Ausgezeichnet!« Ben nickte Julia zu und schunkelte in Richtung Selda. Julia schaute ihm nach. Na, den war sie ja leicht wieder losgeworden. Julia überlegte, ob sie beleidigt sein sollte, aber sie entschied sich dagegen. Stattdessen schunkelte sie mit Anne zu *O, o, Katrin* von den *Bläck Föös*. Es gab ein paar Lieder wie dieses, die schon gespielt wurden, als sie Anne und Selda in der 5. Klasse kennengelernt hatte. Zuerst hatte sie sie auf den Karnevalsfesten bei Anne zuhause gehört und danach Jahr für Jahr wieder, auf Partys und dann in den Kneipen. Julia kannte sie in- und auswendig und sang und tanzte genau wie alle anderen – bis auf den Piloten – auch. Julias Blick fiel auf Ben, der neben dem Piloten stand und der ebenfalls lauthals diesen Karnevalsklassiker mitsang. Dabei legte er seine rechte Hand theatralisch auf seine Brust, um den Herzschmerzrefrain zu unterstreichen. Julia musste lachen.

»Hast du keine Angst, dass die Leute merken, *wie* alt du bist, wenn du hier die Songs vom Ende des letzten Jahrhunderts Wort für Wort singen kannst?«, schrie sie ihm übermütig zu.

Aber Ben antwortet mit einer Gegenfrage: »Liebelein, ist et dir nicht warm?«

»Doch!«

Ihr war nicht nur warm, sie hatte auch zu viel Kölsch zu schnell auf nüchternen Magen getrunken. Die Profis Anne und Selda hatten mit Dosenfisch und Gürkchen wenigstens eine Grundlage gelegt. Julia blieb stehen, um Luft zu holen.

»Willst du nicht die Perücke ablegen?« Ben zupfte an ihren goldenen Haaren.

»Kann ich nicht!« Julia schüttelte den Kopf. »Die Perücke gehört zum Kostüm.«

»Da haste auch wieder recht.«

Ben nahm Julia bei der Hand und führte sie durch die Menge zur Theke. »Michelle, kannste hier dem Mädschen mal en Wasser und en Fridakellsche jeben? Sonst kippt uns dat he noch um.«

»Die kennst du auch?« Julia lehnte sich neben Ben an den Tresen.

»Na klar, dat is hier mein zweites Wohnzimmer.« Ben sah zu, wie sie ihre Frikadelle aß. »Besser?«

»Ja, sehr fürsorglich!«

»Vielleicht will ich nicht, dass der Abend mit dir so schnell endet?«

Ben lehnte sich Julia entgegen, aber Julia versteckte sich hinter dem letzten Bissen ihrer Frikadelle. Er lachte und bestellte noch zwei Wasser bei Michelle, als eine Polonäse an ihnen vorbeimarschierte. Ausgerechnet Dagmar war mittendrin und zog Julia zu sich. Julia hasste Polonäsen, aber sie ließ sich mitreißen. Ben sollte nicht denken, dass sie den Rest des Abends ausschließlich an seiner Seite in seinem Wohnzimmer verbringen würde. *»Die Karawane zieht weiter, der König hät Dursch ...«*

Dagmar hinter ihr sang laut mit. Unfassbar, wie sie das in dieser kurzen Zeit im Karneval gelernt hatte, dachte Julia. Dann erst merkte sie, wer in der Polonäse vor ihr gelandet war. Es war der Pilot! Er war so groß, dass Julia die Arme hochheben musste, damit ihre Hände auf seinen Schultern lagen. Cool, dachte sie. Was für ein Glück. Als sich die Polonäse auflöste, blieb sie einfach bei ihm in der Menge stehen.

»Bist du zum ersten Mal im Karneval unterwegs?«, fing sie ein Gespräch an. Er wandte sich ihr zu und schaute sie an, als würde er sie in diesem Moment zum ersten Mal sehen. Seine Augen waren wirklich strahlend blau und Julias Herz setzte für einen Moment aus.

»Nein«, antwortete der Pilot.

»Wie bitte?« Julia hatte vergessen, was sie gefragt hatte.

»Ich war schon öfters hier.« Der Pilot lächelte freundlich.

»Ach so.« Jetzt fiel ihr ihre Frage wieder ein. »Schön hier, oder?«

»Ja, wir gehen jedes Jahr am Freitag ins Haus Mayer.«

»Und wo kommt ihr her?«

»Aus Hamburg.«

»Tolle Stadt. Ich liebe Hamburg.« Julia war sich nicht sicher, ob sie jemals in Hamburg gewesen war.

»Ja.«

»Wie heißt du denn?«

»Wie bitte?«

»Wie du heißt.«

»Hanno.«

Er fragte nicht, wie sie hieß und Julia seufzte. Die Unterhaltung war schleppend. Aber musste man sich auch immer unterhalten? Diese schwarzen Haare, die helle Haut und die blauen Augen waren doch unterhaltend genug. Tim war blond gewesen. Eigentlich ziemlich langweilig. Aber heute Abend würde es auf keinen Fall langweilig werden. Ohne den Piloten aus dem Blick zu verlieren, schloss sie sich Anne, Selda und Dagmar an, die gleich neben ihr sangen und schunkelten. Beim Tanzen entdeckte Julia auch Ben in ihrer Nähe.

»Da biste ja wieder!« Sie winkte ihm zu und er kam zu ihr.

»Ich bin schon eine Weile wieder da.«

»Ich war abgelenkt«, erklärte Julia und schaute sich nach dem Piloten um.

»Hab ich gesehen.« Ben grinste.

Hatte Ben wirklich in dieser vollen Kneipe gesehen, dass sie sich mit diesem Hanno unterhalten hatte?

»Woher kennt ihr euch eigentlich?«, fragte sie.

»Wer wir?« Er lächelte unschuldig.

»Du weißt genau, wen ich meine!«

»Du meinst den Langweiler in Uniform? Das ist mein Cousin Hanno.«

Julia ignorierte den Kommentar.

»Ist der Single, dein Cousin Hanno?«

»Ja, der ist Single. Und wenn schon! Was willste denn von dem? Der passt doch gar nicht zu dir.«

»Wirklich? Bist du dir da sicher?«

»Absolut. Kein Mann für dich!«

Julia lachte. »Du, nur so zum Beispiel, würdest besser zu mir passen?«

»Zum Beispiel.« Er grinste. Julia merkte, wie er näher kommen wollte, und wich zurück.

»Und wenn nun doch dieser attraktive Mann in meinem Alter dort drüben für mich der Richtige ist?«

Sobald sie es gesagt hatte, tat es ihr leid. Irgendwie hatte sie den Ton nicht getroffen. Ob er gekränkt war?

Aber Ben schien immer noch gute Laune zu haben. »Na, dann schnapp ihn dir!«, war sein einziger Kommentar, bevor er grinsend in Richtung Theke und aus Julias Sichtfeld verschwand.

Julia gesellte sich wieder zu Anne und zwang Hanno zum Tanzen, in dem sie sich bei ihm einhakte.

»Sing doch mal mit!«, forderte sie ihn auf. »Das macht echt Spaß!«

Freundlich lächelnd schüttelte er den Kopf. »Ich verstehe noch nicht mal, was ihr singt.«

»Ich dachte, du bist nicht zum ersten Mal hier!«

»Ja und?«

»Na, da hast du doch die Lieder alle schon mal gehört.«

»Aber ich verstehe nie, was gesungen wird.«

»Dann tu doch einfach so!«

»Wie bitte?«

Julia musste sich auf die Zehenspitzen stellen, um ihm ins Ohr zu sprechen. Sie achtete darauf, ihren Busen dabei an seinen Arm zu drücken.

»Einfach so tun als ob. FAKEN.« Sie machte eine bedeutungsvolle Pause und zwinkerte ihm zu. »Kann auch Spaß machen!« Julia hoffte, dass die Konnotation nicht gänzlich im Gesang verloren ging, aber es war schwer zu sagen. Der Pilot lächelte weiter freundlich.

»Was jetzt kommt, ist leicht!« Sie zwinkerte ihm zu.

»Wie bitte?«

»Das Lied! *Dicke Mädchen!*« Julia lehnte sich wieder an Hanno und sang ihm den Refrain ins Ohr.

»Ja, das verstehe ich!« Der Pilot lächelte Julia zwar an, aber er erläuterte nicht, ob er den Liedtext verstand oder ob er verstand, dass dicke Mädchen einen verrückt machen konnten. Es war nicht einfach. Julia erwischte sich dabei, sich nach Ben umzuschauen, vielleicht könnte er helfen, das Gespräch mit seinem Cousin in Gang zu bringen? Aber Ben war verschwunden.

»Soll ich uns noch was zu trinken holen?«, startete sie einen neuen Versuch.

»Danke, ich habe noch.« Hanno hob sein Glas hoch.

Julia gab auf.

»Ich bin gleich wieder da.« Sie musste unbedingt mal aufs Klo.

Auf dem Weg von den Toiletten zurück traf sie vor der Theke auf Selda und Anne, die Käsebrötchen aßen und Kölsch tranken.

»Hier seid ihr!«

»Wir wollten euch nicht stören!« Selda biss herzhaft in ihren halven Hahn. Julia wunderte sich mal wieder, dass jemand, der so schlank war, überhaupt aß, aber Selda hatte damit kein Problem.

»Schön wär's, wenn ihr gestört hättet!«

»Findest du den nicht stinklangweilig?«

»Aber wunderschön!«

»Mir ist der zu schön!«, erklärte Selda.

»Zu schön gibt es nicht. Wo ist eigentlich Dagmar hin?«

»Ich glaub, die knutscht irgendwo auf dem Gang vor der Küche.« Anne kicherte.

»Oh Mann, der muss man Karneval nicht erklären, oder?« Julia schüttele fassungslos den Kopf.

Jetzt lachten alle. Wenn Dagmar den Karneval innerhalb der ersten beiden Stunden begriffen hatte, musste es doch möglich sein, es auch Hanno beizubringen. Nach einem Kölsch an der Theke mit Anne und Selda hatte Julia beschlossen, genau das zu tun. Sie fand ihn in der Menge und tanzte ihn mit ihrem strahlendsten Lächeln an.

Seine distanzierte Art hatte Julias Jagdinstinkt geweckt. Jetzt legte sie es wirklich darauf an, ihn aus der Reserve zu locken. Unter dem Vorwand, ihm immer wieder aufs Neue die kölschen Liedtexte zu erklären, schmiegte sie sich eng an ihn, um ihm ins Ohr brüllen zu können. Ob es nun ihre kongeniale Übersetzung war oder eher ihr Busen, den sie an ihn drückte, wusste Julia nicht. Jedenfalls hatte er schließlich doch seine Arme um sie gelegt und angefangen, mit ihr zu knutschen. Vielleicht hatte er auch einfach genug von ihren Ausführungen zur Karnevalsmusik und gemerkt, dass das die effektivste Art war, sie zum Schweigen zu bringen. Wie auch immer es war: Julia war selig. Hanno küsste super und sah super aus und das hier war ein super Abend. Als er irgendwann verkündete, nach Hause gehen zu müssen, küsste sie ihn noch ein letztes Mal zum Abschied und kniff ihn in den Hintern.

»Alaaf und Tschüüss!«

Dann war er weg und Julia wollte auch nach Hause. Die anderen waren schon vor einer Weile gegangen. Auf dem

Weg zur Tür begegnet sie Ben, der auch gerade gehen wollte.

»Sind deine Mädels weg?«

»Ja, leider.«

»Hast du es weit nach Hause?«

»Nein, ich gehe heute Nacht zu meinen Eltern. Die wohnen in der Nähe.«

»Hier in Sülz?«

»Lindenthal.« Auf einmal war Julia unendlich müde.

»Ich bring dich hin.«

»Quatsch. Ist wirklich hier um die Ecke!«

»Bist du sicher?«

»Ja, Papa!«

»So weit ist es jetzt schon, dass Damen es für väterliche Fürsorge halten, wenn ich sie nach Hause begleiten will!« Ben stöhnte und nahm den Sonnenhaarreif vom Kopf.

»Ach, Quatsch! War ein schöner Abend mit euch!« Julia küsste ihn zum Abschied auf die Wange.

»Fand ich auch.« Ben winkte ihr zu. In der Kneipe ist er mehr rangegangen, dachte Julia. Es war ihm offensichtlich nicht entgangen, dass sie die ganze Zeit mit Hanno getanzt und geknutscht hatte.

»Wir sind morgen im Weißen Holunder!« Ben war schon auf sein Rad gestiegen. »Kommt ihr auch?«

»Mal schauen!« Sie winkte zurück und ging die Berrenrather Straße runter in Richtung Weyertal. Sie hatte es wirklich nicht weit und trotz der späten Stunde waren noch viele Menschen unterwegs. Es waren vor allem Pärchen, und Julia überlegte sehnsüchtig, wie schön es wäre, wenn Hanno sie nach Haus begleitet hätte. Erst auf den Stufen zu ihrem Elternhaus fiel ihr auf, dass sie gar keine Telefonnummer von ihm hatte. Außer dass Hanno mit

Ben den nächsten Abend im Weißen Holunder verbringen würde, wusste sie nahezu nichts von ihm.

Dann gehen wir also morgen in den Weißen Holunder, dachte sie noch, bevor sie im dritten Stock in ihr altes, knarzendes Kinderbett sank.

4

Am nächsten Morgen wachte Julia viel zu früh auf. Ihre Glieder waren schwer, sie hatte Durst und irgendwie fühlte sich ihr Kopf so an, als würde das Kissen darunter immer noch schunkeln. Sie legte sich auf die Seite und schaute in die große Kiefer, die vor ihrem Fenster stand. Es musste irgendwann am frühen Morgen geschneit haben, auf allen Zweigen lagen dicke weiße Schneehaufen. Schnee in Köln war eine große Ausnahme, und es kam Julia vor, als sei es ein Zeichen, dass etwas Besonderes passiert war. Da fiel es ihr wieder ein. Es war etwas Besonderes passiert: Sie hatte sich verliebt!

Mit wohligem Schaudern kuschelte sie sich tief in ihre Decke ein und erinnerte sie sich daran, dass sie mit einem wunderschönen Piloten auf der Tanzfläche geknutscht hatte! Mann, war der groß gewesen. Und diese Augen! Vergessen waren der schmerzende Kopf und die schweren Glieder. Nur der Durst blieb.

Julia ging ins Bad und beugte sich über das Waschbecken, um Leitungswasser zu trinken. Dann setzte sie sich mit ihrer Zahnbürste auf den Rand der Badewanne. Heute Abend würden sie sich wiedersehen! Schade, dass sie keine Telefonnummern ausgetauscht hatten. Sie hätte ihm so gerne ein Foto von der Kiefer im Schnee geschickt. Bestimmt hätte er sofort verstanden, dass etwas ganz Besonderes in der Luft lag. Und bald schon könnten diese Tage zu ihren schönsten gemeinsamen Erinnerungen zählen.

Sie sitzt auf dem großen, beigen Sofa in ihrem schönen Loft hoch über dem Hamburger Hafen. Draußen ziehen Schiffe vorbei und helle, leichte Flocken tanzen vor ihrem Fenster in der Luft. Ihre Töchter kuscheln sich an sie. Der Pilot macht gerade Feuer im Kamin. »An dem Tag, an dem euer Vater und ich uns verliebt haben, hat es auch geschneit«, sagt sie zu den Mädchen. Der Pilot dreht sich zu ihnen um: »Ich wusste gleich, dass sie die Richtige für mich ist ...«

Julia spuckte den Schaum ins Waschbecken. Sie spülte den Mund aus und machte sich im Nachthemd auf den Weg in die Küche, wo ihre Eltern bereits seit einer Weile frühstückten.

Als Julia reinkam, sprang ihre Mutter so schnell auf, dass die Croissant-Krümel von ihrem blauen Morgenmantel nur so über den Tisch stoben. »Wie schön, dass du da bist!« Sie umarmte Julia und drückte sie. Was für eine Begrüßung, dachte Julia und war selig.

»Soll ich dir einen Tee machen?« Auch ihr Vater ließ sich hinter seiner Zeitung hervorlocken.

Julia nickte: »Gerne, Papa. Habt ihr Earl Grey da?«

»Musste ich gestern noch für dich besorgen. Im Auftrag deiner Mutter, als du aus dem Zug angerufen hast, dass du hier übernachtest.«

»Danke, Papa!«

»Gerne. Hast du gesehen, es hat geschneit?« Ihr Vater zeigte auf die weiße Pracht im Garten, aber seine Frau unterbrach ihn aufgeregt: »Na, wie war es? Habt ihr euch amüsiert?«

»Und wie!« Julia wusste, dass sie am liebsten mit ihnen feiern würde. »Es war herrlich!«

Ihr Vater am Wasserkocher konnte nur den Kopf schütteln. »Da wart ihr bis vier Uhr morgens in dieser einen Kneipe?« Für ihn war die Begeisterung der Damen seiner Familie für den Karneval völlig unverständlich.

»Vier Uhr? So spät? Habe ich euch geweckt?«

»Ist nicht schlimm!«, sagte ihre Mutter schnell. »Wenn du hier bist, fühle ich mich nun mal für dich verantwortlich. Ich wache auf, wenn du nach Hause kommst.«

»Und wenn du nicht nach Hause kommst, weckt sie mich«, sagte ihr Vater trocken.

»Sorry!«

»Macht doch nichts! Hauptsache, ihr habt euch amüsiert!« Julias Mutter warf ihrem Mann einen strengen Blick zu. Seit Julia und ihr Bruder zuhause ausgezogen waren, war ihre größte Sorge, dass ihre Kinder nicht gerne zu Besuch kämen.

»Wie war es denn?«, fragte jetzt auch ihr Vater. Nichts fürchtete er mehr als den Unwillen seiner Frau.

»Ich habe einen wunderbaren Mann kennengelernt«, verkündete Julia mit ihrem sonnigsten Lächeln. Ihre Eltern sahen einander an.

»Und was ist mit Tom?«

»Tim«, korrigierte Julia grinsend. Ihr Vater hatte Tim nicht leiden können, weshalb er sich weigerte, sich den Namen zu merken. Wenn er Tim nicht Tom nannte, dann Jim oder John. Was er wohl aus Hanno machen würde? Dann fiel ihr ein, dass er gar nichts aus Hanno machen würde, weil er Hanno natürlich großartig fände.

»Das mit Tim ist doch schon ewig aus!« Julia biss in ihr Croissant.

»Erzähl doch mal von deinem neuen Traummann«, forderte ihre Mutter sie neugierig auf. Julia dachte einen Moment nach, und weil ihr dann einfiel, dass sie nur wusste, dass er Hanno hieß und in Hamburg lebte, sagte sie schließlich: »Er war als Pilot verkleidet.«

»Ach, wie schön!«, hauchte ihre Mutter verträumt, während ihr Vater die Augen verdrehte und geräuschvoller als nötig hinter der FAZ verschwand.

»Und du? Als was bist du gegangen?«

Gerade als Julia von Seldas 4711-Kostüm berichten wollte, klingelte das Telefon im Flur.

»Ich geh schon!« Geräuschvoll schob Julia den Küchenstuhl zurück und verließ den Raum. Der Anruf war nicht für ihre Eltern: Es war Anne, ihre einzige Freundin, die immer noch die Festnetznummer ihrer Eltern auswendig kannte.

»Bist du auch schon wach?«, fragte Anne statt einer Begrüßung. »Seit die Kinder da sind, kann ich einfach nicht mehr ausschlafen. Auch wenn sie gar nicht da sind.«

»Ging mir ja immer schon so, das mit dem Ausschlafen«, meinte Julia.

»Willst du nicht herkommen?«, schlug Anne vor. »Peter und die Mädchen kommen erst heute Abend wieder, sie besuchen seine Eltern.«

Peter war Annes Mann und es war kein Geheimnis, dass Julia ihn nicht besonders gut leiden konnte. Anne hatte ihn im Karneval kennengelernt, als er als Ziegenpeter verkleidet war, und Julia nannte ihn heute noch heimlich so.

»Ich würde natürlich auch kommen, wenn die da sind!«, behauptete Julia.

»Ist doch trotzdem mal nett. Nur wir beide. Da können wir mal in Ruhe quatschen.«

»Und was ist mit Selda und Dagmar?«

»Mit denen sind wir nachher noch verabredet. Zum Funkenbiwak.«

»Perfekt. Soll ich Brötchen mitbringen?«

»Sehr gerne. Bis gleich.« Anne legte auf.

»Ich geh' mal zu Anne«, rief Julia ihren Eltern in der Küche zu.

»Jetzt schon? Bist du denn zum Mittagessen da?«

»Kann ich Anne mitbringen?« Julia war bereits auf der Treppe.

»Das wär' aber nett!« Ihre Mutter liebte Gäste. »Um eins dann?«

»Um eins«, bestätigte Julia laut rufend. Sie hatte es plötzlich sehr eilig, sich anzuziehen, um mit Anne über ihren tollen Abend und ihren noch tolleren Typen zu reden. Aus der Garage holte sie das alte Holland-Rad, das sie immer benutzte, wenn sie bei ihren Eltern war, und fuhr durch den grauen Matsch, den der Schnee auf den Straßen hinterlassen hatte, zu Anne in die Südstadt. Natürlich nicht, ohne dass ihr Vater sie in Morgenmantel und Pantoffeln am Gartenzaun gebeten hatte, vorsichtig zu fahren.

Anne wohnte in einer großen Maisonettewohnung in einer der schönsten Gegenden Kölns. Sie und Ziegenpeter hatten sie vor ein paar Jahren für die wachsende Familie gekauft, und seitdem richtete Anne sie mit viel Liebe zum Detail her. Bei jedem Besuch von Julia war die Wohnung wieder perfekter geworden, und normalerweise nahm sie sich die Zeit, die neuesten Veränderungen zu bestaunen. Aber jetzt warf sie nur die mitgebrachte Brötchentüte auf den riesigen alten Bauerntisch, der in der Mitte des Wohnzimmers stand, und sich selbst auf das kleine grüne Sofa unter dem Fenster.

»War das nicht ein schöner Abend?«

Anne nickte. Sie hatte gerade ein Frühstückstablett aus der Küche geholt.

»Das sieht ja köstlich aus!« Julia merkte, dass sie immer noch hungrig war, obwohl sie schon ein Croissant bei ihren Eltern gegessen hatte.

»Nicht zu viel essen!«, warnte sie eher sich selbst als Anne. »Wir müssen zu meiner Mutter zum Mittagessen.«

»Wie nett!« Anne freute sich. »Das ist ja wie früher. Ich habe deine Eltern schon lange nicht mehr gesehen.« Sie stellte das Tablett auf dem Tisch ab und setzte sich zu Julia aufs Sofa.

»Das war echt ein Superabend!«, bestätigte sie dann endlich. »Ich hab' so viel getanzt. Und zu viel getrunken!« Sie rollte die Augen. »Der hat aber auch ständig neue Kränze geholt!« Damit musste sie Ben meinen, oder hatte Anne noch mehr Leute getroffen, die sie mit Nachschub versorgt hatten?

»Ben, oder wer?« Julia war sich auf einmal nicht mehr sicher, ob Anne überhaupt mit ihm getanzt und geredet hatte.

»Ja, genau. Der Ben, der Himmel, ist bei uns im Vorstand. Seit letztem Sommer ist er dabei, genauso wie ich.«

»Vorstand von was? Wo ist der dabei?« Julia stand auf dem Schlauch.

»Bei uns im Verein natürlich! Bei der KG Heiterkeit!«

»KG Heiterkeit!« Julia schüttelte lachend den Kopf. »Tut mir leid, Anne, aber das mit diesem Karnevalsverein finde ich echt albern.«

Anne lachte mit. »Aber der Ben ist nur im Karneval albern. Der ist super erfolgreich. Beim Film. Ich habe gerade vergessen was.«

Julia winkte ab. »Ben interessiert mich nicht. Erzähl mir lieber mal was über seinen Cousin!«

»Den Cousin kenne ich nicht. Ich habe nur den Sohn gestern kennengelernt, der ist auch total nett.«

»Und, was macht der Sohn?«

Es sollte ein Scherz sein, aber Anne antwortete schon. »Der Jan hat gerade angefangen zu studieren. Jura hat er gestern erzählt und ...«

Wieder ließ Julia Anne ihre Ausführungen nicht zu Ende bringen: »Entschuldige mal, ich dachte, du hättest getanzt und gesungen und angeblich auch noch getrunken. Wie bitte kann man da so viel reden und, wenn man schon so viel redet, sich das auch noch alles merken?«

Anne lachte wieder und wollte etwas antworten, aber Julia war in Fahrt geraten: »So funktioniert der kölsche Klüngel im Karneval. Und wenn du dich von Peter trennen willst und einen Anwalt brauchst, dann hat den Auftrag der Sohn vom Vorstandsmitglied der KG Heiterkeit?«

»Das Mandat! Genau. Falls er Familienrecht macht.« Anne nickte. »Und dafür hau ich ihn raus, wenn er mit seinem Fahrrad mit achtzig Sachen über die Nordsüdfahrt heizt.«

»Passiert ja eh nicht!«

»Genauso wenig, wie ich mich von Peter trenne.«

Was ein Statement, dachte Julia. Wie kann man nur so verheiratet sein wie Anne? Sie beschloss, sich einen Kommentar zu verkneifen, schließlich hatte sie mit Anne über Hanno reden wollen.

»War der Pilot nicht süß?«

Statt zu antworten, stellte Anne eine Frage: »Mit Tim, das ist ganz vorbei?«

»Absolut! Das hat hinten und vorne nicht gepasst, das habe ich nur glauben wollen.«

Anne nickte. »Den hast du gewollt, weil er dich nicht wollte.«

»Das stimmt doch gar nicht.«

»Doch, der war spannend, solange du ihm hinterherjagen konntest. Als er neben dir auf der Couch sitzen wollte, bist du ausgerissen.«

»Ich bin nicht ausgerissen. Wir haben uns getrennt. Das passiert!«

»Willst du Tee?«

Es war offensichtlich, dass Anne das Gespräch an dieser Stelle nicht weiterführen wollte. Julia war es recht, sie wollte sowieso viel lieber über Hanno reden.

»Du hast mir immer noch nicht gesagt, ob du ihn auch so süß findest.«

»Er ist attraktiv.« Anne wusste natürlich, von wem Julia redete.

»Und du weißt alles über Ben und gar nichts über seinen Cousin?«

Anne überlegte einen Moment. »Ich glaube, der kommt aus Hamburg. Die ganze Truppe von gestern. Mehr weiß ich nicht, aber du hast doch den halben Abend mit ihm getanzt und geknutscht. Konntest du da nichts rausfinden?«

Julia war beschämt. »Ich weiß nicht, wie du das machst. Ich tanze und dann trinke ich ein Bier und dann singe ich ein bisschen mit und dann trinke ich noch ein Bier und plötzlich ist es drei, und ihr wollt alle nach Hause gehen. Ich sehe da kein Fenster für lange Gespräche. Es ist ja auch so laut. Und dann das Bützen ...« Sie konnte sich ein erneutes Grinsen nicht verkneifen.

Anne stand auf und legte die Brötchen in den Brotkorb. »Ja, ja, das Bützen.« Sie lachte.

»Ach, Anne. Ich bin so froh, dass ich mich endlich mal wieder richtig verliebt habe! Ich habe auch Lust, irgendwo mal anzukommen. Wie lange soll sich dieses alte Dating-Karussell noch drehen bei mir?«

»Und dann und wann ein weißer Elefant!«

»Genau! Das ist es gewesen! Ein atemloses, blindes Spiel. Aber ich spiel jetzt nicht mehr mit. Der Junge auf dem weißen Pferd kommt nicht von alleine. Darum muss man sich selbst kümmern.«

»Und der Junge auf dem weißen Pferd ist diesmal der Pilot?« Anne schien wenig überzeugt.

»Warum nicht? Wirst schon sehn!«

»Aber warum gerade der? Der passt gar nicht zu dir!«

»Hast du dich mit Ben abgesprochen? Genau das hat der auch zu mir gesagt.«

»Weil es stimmt! Der singt nicht, der tanzt nicht. Der hat kein Feuer unterm Hintern.«

»Das stimmt überhaupt nicht. Er hat Brennholz genug, das Feuer ist nur noch nicht angefacht.«

»Und du bist der Funke?«

»Et Funkemarieschen aus dem Kölner Karneval.« Julia schaute verträumt auf ihre Hand, an der schon bald ein Verlobungsring stecken könnte.

Anne stützte ihren Kopf in die Hände und schaute Julia kopfschüttelnd an. »Du meinst das ernst, oder?«

»Ja, meine ich! Ich bin in die Kneipe reingekommen und habe mich sofort in ihn verliebt. Auf den ersten Blick. Davon träumt man. Davon handelt jedes zweite Liebeslied.«

»Die andere Hälfte handelt davon, dass man besser einen zweiten Blick geworfen hätte.«

»Und genau das habe ich vor!«, triumphierte Julia. »Gleich heute Abend! Ben und Hanno sind im Weißen Holunder. Können wir da bitte auch hingehen?«

»Von mir aus ...« Anne schien nachzudenken. »Du, schau mal lieber auf die Website, was da heute ist. Nicht, dass die eine geschlossene Gesellschaft haben.«

»Was?« Julia zückte ihr Handy und googelte die Kneipe. »Das gibt es doch nicht!« Sie starrte auf den Bildschirm. »Heute geschlossen. Private Veranstaltung. Was für ein ... Moment mal.« Sie schaute zu Anne rüber. »Woher wusstest du das?«

Grinsend zog Anne einen Umschlag aus ihrer Rocktasche: »Hier!«

»Was ist das?«

Julia riss dem Umschlag auf und zog zwei Karten für die Party im Weißen Holunder heraus.

»Für uns beide. Selda und Dagmar fahren ja nachher nach Bonn zum Feiern.«

»Das gibt's doch nicht.«

»Doch, doch, in Bonn wird angeblich auch gefeiert.«

Julia lachte. »Nein, die Karten. Das gibt es doch nicht, dass der Karten für so eine coole Location übrig hat.«

»Vielleicht hat er was für *dich* übrig ...«

»Quatsch. Er hat *dir* die Karten gegeben!«

»War reiner Zufall. Ben stand vor der Tür, als wir gegangen sind, und als er gehört hat, dass wir für heute keine festen Pläne haben, hat er sie mir geschenkt. Hat wohl jemand kurzfristig abgesagt.«

»Es ist Schicksal!« Julia stützte verträumt den Kopf in die Hände.

»Es ist Irrsinn! Gerade hast du mir noch erzählt, dass du dir das mit Tim nur eingebildet hast.«

Julia hörte Anne gar nicht zu. »Ich brauche ein neues Kostüm. Irgendwas, das sexy ist.«

»Ich hätte hier noch ein Minnie-Mouse-Kostüm aus den späten 1990-ern.«

»Sei doch nicht so streng. Du bist verheiratet. Und Selda sieht noch im Postsack aus wie Megan Fox. Kann ich nicht *einmal* Krankenschwester werden? Bitte!«

Anne zögerte. »Wenn es das ist, was dich glücklich macht. Aber das gibt meine Verkleidungskiste nicht her. Wollen wir zum *Karnevalswierts* gehen und ein Schwestern-Kostüm kaufen?«

»Du bist eine echte Freundin!«

»Wenn es dich glücklich macht ... Aber vorher gehen wir zum Funkenbiwak, da kommen auch Dagmar und Selda noch mit, bevor sie nach Bonn fahren. Haben wir gestern noch besprochen.«

»Was ihr alles gemacht habt gestern ... Hast du eine Perücke für mich?«

Aus dem Karnevalsfundus suchte sich Julia eine rosa Lockenperücke aus und ließ sich von Anne Flamingos auf die Wangen schminken. Danach flocht Anne sich dicke Zöpfe mit rot-weißen Bändern und schminkte sich ein Stadtwappen ins Gesicht.

»Fertig?«

»So was von ...«

Als sie jetzt wieder auf die Straße kamen, hatte die Sonne, die von einem strahlend blauen Himmel schien, den letzten Matsch von den Straßen getrocknet. Anne nickte zufrieden. *Der Herrjott muss ene Kölsche sinn* ... Dass der liebe Gott nur aus Köln kommen konnte, glaubten die Kölner das ganze Jahr über. Aber wenn er ihnen in den Karneval Sonnenschein und einen blauen Himmel schickte, wurde aus dem Glauben felsenfeste Überzeugung. Anne sagte es jedes Jahr, sobald sich die Sonne auch nur ein bisschen zeigte. Und heute zeigte sie sich in voller Schönheit.

Julia und Anne radelten über die Ringe in Richtung Neumarkt, wo jedes Jahr am Karnevalssamstag das Funkenbiwak, die größte Open Air-Sitzung Kölns, stattfand. Beim Überqueren der großen hässlichen Kreuzung, die der Barbarossaplatz ist, hatten sie angefangen, *Guten Morgen, Barbarossaplatz* von *Querbeat* zu singen. Julia liebte die Stelle, an der es hieß, dass man dem Platz die Nacht noch ansehen könnte. Der Barbarossaplatz mit den Kneipen, Bars und Clubs in den angrenzenden Straßen war definitiv ein Ort für die Nacht, während der Neumarkt, wo sie wenig später ankamen, tagsüber schöner war. Vor allem heute war er ein einziges Farbenmeer! Ihre Räder stellten sie vor der Bäckerei *Merzenich* ab, wo Selda und Dagmar bereits warteten. Die beiden waren schon eine Weile da und hatten Kölschgläser organisiert.

»Sind die nicht schön dieses Jahr?« Anne sammelte die offiziellen Kölschstangen, die es beim Funkenbiwak gab, und stellte sie neben die Bleikristallgläser ihrer Oma in einer großen Glasvitrine aus.

»Die sind genauso kitschig wie jedes Jahr!« Selda lachte.

»Ich kann es immer noch nicht glauben, dass wir eine halbe Stunde angestanden haben, um leere Gläser zu kaufen.« Dagmar schien der Kneipenkarneval besser zu gefallen als der Funkenbiwak.

»Ja, und jetzt stellt sich eine von uns noch eine halbe Stunde an, um in diese Gläser je 0,1 Liter warmes Kölsch zu kriegen«, erklärte Julia. »Dat nennt man Tradition.«

Dagmar schüttelte den Kopf. »Crazy!«

»Schön crazy!«, befand Selda. »Ich stell mich an!«

»Oder wollen wir einfach die Schildergasse runterlaufen und zuschauen, wie sich die Musikzüge und die Ehrengarde in der Fußgängerzone aufstellen?«, fragte Anne. »Das mag ich am liebsten.«

»Und was ist mit den Gläsern?«

»Die füllen wir mit kaltem Kölsch am nächsten Kiosk. Versprochen.«

»Und am Ende der Schildergasse ist der *Karnevalswierts* und mein Schwesternkostüm!«, sagte Julia glücklich.

»Da ist die Ehrengarde!« Anne zeigte in Richtung Innenstadt. »Die stellen sich schon auf!«

Julia drehte sich um. Anne hatte recht. Man sah schon die Soldaten der Ehrengarde, die sich in der Fußgängerzone formierten und ihre Instrumente ausprobierten. Julia lief auf die Menschenmenge zu und sah ein Meer von roten und weißen Uniformen. Männer, Frauen und Kinder. Alte, junge, dicke, dünne, schöne und hässliche Menschen steckten alle in den pompösen Uniformen mit den prächtigen, silbernen Knöpfen, schenkelhohen Lederstiefeln, auf den Köpfen weiße Perücken und große Federhüte. Dazu wurde getrommelt und trompetet und gebimmelt, dass die Fensterscheiben der Läden auf der Hohe Straße klirrten. Und schon marschierten sie los mit Pauken und Trompeten zu ihrem Aufzug am Neumarkt.

»*Eimol Prinz zo sin, en Kölle am Rhing …*«, sangen Selda und Anne und winkten der vorbeiziehenden Ehrengarde zu.

»Und einmal Krankenschwester!«

5

»Amüsiert euch gut, Kinder!« Herr Krings hatte vor dem Weißen Holunder in Ehrenfeld angehalten und war ausgestiegen, um sich von Anne und Julia zu verabschieden.

»Ich glaube, ich kann euch nicht abholen. Das wird sicher sehr spät, und das will deine Mutter nicht. Habt ihr denn genug Geld für ein Taxi?« Er fing an, in seinen Manteltaschen nach Geld zu kramen.

»Papa, meine Wohnung ist zwei Straßen von hier entfernt!«

»Dann kommst du heute nicht nach Hause? Ich geb dir gerne das Geld fürs Taxi nach Lindenthal.«

»Mann, Papa, ich wohne hier in Ehrenfeld.«

»Aber du hast doch Mama versprochen, dass ihr auf den Rosenmontagszug zusammen geht.«

»Papa, Rosenmontag ist erst übermorgen.«

»Und Anne, wie kommst du nach Hause?«

»Ich werde mir ein Taxi nehmen. Danke, Herr Krings.«

»Und hast du Geld, Anne?« Herr Krings griff nach seinem Portemonnaie.

»Danke, das ist sehr lieb, aber ich habe genug Geld eingesteckt.«

»Na, gut! Dann fahr ich mal wieder«.

Sie winkten zum Abschied, während Herr Krings das uralte Familienauto sehr langsam um die Ecke lenkte.

»Falsche Richtung.«, stellte Julia fest und lief hinter Anne durch die offene Tür der Kneipe hinterher.

»Oh Gott, hier ist es ja total leer!«, waren Annes erste Worte, als Julia ebenfalls die Kneipe betreten hatte. Es stimmte. Bisher hatte sich der Laden noch nicht mal zur Hälfte gefüllt.

»Wird schon noch«, versprach Anne und steuerte fest entschlossen auf den Tresen zu. »Eintritt nur mit Karte. Und sie sind ausverkauft. Wir trinken erst mal ein Kölsch!«

Als Anne ihr das Bier reichte, spürte Julia plötzlich, wie ihr Handy in ihrer neuen weißen Bauchtasche mit rotem Kreuz drauf vibrierte. »Wer ist das denn jetzt?« Sie zog es heraus und las *Claudia Agentur* auf dem Display. Wieso war die denn am Samstagabend noch im Büro? Musste sie drangehen? Julia zögerte. »Ich geh mal eben raus, hier ist ja eh noch nichts los!« Sie winkte Anne mit dem Handy zu und ging wieder vor die Tür.

»Hallo Claudia!«

»Hallo Julia, du wirst nicht glauben, was heute passiert ist.« Claudia klang, als sei sie bester Laune. Angesichts der Tatsache, dass Julia ihren Autor in Berlin sitzen gelassen hatte, war das mehr als seltsam.

»Herbert Weidel hat dich angerufen?«

»Ne, der nicht. Aber von *Filmfreunde-Film* einer. Die haben gehört, dass wir an einem Roman von Herbert Weidel dran sind und wollen sich mit uns treffen, also mit dir eigentlich.«

»Von *Filmfreunde-Film* hat dich *heute* einer angerufen? Am Karnevalssamstag? Der ist ja auch spaßbefreit.«

»Na und? Eine Komödie wird der Weidel ja wohl nicht geschrieben haben.«

»Ne! Das Manuskript ist eine einzige Tragödie. In jeder Hinsicht. Total seicht und peinlich. Habe ich dir doch geschrieben.«

»Was hast du gesagt? Ich verstehe dich schlecht. Es ist so laut bei dir.«

»Es ist der totale Schwachsinn!« Julia ging ein paar Schritte weiter von der Kneipentür weg. »Was der geschrieben hat, ist Mist. Ich habe keine Lust, meine Zeit damit zu verplempern.«

»Weißt du was?« Trotz Hintergrundmusik hörte Julia, dass Claudia plötzlich sauer war. »Ich hab jetzt keine Lust, mit dir über vermeintlich anspruchslose Romanentwürfe zu reden, wenn bei dir im Hintergrund Schalalalala gesungen wird. Du hast die *Mein Herz schlägt laut Berlin*-Geschichte angeleiert und bist hingefahren. Jetzt interessiert sich eine Filmgesellschaft dafür, aber du ziehst nicht mit, weil es unter deinem Niveau ist. Ehrlich gesagt, finde ich das total bescheuert von dir.«

Wow, dachte Julia. Das ist unfair von Claudia. Okay, sie hatte ihre Meinung zu dem Roman läppisch zusammengefasst, aber immerhin war es Samstagabend und sie schon auf einer Party. Es war kein guter Moment, sich ernsthaft mit dem Projekt auseinanderzusetzen.

»Ich dachte, du wolltest nicht weiter darüber reden?«, fragte sie deshalb.

»Ha, ha, Julia. Jeder Satz ein Lacher, oder? Ich dachte, wir wollten das zusammen zum Laufen bringen. Die Agentur. Das ist kein Traum, das ist ein Job. Wäre schön, wenn das irgendwann bei dir angekommen würde. Sonst müssen wir es nämlich lassen.«

Das hatte gesessen. Julia schluckte. »Claudia, es tut mir leid. Du hast recht. Ich mach es. Ich fahr zurück nach Berlin.«

»Du musst nicht nach Berlin fahren. Die *Filmfreunde* sind in Köln. Du sollst den Produzenten am Aschermittwoch treffen. Die scheinen es eilig zu haben.«

»Von mir aus gern, aber die haben das ja nicht gelesen. Das sind die Fantasien eines alten weißen Mannes. Das ist kein Stoff für *Filmfreunde*, das ist PayTV.«

»Es muss uns nicht interessieren, was das ist. Alles, was ich will, ist das Ding verkaufen und die Miete fürs Büro im April zahlen!«

»You got it!«

»Und jetzt geht Schalalalala singen.«

»Das ist nicht alles Schalalalala. Es gibt ganz unterschiedliche Karnevalslieder. Das wäre mal ein schönes Buch. Wie sich das Lied im Karneval im Laufe der ...«

»Julia. Ich leg jetzt auf.«

Julia stopfte das Handy zurück in die Bauchtasche und warf einen Blick in das Fenster des Weißen Holunders, um zu sehen, ob sich die Kneipe inzwischen gefüllt hatte. Aber die Fenster waren verdunkelt und sie sah nur ihr Spiegelbild. Anne hatte ihr zwar erlaubt, als Krankenschwester zu gehen, aber beim *Karnevalswierts* waren ihr die Schwesternkostüme doch zu albern gewesen, und sie hatte sich schließlich als *Rotes Kreuz* verkleidet. Dazu trug sie ein Ballkleid ihrer Mutter aus den 80-er Jahren ganz in Rot und mit unfassbaren Rüschenbergen auf den Schultern. Beim *Karnevalswierts* hatte sie sich eine knallrote Beehive-Perücke gekauft, die ein Vermögen gekostet hatte, und diese niedliche kleine weiße Bauchtasche. Viel besser als Krankenschwester, dachte sie und warf sich selbst eine

Kusshand in der Fensterscheibe zu. Als sie um die Ecke bog, sah sie, dass sich eine Schlange vor der Kneipe zum Einlass gebildet hatte. Nicht im Ernst, oder?, dachte Julia, aber der Türsteher winkte sie an der Schlange vorbei: »Warst ja schon drin!«

Julia schlüpfte in die Kneipe und obwohl sie inzwischen gut gefüllt war, sah sie Ben sofort in der Menge. Heute hatte er sich als Bacchus mit grüner Farbe angemalt und einen Haarreif mit Efeu bestückt. Sie bahnte sich einen Weg an den Tresen und winkte ihm von da aus zu.

»Danke für die Karten!«, schrie sie über die Menge hinweg.

»Was?«

Julia winkte ab, aber Ben kam zu ihr rüber.

»Du siehst wunderschön aus.«

Julia lachte. »Und du siehst wundergrün aus.«

»Klasse Kostüm, oder?«

»Absolut! Aber stört die Farbe nicht beim Bützen?«

»Mich nicht!« Ben schien sehr zufrieden mit sich. »Willst du es ausprobieren?«

Julia lachte: »Wirklich nicht. Aber nett, es anzubieten.«

»Gerne!« Ben nickte ihr zu. »Rot und grün würden sich sehr gut ergänzen, finde ich ...«

»Rot und grün sind Komplementärfarben. Zusammengemischt ergeben sie Braun.«

»Du gehst da viel zu sehr mit dem Kopf dran! Hör doch mal auf dein Herz, das schlägt sicher grün...«

Julia wollte gerade antworten, als sie unterbrochen wurden.

»Hallo, wir haben uns noch nicht kennengelernt!«

Julia hatte nicht gemerkt, dass sich eine Leopardin neben Ben an die Theke gelehnt hatte.

»Ursula.« Die Leopardin streckte ihr eine Hand entgegen. Sie musste zu Ben und seiner Gruppe gehören.

»Freut mich«, sagte Julia, ohne es zu meinen. Es hatte gerade angefangen, Spaß zu machen, mit Ben zu flirten. Am ersten Abend im Haus Mayer hatte sie diese Ursula nicht gesehen. Oder war sie anders verkleidet gewesen? Julia musterte sie möglichst unauffällig. Heute trug sie einen hautengen Body mit Leopardenmuster über einer ebenfalls gefleckten Strumpfhose. Ursula hatte offensichtlich keine Freundin, die ihr »sexy« im Karneval verbot. Neidvoll musste Julia zugeben, dass sie sich das Kostüm leisten konnte. Wer das wohl war? Ihr blieb reichlich Zeit, darüber nachzudenken, denn Ursula hatte eine Hand vertraulich auf Bens Schulter gelegt und ihn in ein Gespräch verwickelt. Sie sprachen so leise, dass Julia nicht daran teilnehmen konnte, und sie fing an, sich zu ärgern.

Gerade wollte sie sich abwenden, als Ben ihre Hand nahm: »Wollen wir tanzen?«

Julia blickte zu Ursula. War das nicht unhöflich? Aber Ursula beeilte sich zu sagen, dass sie nur Kölsch hatte holen wollen. Während die Leopardin sich an der Theke um ihr Bier bemühte, nahm Ben Julia in den Arm und zog sie ein Stück weiter in die tanzende Menge hinein. Beim Tanzen schaute Julia sich immer wieder nach dem Piloten um, aber sie konnte ihn nirgendwo sehen. Vielleicht kam er später?

»Wo ist denn eigentlich dein Cousin?« Julia bemühte sich, nicht allzu interessiert zu wirken.

»Hanno muss arbeiten. Der ist heute Morgen wieder nach Hamburg gefahren.«

»Arbeiten? Es ist doch Samstag!« Es fiel ihr schwer, ihre Enttäuschung zu verbergen.

»Die müssen irgendeinen Pitch vorbereiten in seiner Werbeagentur. Aber er und seine Freunde kommen auch sonst nur von Donnerstag bis Samstag. Samstagabends ist es ihnen zu voll im Karneval.« Ben grinste Julia an, und sie lächelte gezwungen zurück.

Ben hatte also gewusst, dass Hanno heute Abend nicht hier sein würde, als er ihnen die Karten geschenkt hatte, aber er hatte nichts davon gesagt.

»Gefällt dir Hanno?« Ben musterte Julia. Wahrscheinlich dachte er, er könnte sie mit seiner Direktheit aus dem Konzept bringen.

»Klar gefällt er mir!« Julia beschloss, genauso direkt zu sein. »Ist doch ein gut aussehender Mann, dein Cousin, oder nicht?«

»Das ist er auf jeden Fall«, stimmte Ben ihr zu. »Und, wie du dir vorstellen kannst, hat er jede Menge von Bewunderern.« Er stockte. »Von Bewundererinnen. Ist das die weibliche Form? Das kann nicht stimmen.« Er schüttelte den Kopf und Julia musste lachen, da fing sie durch den Raum einen Blick der Leopardin auf.

»Du bist aber auch nicht ohne Bewundererinnen«, teilte sie Ben immer noch lachend mit.

»Ja?« Er blickte sie interessiert an. »Wer denn?«

»Diese Leopardin, die beobachtet uns die ganze Zeit. Ich glaub', die findet dich toll«, flüsterte Julia ihm mit einem Augenaufschlag zu.

»Wirklich?« Er blickte interessiert über Julias Schulter.

»Ach, die Ursula. Gepardin!«

»Wie bitte?«

»Das sind Gepardenflecken«, erklärte Ben geduldig. »Die sieht doch noch nicht mal schlecht aus, oder?«

Julia tat so, als müsse sie noch mal hinschauen.

»Nö, eigentlich nicht. Bisschen wenig Busen.«

Jetzt schauten sie beide zu Ursula hinüber, die ihnen einen giftigen Blick zuzuwerfen schien.

»Ich wette«, sagte Julia ohne nachzudenken, »wenn gar nichts anderes läuft, dann nimmst du die mit nach Hause, oder?«

»Ja«, nickte Ben und lachte. »Deshalb hatte ich sie damals auch geheiratet .«

Julia schloss für einen winzigen Moment die Augen und wünschte sich inständig, mit einer Zeitmaschine dreißig Sekunden in die Vergangenheit zu reisen und diesen Satz nie zu sagen. Das ist seine Frau? Und er schäkerte hier mit mir rum? Das geht ja gar nicht, dachte Julia. Ben schien immer noch bester Laune zu sein. Klar, der amüsierte sich schließlich prächtig auf ihre Kosten. Als das Lied zu Ende war, murmelte Julia etwas von Nase pudern und verschwand in Richtung Toilette. Auf dem Weg dorthin traf sie Anne und blieb bei ihr stehen.

»Weißt du, was Ben mir gerade gesagt hat?«

»Weiß ich nicht, mir ist nur aufgefallen, dass du ganz schön mit dem flirtest!«

»Ich? Der flirtete mit mir, dass sich die Balken biegen, und dabei ist er mit seiner Frau hier!«

»Mit welcher Frau?«

»Mit seiner Frau. Im Karneval!«

Die letzten Worte musste Julia Anne zuschreien, während sie von einer Woge Tanzender weggerissen wurde. Sie landete in der Nähe der Eingangstür und beschloss, eine Weile hierzubleiben. Es war minimal kühler und weniger voll hier. Erst als ein besoffener Elch den schweren Kopf seines Kostüms zum wiederholten Male auf ihre Schultern legte, reichte es ihr. Julia hatte keine Lust, mit

Männern in Fellkostümen zu tanzen, ihr war selbst warm genug!

Um sich vor dem Elch zu schützen, bandelte Julia schließlich mit einem Leichtmatrosen aus Düsseldorf an, der erfreulich textsicher und tanzfreudig war. Irgendwie musste sie sich schließlich amüsieren. Anne hatte Ben übernommen, und die beiden tanzten ebenfalls ununterbrochen, allerdings nicht, um sich näher zu kommen, sondern um besser reden, reden und reden zu können. Die Leoparden-Gattin hatte Julia aus den Augen verloren, wahrscheinlich war sie nach Hause gegangen.

Um drei Uhr hatte Julia genug. Der Leichtmatrose war schwerbetrunken und sie hatte genug gesungen und getanzt für einen Abend. Wie schade, dass Hanno nicht gekommen war. Aber solche Abende wie den gestrigen, an dem einfach alles gestimmt hatte, konnte man nicht planen, noch nicht mal im Karneval.

Sie ging zu Anne, um Tschüss zu sagen, aber Anne sagte sofort, dass sie ebenfalls gehen wollte.

Julia nickte Ben zum Abschied zu. »Tschüss! Danke noch mal für die Karten.«

»Gern geschehen. Schade, dass wir uns vorhin aus den Augen verloren haben, ich …«

Julia ließ ihn nicht ausreden: »Macht nichts. Wir sind ja nicht verheiratet.«

»Auch das ist natürlich schade!« Ben lächelte.

»Sehr schade.« Julia war nicht mehr in der Stimmung zu flirten.

»Das war ein Scherz!«

»Ist mir klar!« Sie küsste ihn zum Abschied in die Luft neben seinen Wangen.

»Feiert noch schön!«

»Sehen wir uns noch mal?«

»Bestimmt! Köln ist ein Dorf.«

Sie drehte sich um und ging die Gladbacher Straße runter in Richtung ihrer kleinen hübschen Wohnung, die sie so sehr liebte. Auch hier ist gerade die Miete fällig, dachte sie. Claudia hat recht, wir werden dieses schwachsinnige Manuskript an den Mann bringen müssen. Irgendwann muss einfach mal Geld über die Agentur reinkommen, damit sie selbst ohne schlechtes Gewissen an ihrem eigenen Buch weiterschreiben konnte. Julia wusste, dass das nur die halbe Wahrheit war. Dass ihr eigenes Buchprojekt ins Stocken geraten war, lag nicht nur daran, dass sie in der Agentur viel zu tun hatte. Sie ließ sich einfach zu oft ablenken. Wie jetzt wieder im Karneval. Hanno hatte es anders gemacht. Er war zum Arbeiten am Wochenende nach Hamburg zurückgefahren, anstatt weiterzufeiern. Wenn sie doch auch fokussierter wäre. Würde es ihr leichter fallen mit einem Mann wie Hanno an der Seite? Wie wäre es, jetzt bei ihm in Hamburg zu sein und nicht auf dem Weg in ihre kleine Wohnung, in der sie ganz alleine ins Bett gehen müsste?

Julia ging die letzten Treppenstufen zu ihrer Wohnung hoch und schloss die Tür auf, als sie ihr Handy in der Manteltasche summen hörte. Es war eine Textnachricht von Anne.

Bist du gut angekommen?

Ja! Gerade zuhause! ♥♥♥

Mit einer Freundin wie Anne ist man eben doch nie ganz alleine, dachte Julia und ging schlafen.

6

»Na, habt ihr es gestern Abend noch schön gehabt?« Frau Krings legte einen Krapfen nach dem anderen in die große Schale auf dem Küchentisch. Den Tisch hatte sie, wie immer an Rosenmontag, mit Luftschlangen und Konfetti geschmückt und Julia fand es sehr gemütlich, im Nachthemd mit ihrer Mutter in der Küche zu sitzen, während ihr Vater einen morgendlichen Spaziergang am Rautenstrauch-Kanal machte.

»Es war echt super lustig in der Lotta. Genauso wie es sein sollte. Wir haben getanzt und gesungen und ein bisschen geflirtet!«

Julia schnappte sich einen Krapfen und biss hinein, dass der Zucker nur so knirschte. Herrlich, auch wenn man das wirklich nur einmal im Jahr ohne schlechtes Gewissen essen konnte. »Mann, sind die lecker!«

»Ich bin extra zur Bäckerei auf der Apostelnstraße gefahren«, erklärte ihre Mutter stolz. »Die haben die besten Krapfen!«

»Wie viele hast du denn gekauft, Mama? Philip und die anderen sind doch in Mainz.«

Noch während sie es sagte, war ihr klar, dass sie von allen möglichen Themen das schlechteste gewählt hatte. Ihre Mutter war zutiefst getroffen, weil ihr Bruder mit seiner Familie dieses Jahr Karneval zu den anderen Großeltern gefahren war.

»Nach Mainz!« Frau Krings Tonlage ließ erkennen, dass ihr lieber gewesen wäre, sie würden das Wochenende mit den Kindern im Knast oder im Puff verbringen als in einer Stadt am Rhein, die nicht Köln war. Nachdem Philip seiner Mutter diese Hiobsbotschaft überbracht hatte, hatte es wochenlang zwischen Julia und ihrer Mutter kaum ein anderes Thema gegeben. Und jetzt hatte sie selbst wieder davon angefangen.

»Ich verstehe das nicht, warum müssen die unbedingt nach Mainz – im Karneval!« Frau Krings war immer noch genauso aufgebracht wie am ersten Tag.

»Mama, nun lass sie doch einmal auch *dahin* fahren. Die sind sonst jedes Jahr in Köln, und in Mainz wird schließlich auch gefeiert.«

»Ha«, schnaubte Frau Krings. »Wie denn? Hast du schon mal ein Mainzer Karnevalslied gehört?«

»Nein, Mama, habe ich nicht, aber vielleicht kennen die auch die Kölner Lieder nicht.«

Aber das konnte sich Frau Krings beim besten Willen nicht vorstellen. »Also, die kennt nun wirklich jeder!«

Julia fand, dass jetzt ein guter Zeitpunkt gekommen war, um das Gespräch zu beenden. Es hatte keinen Zweck. Ihre Mutter kam mit der Tatsache, dass die Kinder eine weitere Großmutter hatten und diese auch hin und wieder besuchten, einfach nicht klar. Aber Julia hatte keine Lust, sich heute mit ihr darüber zu streiten und sich darüber zu ärgern, dass sich alles um Philips Kinder drehte, selbst wenn sie nicht da waren. Schließlich hatte sie ihrer Mutter angeboten, dass sie mit Anne und ihr zum Rosenmontagszug gehen konnte und das war ein viel besseres Thema für den heutigen Tag.

»Was ziehst du denn an für den Zug?«, fragte sie und Frau Krings fing sofort an, Julia detailreich ihr »Impression du soleil levant-Kostüm« zu schildern. Auch wenn Julia das Kostüm bereits in der nächsten Stunde live erleben würde, ließ sie ihre Mutter erzählen.

Nachdem sie den dritten Krapfen mit viel Earl Grey Tee hinuntergespült hatte, schlug sie vor, dass sie sich für den Rosenmontagszug fertig machen könnten.

Dafür musste sich Julia kein Kostüm ausdenken, im Verkleidungsschrank in ihrem alten Kinderzimmer hing eine großartige rot-weiße Uniformjacke, die sie vor Jahren mal beim Ausverkauf einer Karnevalsgesellschaft ersteigert hatte. Auf den Kopf setzte sie sich ein buntes Schiffchen und schon war sie fertig und machte sich mit ihrer Mutter auf den Weg.

Nachdem sie sich in den bereits übervollen 136-er Bus zum Neumarkt gequetscht hatten, nahmen sie die Bahn zum Appellhofplatz, wo Anne und ihre Eltern sich schon am Zugweg aufgestellt hatten.

»Also mit Philip stehen wir immer ...«, begann ihre Mutter.

»Mit Anne stehst du vor dem WDR«, beendete Julia das Gespräch, bevor es in die dritte Runde gehen konnte.

Der beste Standort im Rosenmontagszug war in Köln ein Thema für eine Dissertation, die Julia nicht vorhatte zu schreiben. Sie ging dahin, wo Annes Eltern und die gesamte Familie mit Fässchen und Frikadellchen ihren Platz ausgesucht hatten. Auch wenn Frau Krings nicht müde wurde, die Vorzüge ihres eigenen Stammplatzes anzupreisen. Julia war froh, als sie ihre Mutter bei der Familie

Dahlhausen abgeben konnte. Sie zapfte sich ein Kölsch vom Fass und stellte sich zu Anne.

»Die kann so anstrengend sein!« Sie prostete Anne zu.

Anne lachte nur. »Ich freu mich, dass sie mal wieder dabei ist. Und meine Mutter auch. Auf den letzten Tag Karneval! Alaaf!«

»Gehst du auch nicht mehr los?«

»Ne. Morgen geht Peter feiern, da bin ich bei den Kindern. Ist auch okay. Ich feiere jetzt seit Donnerstag!«

»Die schönste Jahreszeit!« Julia drehte ihr Gesicht der Februarsonne zu. »*Der Herrjott …*«

»*… muss ene Kölsche sinn*!«

Ihr Standort war einfach perfekt. Sonne im Gesicht und eine Kneipe mit Toilette um die Ecke. Mehr braucht ein Kölner am Rosenmontag in Köln nicht, um glücklich sein.

Und natürlich …

»Strüßje!« Julias Mutter war neben ihr aufgetaucht, sobald der erste Wagen des Rosenmontagszugs um die Ecke gebogen kam.

Julia trat ein paar Schritte zurück in die Menge, um ihrer Mutter den Platz in der ersten Reihe zu überlassen. Es würden noch so viele Wagen kommen, sie hatte nicht vor, drei Stunden lang neben ihrer Mutter Blumensträuße und Küsschen einzusammeln.

Anne verließ mit ihr die erste Reihe. »Die KG Heiterkeit ist der 13. Wagen, da müssen wir wieder nach vorne.«

»Dein Karnevalsverein geht im Zug mit? Wow. Wieso bist du nicht dabei?«

»Das kostet ein Vermögen. Allein das Wurfmaterial.«

»Wurfmaterial! Ich könnte mich kaputtlachen über dieses Wort!«

»Die Kamelle, die Sträußchen. Nenn es, wie du willst. Vielleicht wünsche ich mir das zum 40. Geburtstag.«

Julia schüttelte den Kopf. »Wurfmaterial zum 40. Man muss Träume haben!«

Anne lachte. »Du bist halt keine Kölnerin!«

»Anscheinend nicht ...« Julia war zehn gewesen, als sie mit ihren Eltern vom Niederrhein nach Köln gezogen war.

»Haben wir Schnapptüten dabei?« Ihre Mutter tauchte mit den Armen voller Süßigkeiten, die sie gefangen hatte, vor ihr auf.

»Gib das doch den Kindern!«, schlug Julia vor.

»Das ist für Lea und Luis«, erklärte ihre Mutter. »Die kriegen bestimmt nichts in Mainz!«

»Mama, wenn du jetzt ...«

»Meine Eltern haben Tüten dabei!«, unterbrach Anne sie. Sie hakte sich bei Julia unter. »Jetzt entspann doch mal ... Guck mal, wie schön dieser Wagen ist!« Sie winkte den tanzenden Quallen zu, die auf ihrem strahlend blauen Wagen vorbeifuhren. »Ihr seht herrlich aus!« Sie warf ihnen Kusshände zu und prompt bekam sie einen Badeschwamm zugeworfen.

»Knieskopp, ihr Geizkragen!!!«, rief sie ihnen lachend hinterher. Und schon zog der nächste Wagen mit Musik und Sträußchen und Bonbonregen vorbei.

»Guck mal, bei dir ist ein Nappo im Kopfschmuck gelandet. Darf ich das? Nappo ist super!« Julia nahm sich die Schokolade von Annes breiter Hutkrempe.

»Das ist schon die 12! Jetzt kommt die KG Heiterkeit! Die werfen was Besseres als Badeschwämmchen.«

»Vielleicht auch Nappos?« Julia stellte sich auf die Zehenspitzen, um den Wagen der KG Heiterkeit besser sehen zu können.

Anne warf Kusshände in Richtung des gelb-grünen Wagens, auf dem alle in brasilianischen Bikinis zu den kölschen Liedern tanzten.

»Was ist das denn?«

»Wir haben so eine Partnerschaft mit einem Verein in Rio. Ach, schau mal. Da ist auch Ben.«

»Wo?« Julia konnte ihn nicht entdecken. Auf dem Wagen waren überhaupt keine Männer, sondern nur …

»Da, guck mal. Der winkt doch!«

Jetzt sah es Julia auch. Eine der Tänzerinnen winkte ihnen mit einer Pralinenschachtel zu.

Julia starrte Tänzerin und Wagen an und schon im nächsten Moment landete die Pralinenschachtel auf ihrer Nase.

»Au!« Sie hielt mit der einen Hand ihre Nase und mit der anderen die Schachtel fest. »Nicht euer Ernst, oder?«

Anne konnte ihr Lachen nur mühsam unterdrücken.

Kopfschüttelnd schaute Julia dem Wagen der KG Heiterkeit hinterher, auf dem Ben im gelb-grünen Bikini immer neue Pralinenschachteln hervorholte, um sie in die Menge zu schmeißen.

»Milka, super!« Frau Krings hob aus der ersten Reihe den Daumen in Anerkennung.

Vier Stunden später, nachdem der letzte Wagen vorbeigezogen, das letzte Bonbon aufgefangen und der letzte Käsewürfel gegessen war, hatte auch Julia mit ihrer Mutter den Heimweg angetreten.

Frau Krings saß nach vielen, vielen Bützchen und Sträußchen beseelt im Bus nach Hause. Zwischen ihren Füßen standen zwei Tüten voller Kamelle.

»Die heben wir für die Kinder auf. Die haben doch in Mainz sicher nichts bekommen.«

Dann zählte Frau Krings die kleinen Blumengebinde, die ihr verehrt worden waren.

»Sechzehn«, verkündete sie. »Und du?«

Julia fand die Blumenzählerei albern, aber sie tat ihrer Mutter den Gefallen und kam auf neun Blumen.

»Auch nicht schlecht!« Ihre Mutter klang gönnerhaft.

»Das war es jetzt mit Karneval für dieses Jahr!«, seufzte Julia.

»Jetzt ist ja bald Ostern. Das ist doch auch ein schönes Fest! Da bist du doch da, oder? Nicht wie letztes Mal, als du ...«

»Mama, sei mir bitte nicht böse, aber ich weiß noch nicht, was ich Ostern mache. Da ist es ja auch, bekanntermaßen, noch vierzig Tage hin.« Und wenn Lea und Luis da sind, dann bin ich sowieso abgemeldet, fügte sie in Gedanken hinzu.

»Ich meine ja nur ...« Ihre Mutter versuchte nicht, ihre Enttäuschung zu verbergen.

»Hildegardis-Krankenhaus. Komm, wir müssen raus!« Julia schnappte sich die Tüten und schob ihre Mutter in Richtung Tür.

»Weißt du, Ostern ist für mich nach Weihnachten das schönste Familienfest ...« Ihre Mutter kletterte aus dem Bus.

»Geburtstage sind aber auch schön, oder? Im Familienkreis!« Julia überquerte die Bachemer Straße.

»Natürlich.« Ihre Mutter versuchte, Schritt zu halten.

»Und Pfingsten. Christi Himmelfahrt, der Reformationstag ...«

»Der Reformationstag?« Es herrschte einen Moment Stille. Dann hatte ihre Mutter es verstanden. »Ach, so. Na gut, dann eben nicht«, sagte sie würdevoll. »Gib mir die

Tüten und meine Sträußchen, den Rest schaffe ich alleine.«

»Ich habe dich lieb, Mama! Bis ganz bald.« Julia gab ihr die Süßigkeitentüten und die Sträußchen und schaute ihrer Mutter nach, bis sie an der Ecke Amalienstraße verschwunden war.

7

Am nächsten Morgen saß Julia am Schreibtisch und blätterte im Manuskript, das vor ihr lag. 572 Seiten lang war es und sie war auf Seite 81. Der Held der Geschichte, ein gewisser Paul, war inzwischen der vierten Frau begegnet, die sich unsterblich in ihn verliebt hatte. Obwohl die erste lange blonde Haare hatte, eine andere einen schwarz Bob trug, die dritte ständig ihre braunen Locken schüttelte, und die neueste Errungenschaft die roten Haare in einem entzückenden Pferdeschwanz band, konnte Julia sie nicht unterscheiden. Die Geschichte spielte auf Sylt, aber bis zum Meer war Paul noch nicht gekommen. Er war viel zu beschäftigt damit, Frauen in Bars kennenzulernen, ihnen seine Autos zu zeigen und sie in sein riesiges Ferienhaus in den Dünen einzuladen. Julia hatte versucht, die Geschichte quer zu lesen, aber die vielen, immer neuen Frauennamen führten dazu, dass sie dann gar nicht mehr folgen konnte. Morgen um 10 Uhr sollte sie das Manuskript den *Filmfreunden* anbieten und sie hatte nicht die leiseste Vorstellung davon, wie. Worum war es noch mal in *Mein Herz schlägt laut Berlin* gegangen? Sie googelte den Film: Ein Melodram, das in den 1970-er Jahren im geteilten Berlin spielte. Romeo und Julia in der Bernauer Straße, jetzt fiel es Julia wieder ein. Am Ende waren beide tot. Julia hatte den Film nie gemocht, Tragödien waren nicht ihr Genre, aber er hatte immerhin eine andere Aussagekraft als *Paul auf Sylt*. Sie scrollte den Eintrag runter: nach einem Roman von Herbert Weidel; Drehbuch: Nora Winter. Julia googelte auch diesen Namen, aber außer einer langen Liste von Filmen und Serien, bei denen sie das Drehbuch geschrieben hatte, fand Julia keine Einträge.

Seufzend wandte sie sich wieder dem Manuskript zu und blätterte durch die Seiten auf ihrem Schreibtisch. Bar, Auto, neue Frau, Bar, Auto, neue Frau, Bar ... ein Melodram nicht in Sicht.

Sie zwang sich, weitere hundert Seiten zu lesen und dann die letzten dreißig. Sie brauchte fünf Stunden, in denen sie unzählige Male in die Küche ging, um neuen Tee zu kochen, einmal den Badspiegel putzte und einmal den Küchenboden fegte. Sie hörte auf, bevor sie Lust bekam, die Fenster zu putzen. Und das, obwohl sie immer noch nicht wusste, was um Himmels willen eine Filmproduktionsgesellschaft oder sonst irgendwer mit diesem Text anfangen können sollte.

Was würde sie den *Filmfreunden* nur sagen? Langsam musste sie sich mal ein Konzept zurechtlegen. Julia kritzelte auf ihrem Notizblock rum. Er lag immer neben ihrem Rechner, aber außer sich Zeichenzahlen darauf zu notieren oder einen Zeitstrahl zu entwerfen, schrieb sie nie darauf. Schreiben konnte sie ausschließlich auf der Tastatur.

»Eine hedonistische Liebeserklärung an die Liebe.« Das klang gut. Sie legte den Bleistift weg und begann zu tippen. Oder: »Atmosphärisch dicht!« Vielleicht könnte man auch sagen, dass es viele tolle Frauenrollen gab. Obwohl: toll? Sie seufzte und griff wieder zum Bleistift. Oder dass die Schauplätze an sich schon Kultstatuts hätten. »Sylt geht immer …«, hörte sie sich schon sagen und dabei gewinnend lächeln. Vielleicht könnte sie auch so tun, als sei diese Geschichte eine Satire: »Das ist natürlich alles ironisch gebrochen«, könnte sie behaupten. »Da wird das Genre mal richtig gegen den Strich gebürstet.« Was ein Schwachsinn! Sie hätte am liebsten in die Platte ihres Schreibtischs gebissen.

Am besten einfach den Termin canceln. Ein grippaler Infekt! Ein schwerer. Die Grippe! Ach, Mist, das ging nicht. Aschermittwoch konnte man keine Termine absagen.

Vielleicht könnte man ja eine Serie daraus machen. Eine neue Frau pro Folge. Julia schüttelte sich bei dem Gedanken. Unmöglich, das würde sie auf keinen Fall vorschlagen.

Sie beschloss, den Termin auf sich zukommen zu lassen. Was war denn das Schlimmste, das passieren könnte, außer dass die Situation unfassbar peinlich war?

Sie würde hingehen, dem Produzenten erklärten, dass sie sich geirrt hatte in dem Autor und in dem Text und wieder verschwinden. Schließlich müsste sie diesen Produzenten genauso wenig wie Herbert Weidel je wiedersehen. Mit Filmrechten hatte die Agentur nichts zu tun. Nach ein paar Vorstößen in die Branche hatte Julia gemerkt, dass das nicht ihre Welt war, auch wenn sie im Studium gerade das Drehbuchschreiben geliebt hatte.

Gegen 22 Uhr hatte Julia keine Lust mehr, sich den Kopf zu zerbrechen. Sie ging in die Küche, um sich einen Tee zu machen, der süße Träume versprach, und legte sich dann mit dem Tablet ins Bett. Bei Netflix gab es eine neue Serie, die Claudia ihr empfohlen hatte. Da wollte sie wenigstens noch mal reinschauen vor dem Schlafen.

Am nächsten Morgen wachte Julia zum ersten Mal seit Tagen vollkommen ausgeschlafen auf. Claudias Serie war bereits in den ersten Minuten so brutal gewesen, dass sie sie sofort ausgemacht hatte. Ich versteh das nicht, dachte Julia und machte sich in der Küche einen Ingwertee. Es passieren doch Tag für Tag so viele schreckliche Dinge in der Welt. Wenn ich solche Bilder brauche, schalte ich die Nachrichten ein. Sie blies in den Ingwertee, und während sie darauf wartete, dass er abkühlte, holte sie ihr Handy raus. Wo war das Büro der *Filmfreunde*? Im Belgischen Viertel, na, das war ja klar, dass die in Kölns beliebtestem Szene-Viertel saßen. Julia schaute sich die Website an. Superstylisch sah das aus bei denen. Große, lichtdurchflutete Büroräume und eine Dachterrasse mit Domblick, auf der das Team der Filmproduktionsgesellschaft *Filmfreunde* sich für das Foto aufgestellt hatte. Sah aus wie eine lustige Truppe, ein paar im Anzug, ein paar Nerds im Parka und ansonsten eine bunte Mischung. Julia wollte sich gerade die Hausnummer aufschreiben, als ihr Blick an einem der Typen im Anzug hängen blieb. Irgendwoher kam er ihr bekannt vor, aber sie wusste nicht woher. Aber warum auch nicht?, dachte sie, Köln ist wirklich ein Dorf. Sie vergrößerte den Ausschnitt. Dem war sie sicher mal bei einem Empfang oder so über den Weg gelaufen oder … ihr Atem stockte … im Karneval.

Was??? Von der Website der Produktionsfirma *Filmfreunde* lächelte ihr *Der Himmel auf Erden* entgegen. Es musste ein altes Foto sein, Ben sah darauf viel jünger aus. Aber er war es.

Eitler Faun, dachte sie und ging auf die Seite *Team*. Wieder grinste sie ein jüngerer Ben an: Benedikt Opladen, Geschäftsführer. Sie hatte einen Termin mit dem Typen, der das Haus Mayer als sein Wohnzimmer bezeichnete. Dem Kölner Oberjecken, der knallblau und grasgrün angemalt war und sie im brasilianischen Bikini im Namen der KG Heiterkeit mit Pralinenschachteln beworfen hatte? Julia klappte den Rechner zu. OMG!

Woher wusste der was von ihrem Projekt? Hatte sie ihm davon erzählt? Julia konnte sich nicht daran erinnern. Sie schnappte sich ihr Handy und wählte die Nummer der Agentur.

»Hallo Claudia, eine kurze Frage. Der Typ von den *Filmfreuden*, mit dem du gesprochen hast, hat der was gesagt, wie er auf uns gekommen ist?«

Claudia überlegte. »Ne, nicht dass ich wüsste. Ich glaube nicht. Wieso?«

»Weil ich den am Freitag im Karneval kennengelernt habe.«

»Was?« Claudia stöhnte. »Im Karneval kennengelernt? Wirklich? Das ist nicht dein Ernst.«

»Was soll das denn heißen?«

»Im Karneval kennengelernt ...« Claudia fand offensichtlich, dass damit alles gesagt war. Julia konnte bildlich vor sich sehen, wie sie die Augen verdrehte.

»Ich hatte nichts mit dem, wenn es das ist, was du meinst.«

»Noch nicht!«

»Wie bitte?«

»Ich dachte schon, der interessiert sich für dein Projekt. Aber nein, der Typ bestellt dich in sein Büro, um eine Bekanntschaft weiter zu spinnen.«

An der Art, wie sie *Bekanntschaft* sagte, konnte man eindeutig merken, dass sie Julia kein Wort glaubte.

»Also echt jetzt, die Einzige, die hier spinnt, bist du. Das ist ein reiner Geschäftstermin, sonst hätte er mit mir am Samstagabend darüber reden können. Hat er aber nicht.«

»Ein Geschäftstermin mit einer Karnevalsbekanntschaft an Aschermittwoch. Ich bin gespannt wie ein Flitzebogen!« Claudias Stimme triefte vor Ironie.

»Kannst du auch sein!«

Julia legte auf, bevor Claudia ihr »Pffff…!« zu Ende geschnaubt hatte. Sie schaute auf die Uhr.

Mist, sie war so gut in der Zeit gewesen und jetzt musste sie sich doch hetzen, um pünktlich zum Termin zu kommen.

Julia sammelte das Manuskript auf dem Tisch zusammen und steckte es in ihre Handtasche. Zum Duschen war es zu spät. Sie zog ihre Lieblingsjeans an, die so eng waren, dass sie in die neuen Stiefel passten, und entschied sich, ein Taxi zu den *Filmfreunden* zu nehmen. 20 Euro hatte sie noch im Portemonnaie, das würde gerade reichen. Karneval war so teuer! Falls sich Ben wirklich für das Manuskript interessierte, käme die Vermittlungsgebühr gerade recht. Anne behauptete immer, dass im Karneval die besten Geschäfte angestoßen werden. Vielleicht stimmte das und der Anfang war gemacht? Was sie jetzt hinbekommen musste, war, den Deal abzuschließen. Im Taxi schminkte sie sich und als sie vor dem Haus der *Filmfreunde* ausstieg, hatte sie das Gefühl, dass sie es schaffen würde. Ben würde erwarten, dass sie überrascht war, ihn zu sehen, aber sie wusste Bescheid. Sie hatte ihre Hausaufgaben gemacht und wusste, wem sie gegenüberstand. Wie schade, dass sie kein brillantes Manuskript, sondern nur diese Alt-Herren-Fantasien in der Handtasche hatte.

Im Lift zupfte sie sich die Haare zurecht. Nach durchschlafener Nacht sah sie frisch und richtig gut aus. Wer weiß, vielleicht würde sie es ihm schmackhaft machen können? Sie lächelte sich Mut zu.

»Herr Opladen, Frau Krings ist hier!« Der junge Rezeptionist öffnete die einzige Tür im ganzen Büro, die nicht aus Glas war, für sie.

Und da stand Ben. Ungeschminkt in Anzughemd und Jeans und ziemlich smart aussehend. Julia schluckte. Sie hatte gedacht, dass sie ihn kennengelernt hatte, aber so unverkleidet war er ihr total fremd.

»Julia!« Er kam auf sie zu und schüttelte ihre Hand.

Wie förmlich er war. Nicht nur seine Hautfarbe hatte sich verändert.

»Hast du was mit deinen Haaren gemacht?«

Ben fasste sich in den Nacken.

»Mit meinen Haaren? Wieso? Stimmt was nicht?«

»Die waren doch viel länger.«

Ben grinste. »Du bist gut. Das war eine Perücke!«

»Eine Perücke?«

»Ja, eine Perücke. Ich weiß nicht, ob du dich erinnerst? Wir haben uns im Karneval kennengelernt.«

Julia musste lachen. »Die Brüste vom Rosenmontag waren wahrscheinlich auch fake?«

Während Ben mitlachte, bemerkte Julia den alarmierten Gesichtsausdruck seines Assistenten. Das war anscheinend nicht der Tonfall, der Ben gegenüber hier angeschlagen wurde.

»Setz dich!« Ben zeigte auf einen Stuhl vor seinem Schreibtisch. »Willst du einen Kaffee oder einen Tee?«

»Gerne einen Tee. Danke!«

Während der Assistent zum Teemachen geschickt wurde, setzte sich Julia. Der Stuhl sah zwar cool aus, aber sie sank zu tief darin ein. Ben saß viel höher hinter seinem Schreibtisch. Das konnte nur Absicht sein.

»Du vermittelst also das Buch von dem Weidel«, begann Ben das Gespräch.

»Genau!« Um an Höhe zu gewinnen, richtete Julia sich so gerade auf, wie sie konnte.

»Und wie findest du es? Ist es gut?«

Julia räusperte sich. Das war ja sehr direkt. Ben schien keine Zeit verschwenden zu wollen. Voll der Businesstyp. Hatte nicht Anne so was gesagt? Sie antwortete schnell: »Also, es hat gewisse Längen, aber alles in allem würde ich sagen, dass es atmosphärisch sehr dicht ist.«

»Ja, wirklich? Worum geht es denn?« Ben beugte sich interessiert über den Schreibtisch.

»Na ja, es ist, gewissermaßen. Also, in der Summe betrachtet.« Sie stockte. »Man muss es wohl eine Liebesgeschichte nennen. Also ironisch gebrochen natürlich.«

»Ironisch gebrochen? Also eine Komödie?«

»Vielleicht eher eine Art Epos ...« Julia überlegte fieberhaft. »Also es ist episch, in dem Sinne auch, dass es sehr lang ist.«

»Und als Grundaussage. Wenn du das in einem Satz zusammenfassen würdest? Als Log Line?«

Das war ja das Problem. Das Buch hatte weder eine Aussage, noch gab es einen besonderen Grund, es zu lesen.

»Tja, ich würde sagen ...« Julia dachte an ihre Notizen. »Man könnte es wohl als eine hedonistische Liebeserklärung an die Liebe, die Liebe und das Leben bezeichnen.« Als er nicht reagierte, fügte sie noch hinzu: »Das Leben auf Sylt. Das hat ja an sich schon Kultstatus.«

»Hm, hm, hm …« Ben spielte mit einem Anspitzer auf seinem Schreibtisch. »An sich nicht schlecht, aber vielleicht ein bisschen dünn für fast 600 Seiten, oder? Und mehr Story gab es nicht, als ich es das letzte Mal auf dem Tisch hatte. Oder ist noch was entstanden?«

»Das letzte Mal?« Julia verfluchte diesen Designerstuhl, sie wollte nicht hier unten sitzen und zu Ben hochschauen müssen.

»Ja, vor ein paar Jahren habe ich es mal gelesen. Also, versucht zu lesen.« Ben zog eine Schublade auf und holte einen Haufen Blätter raus.

»Du hast das Manuskript?« Julia stand auf.

»Ja, ja, das hat er vor ein paar Jahren allen geschickt.«

Ben hatte das Buch schon vor Jahren geschickt bekommen? Warum ließ er sie hier antanzen, wenn er wusste, dass das Buch unlesbar war?

»Wenn du das Buch hast, musst du es nicht vermittelt bekommen!«

»Nicht zwingend.« Ben schien sich an ihrer Irritation zu erfreuen.

»Und was willst du dann von mir?« Julia konnte auch direkt sein, wenn sie wollte.

Ben ließ einen Moment verstreichen, bevor er die Frage beantwortete und Julia blieb Zeit, den Ausblick auf den Dom zu genießen, während sie seinen Blick vermied.

»Das liegt doch auf der Hand! Das Buch erscheint gar nicht erst, wir machen gleich einen Film draus und du schreibst das Drehbuch.«

»Ich schreibe das Drehbuch?« Wie kam Ben darauf, dass sie Drehbücher schreiben konnte?

»Ich habe mir erlaubt, dich zu googeln!«, beantwortete Ben ihre ungestellte Frage. »Im Internet steht, dass du

Creative Writing an der *Hortensia School of Writing* studiert hast.«

»Ja und?«

Das war ja total übergriffig, sie zu googeln.

»Bei der Maggie wirst du wohl Drehbuchschreiben gelernt haben.«

»Bei der Maggie?«

»Alte Freundin von mir.«

»In der Tat.«

Ihre geliebte Professorin Margret Chessum hatte gerade ihren 70. Geburtstag gefeiert.

Ben schien nicht zu merken, dass Julia zögernd reagierte. Er war richtig in Fahrt, sprang auf und ging auf Julia zu.

»Ich wollte schon immer was mit dem Manuskript machen! Alleine die Headline: ›Vom Autor von *Mein Herz schlägt laut Berlin*‹ ist die halbe Miete.«

»Das Problem ist, dass Herr Weidel die andere Hälfte der Miete schuldig bleibt. Es gibt keine Story, wie du weißt!«

Julia trat einen Schritt zurück. Ben war ihr so nah gekommen, dass sie sein Aftershave riechen konnte. Und es roch gut.

Er fing an, durch den Raum zu laufen. »Wenn man es richtig macht, fällt es kaum auf, dass wenig passiert. Das muss man nur gut inszenieren. Dann wirkt es ...« Er blieb stehen und drehte sich zu ihr um. »Wie war das? Atmosphärisch dicht!«

Julia starrte ihn. Hatte er ihr jetzt gerade ihr Argument geklaut? Wollte er sich über sie lustig machen?

»Atmosphärisch dicht?«, wiederholte sie spitz. »So dicht kann man gar nicht sein, dass man das atmosphärisch findet.«

Ben lachte. »Das ist gut, das gefällt mir!«

»Du hörst mir nicht zu! In dem Buch passiert nichts außer …« Sie schwieg.

»Außer …?« Er war vor der Fensterwand stehengeblieben und drehte sich jetzt zu ihr um.

»Außer Sex!«

Julia war warm. Der Norwegerpulli passte perfekt zu den hohen Stiefeln und dem Trenchcoat, aber für diese gut beheizten Büroräume war er zu dick.

»Nur Sex. Eben! Und da kommst du ins Spiel.«

»Wie bitte?«

»Du musst dir was dazu ausdenken.«

»Ich soll mir was ausdenken?« Sie musste unbedingt aufhören, ständig seine Fragen zu wiederholen, wenn er sie nicht für total dämlich halten sollte.

»Sagen wir mal, seine Geschichte etwas facettenreicher machen.«

»*Paul schläft mit 92 Frauen auf Sylt* NOCH facettenreicher machen?«

Ben lachte laut.

»Genau! Mach eine Komödie draus! Gerne mit viel schönem schwarzem Humor. Wir tun einfach so, als sei das Ganze lustig gemeint. Wie war dein Verkaufsansatz? Ironisch gebrochen?«

Jetzt zitierte er sie schon wieder.

»Du bist verrückt! Dazu müsste man es komplett umschreiben. Da bleibt außer Sylt nichts mehr übrig!«

Ben schien ihr kaum zuzuhören, er war zur Tür gegangen, um dem Assistenten das Tablett mit dem Tee abzunehmen.

»Ach so, ne, Sylt wird es nicht bleiben. Viel zu teuer! Wir machen es auf Langeoog.« Er reichte ihr eine Tasse Tee.

Mechanisch griff Julia danach. »Auf Langeoog?«

»Ja, ist auch Nordsee. Nie gehört? Wir haben ein Haus auf der Insel. Da kannst du mal einen Monat in Schreibklausur gehen und dir eine Geschichte ausdenken.«

Filmfreunde hatten ein Haus an der Nordsee für ihre Autoren? Ihre Autoren. Jetzt erst kam bei ihr an, dass Ben ihr gerade einen Job anbot. Sie sollte als Autorin für die *Filmfreunde* arbeiten. Eigentlich total spannend, aber hatte dieses Buch nicht schon einen Autor?

»Und was sagt der Weidel dazu?«

»Stimmt, der Herbert. Den musst du ab und zu mal einbeziehen. Das ist alles. Der bekommt ja auch Geld dafür. Ist ein Geschäft. Für uns alle.«

Julia nahm einen Schluck Tee und überlegte.

»Du ahnst, dass Paul sein Alter Ego ist?«

Ben lachte. »Ich ahne es.«

»Als Frau zwischen 20 und 80 falle ich voll in sein Beuteschema.«

»Hast du Angst vor dem Weidel?«

»Nein, natürlich nicht. Angst ist das falsche Wort.«

»Passt, du hast jetzt einen Monat Zeit, viel über richtige Worte nachzudenken.«

Einen Monat am Meer. Bezahlt. Wow.

»Du wirst schon mit dem fertig!« Ben zwinkerte ihr zu. »Ich hatte nicht den Eindruck, dass dich die Avancen älterer Männer aus der Bahn werfen.«

Julia verzog den Mund zu einem schiefen Grinsen.

»Übrigens, der Tee kommt daher. Sanddorntee. Ich hoffe, er schmeckt. Auf Langeoog gibt es alles mit Sanddorn. Das wirst du dann sehen.«

»Ja, der Tee schmeckt gut.«

Er schien überzeugt zu sein, dass alles genauso passieren würde, wie er es sich vorgestellt hatte.

»Du meinst das ernst, oder? Ich soll ein Drehbuch auf der Basis des Namens Herbert Weidel schreiben?«

»Ja, natürlich.« Ben saß schon wieder am Schreibtisch. »Das letzte Buch hat auch zur Hälfte seine damalige Freundin Nora geschrieben. Mindestens zur Hälfte.«

»Seine bessere Hälfte hat die bessere Hälfte des Buchs geschrieben?«

»Genau. Und diesmal machst du das. Hast du gedacht, ich lasse dich hierher bestellen, um dich anzugraben?«

Julia merkte, wie ihr die Röte ins Gesicht stieg. Sanddorntee und Norwegerpulli auf einmal waren zu viel des Guten. Zum Glück suchte Ben auf seinem Schreibtisch nach etwas und schaute sie gar nicht an.

»Ah, hier!«

Er zog einen Umschlag unter dem Blätterstapel des Manuskripts hervor. »Ich habe einen Vertrag vorbereiten lassen. Nimm ihn mit und schau ihn durch. Die erste Zahlung wird bei der Unterschrift des Vertrags fällig, die zweite bei Ablieferung der Rohfassung, eine dritte Zahlung erfolgt im Fall der Abnahme des Drehbuchs. Standardvertrag. Du fährst nach Langeoog und schaust dir da die Schauplätze an. Am besten jetzt. Vor Ostern, also bevor die Saison beginnt. Unterkunft stellen wir. Was meinst du?«

Immerhin fragt er, dachte Julia. Zögernd griff sie nach dem Umschlag. Eine erste Zahlung bei Vertragsabschluss plus einen Monat Schreibklausur an der Nordsee klangen fast zu gut, um wahr zu sein. Aber trotzdem ...

»Was soll denn da drin stehen im Drehbuch?«

»Keine Vorgaben außer, dass es eine Komödie sein soll, keine romantische, sondern eine Satire. Sonst gibt es immer den Vergleich mit der Berliner Legende. Ach, ja. Und der Name Paul ist doch richtig gut. Den können wir auch behalten.«

»Paul und Sylt.«

»Paul und Langeoog!« Ben drückte auf ein Gerät vor sich. »Simon, holst du Frau Krings wieder ab? Wir sind hier fertig.«

Julia starrte ihn an. So wurde sie entlassen? Sie stellte die Teetasse auf Bens Schreibtisch und ging in Richtung Tür.

»Du meldest dich?«, rief Ben ihr hinterher. »Wenn du den Vertrag prüfen lassen hast.«

Er hatte bereits nach seinem Handy gegriffen. Das Gespräch war mehr als offensichtlich beendet. »Bis Freitag bräuchte ich eine Rückmeldung. Ich habe einen Sender, der gegebenenfalls interessiert ist. Dafür müssten wir das allerdings bis Ostern über die Bühne ...«

»Hi, yes, it's Ben. How are you ...?"

Ben winkte Julia mit freundlichem Lächeln zur Tür hinaus.

8

»Prüfen *lassen*, hat er gesagt. Nicht prüfen.« Julia rührte mit einem langen Löffel ihren frischen Pfefferminztee um.

»Ja, und?« Anne hatte den Vertrag vor sich liegen und studierte ihn. Sie hatten sich im *Nish Nush* auf der Aachener Straße getroffen. Annes Kanzlei am Rudolfplatz war ganz in der Nähe.

»Weil es so typisch ist. So einer wie der, der lässt prüfen. Der prüft nicht selbst.«

»Ist bei Verträgen auch nie eine gute Idee, als Laie selbst zu prüfen.« Anne schaute Julia über ihre Lesebrille hinweg an.

»Das ist es nicht. So einer wie der, der sagt sicher auch im Restaurant: *Lassen Sie mir bitte die Rechnung machen* und nicht: *Machen Sie bitte die Rechnung fertig.*«

»Was quasselst du da eigentlich die ganze Zeit?« Anne nahm die Brille ab. »Wenn ich das lesen soll, dann würde ich dich bitten, mal fünf Minuten ruhig zu sein.«

»Entschuldige, aber es regt mich so auf. Das hättest du mal sehen müssen, wie der mich aus dem Raum gewunken hat.«

Julia fuchtelte mit der Hand in der Luft rum.

»Immerhin hat er dich nicht aus dem Raum winken lassen!«

»Ja, aber ...«

»Julia!«

»Okay!« Julia zog ihr Handy aus der Handtasche und fing an, darauf herumzuspielen. Seltsamer Typ, dieser Benedikt Opladen. Kölsch hatte er im Büro auch nicht gesprochen. Nicht das kleinste bisschen. Er hatte eher so geklungen wie ... Julia erstarrte. Genau! Er hatte geklungen wie sein Cousin. Julia schaute auf ihr Handy und öffnete Safari. Langsam und mit angehaltenem Atem tippte sie den Namen »Hanno Opladen« in das Suchfeld ein. Sie wartete einen Augenblick, bis die Ergebnisse angezeigt wurden, und ging dann auf die Bildsuche: Treffer! Da war er. Das Bild kam von der Website seiner Werbeagentur in Hamburg und Julia sah, dass er nicht nur als Pilot im Karneval super sexy war. Julias Herz klopfte ihr bis zum Hals.

Wie gut er aussah!!! Wie konnte einer wie Hanno Single sein? Was er wohl so machte, wenn er nicht im schwarzen Rollkragenpulli dekorativ in die Kamera schaute? Vielleicht würde sie noch etwas anderes über ihn erfahren? Sie klickte sich durch die Seiten. Ob er einen Facebook-Account hatte? Sie gab seinen Namen ein. Aber irgendwie hatte sie ein komisches Gefühl dabei. War das schon stalken?

Sie ging lieber auf Safari zurück und schaute sich dort die Treffer an. Hannos Hobby fand Julia auf der nächsten angezeigten Internetseite: Feldhockey. Hier gab es viele Bilder von ihm, alle mit seinem Team von Blau-Weiß. Warum war sie nicht schon früher darauf gekommen, dass Hanno und Ben denselben Nachnamen haben könnten? Sonst googelte sie doch immer alles gleich. Julia klickte sich durch endlose Bilder von Hanno auf dem Feld, Hanno, dem ein Pokal überreicht wird, und blieb schließlich bei Hanno, der sich sein Trainingshirt ausgezogen hat, hängen. Sie starrte auf sein Bilderbuch-Sixpack und seufzte sehnsüchtig. Mit dem hatte sie im Karneval geknutscht? Wieso hatte sie ihn nicht einfach nach seiner Nummer gefragt?

Das Handy klingelte und Julia erschrak so sehr, dass sie fast ihr Teeglas über den Vertrag gekippt hätte.

»Vorsicht!« Anne steckte die Seiten in den Umschlag zurück. Julia drückte Herbert Weidel weg. Sie hatte ganz vergessen, dass sie ihm einen Anruf für heute versprochen hatte. Das musste sie nachher unbedingt machen.

»Und?« Sie zeigte auf den Umschlag.

»Den kannst du bedenkenlos unterschreiben. Scheint wirklich absoluter Standard zu sein. Das Geld ist gar nicht mal so schlecht.«

»Danke, Anne!« Julia drückte ihre Hand.

»Und, machst du es? Fährst du nach Langeoog?«

»Ich denke schon. Klingt toll, oder? Ich bin noch nie fürs Schreiben bezahlt worden. Bisher habe ich immer nur die Texte von anderen verkauft.«

»Wirklich nicht? Auch für die Geschichte in der Annabelle nicht?«

»Man ist immer dankbar, wenn überhaupt was gedruckt wird.« Julia lachte dazu, damit es nicht so wehleidig klang.

»Dann ist das doch perfekt jetzt!« Anne griff nach der Speisekarte. »Ich muss schnell was essen. Du auch?«

Julia schüttelte den Kopf. Sie war viel zu aufgeregt, um hungrig zu sein.

Anne bestellte sich einen Wrap mit Avocado-Hummus und Granatapfelkernen.

»Ich dachte, du überlegst noch, ob du den Job annehmen sollst, weil du dich so über Ben aufregst.«

»Puh, der! Ist doch egal. Der ist in Köln und ich am Meer. Kilometerlange, weiße Strände. Das heisere Schreien der Möwen, ein einsames, reetgedecktes Ferienhaus in den Dünen. Das Feuer brennt im Kamin und ich sitze am Rechner und schreibe. Ach, das wird schön.«

»Oh, das klingt wirklich schön! Peter und ich waren einmal im Sommer mit den Kindern auf Baltrum. Das war traumhaft!«

Anne biss in ihren köstlich aussehenden Wrap und sagte mit vollem Mund: »Vielleicht können wir dich alle zusammen besuchen kommen?«

»Großartige Idee!« Noch mehr würde sie sich freuen, wenn Anne alleine käme, aber das sagte Julia nicht. Stattdessen nahm sie den Vertrag wieder aus dem Umschlag und fragte: »Wo muss ich unterschreiben? Ich mach es jetzt sofort.«

Sie erzählte Anne nicht, dass sie sich in ihrer Vorstellung nicht alleine auf den kilometerlangen Stränden der Nordseeinsel gesehen hatte. Irgendein Vorwand würde ihr einfallen, um Ben nach der Telefonnummer seines Cousins zu fragen. Sie würde Hanno anrufen, ihm von der Insel vorschwärmen und dem großen leeren Ferienhaus, das sie bis Ostern bewohnen würde, und Hanno würde zu Besuch kommen. Sie würden sich ineinander verlieben und ihr Stöhnen würde sich mit den heiseren Schreien der ...

»Du musst dir warme Unterwäsche mitbringen. Es ist eiskalt an der Nordsee im März.« Anne aß den letzten Bissen von ihrem Hummus-Wrap, trank ihr Wasser aus und stand auf. »Ich muss wieder in die Kanzlei. Was hast du gesagt, wann du losfährst?«

Julia sah ihr dabei zu, wie sie ihr Business-Jackett in Form zupfte. Jetzt ging sie in die Kanzlei, um zu arbeiten, später am Nachmittag würde sie die Kinder von Kita und und Schule abholen und dann für die Familie ein Abendessen zaubern. Wann war das alles passiert? Wann war Anne so erwachsen geworden? Hatten sie nicht eben noch zusammen am Rheinufer gesessen, Dosenkölsch getrunken und von ihrer Zukunft geträumt?

»Ich weiß nicht genau, wann es losgehen soll. Ich rufe Ben nachher an und sag ihm, dass ich den Vertrag prüfen und unterschreiben lassen habe.«

»Der hat dich geärgert, oder?« Anne hatte einen kleinen Schminkspiegel gezückt und überprüfte ihr Make-Up.

»Ja, der war doof. Erst lässt er mich auflaufen, dann tut er so, als könnte nur ich dieses Buch retten und am Ende entlässt er mich wie ein Schulkind.«

»Ärgere dich nicht. Ist halt für ihn einfach nur ein Business-Deal!« Anne schulterte ihre Business-Handtasche, als sie das sagte.

»Für mich ja auch! Was denn sonst?«

Anne lachte. »Schon gut! Meld dich, bevor du fährst. Hier ist zwar die Woche die Hölle los und dann noch der Geburtstag von Ella am Freitag, aber wir können gerne telefonieren.« Sie winkte Julia zum Abschied zu.

Julia winkte zurück. Sie sah Anne hinterher. Sie war jeden Tag im Büro so schick, wie Julia selbst sich gerade für ihren Termin gemacht hatte. Anne und Ben passten gut zusammen, dachte sie auf einmal. Wahrscheinlich waren die alle im Vorstand der KG Heiterkeit so. Erfolgreiche Kölner Geschäftsleute mit ihren Familien, die sich ab und an eine kleine Auszeit im Karneval gönnten. Um dann zurück in ihre heile Welt mit Ziegenpeter und Leoparden-Uschi zu gehen. War sie neidisch? Ein bisschen. Und ungerecht sowieso. Anne nahm sich keine Auszeiten von Peter. Julia schaute auf den Umschlag, der immer noch vor ihr lag. Da drinnen lag ein Job für sie. Ob sie den Vertrag gleich zu Ben bringen sollte? Sie war fünf Minuten von seinem Büro entfernt. Oder wirkte das zu bedürftig?

Auf jeden Fall!

Sie beschloss, in die Agentur zu gehen. Agentur klang fast so gut wie Kanzlei. Außerdem konnte sie da den Vertrag einscannen und an sein Büro mailen. Mailen lassen natürlich, fiel ihr ein, während sie das Restaurant verließ.

Nicht nur an der Nordsee ist es bitterkalt, dachte Julia, als sie die Aachener Straße hinunterging. Sie musste sich unbedingt noch einen Schal und eine warme Mütze kaufen. Wunderschöne Lederhandschuhe hatte sie von ihrer Mutter zu Weihnachten bekommen. Was die wohl zu ihrer Reise sagen würde? Vielleicht würde sie Ostern am Meer verbringen? Oh Gott, und Claudia? Jetzt erst fiel ihr ein, dass sie Claudia hätte fragen müssen, bevor sie den Vertrag unterzeichnete. Immerhin hieße das, dass sie bis Ostern allein in der Agentur wäre.

Als sie die winzige Wohnung in der Dasselstraße erreicht hatte, die sie sich mit Claudia zusammen als Büro eingerichtet hatte, erwiesen sich ihre Bedenken als unbegründet.

Claudia freute sich über den Auftrag. Sie wollte sofort einen Prosecco aus dem Kühlschrank holen, aber Julia winkte ab. »Für mich nicht heute!«

»Schade, das wäre echt mal ein Grund zum Anstoßen. Das sind doch super coole Kontakte für uns! Und schau mal, wenn sie die Rohfassung abnehmen, zahlen sie auch eine Vermittlungsgebühr an die Agentur.«

Sie zeigte auf die Seite im Vertrag, die sie gerade gescannt hatte.

»Echt?« Julia überflog den Text. »Puh … nicht schlecht!«

»Du hast das nicht gelesen?« Claudia schüttelte den Kopf.

»Doch, doch, war mir nur gerade entfallen.«

»Da musst du dich anstrengen, dass es was wird. Zumindest mit der Rohfassung. *The heat is on* …« Claudia tanzte durch ihr Mini-Büro.

»Das musst du mir nicht sagen, wenn das nichts wird, sattele ich um auf Fleischereifachverkäuferin!«

»Als ob man das nicht auch können müsste!«

»Mann, das war nur ein Bild.«

»Ein schiefes Bild.«

»Das Bild hängt schief?«

Claudia kicherte.

»Schickst du den Vertrag raus für mich?«

»Natürlich nicht. Den schickst du schön selbst raus!« Claudia drückte ihr den USB-Stick mit den Scans in die Hand. »Wann geht es los?«

Julia tat, als hätte sie Claudia nicht gehört. Woher sollte sie denn wissen, wann es losging?

Sie wusste ja noch nicht mal wohin genau. Alles, was sie wusste, war, dass das ein Erfolg werden musste. Die letzten beiden Jahre waren zu zäh gewesen. Dabei hatte es doch alles so gut angefangen. Die Schülerzeitung, mit der sie einen Preis gewonnen hatten. Der Platz an der *Hortensia School of Writing*, die kleine Erzählung, die in der Annabelle veröffentlich worden war. Und seitdem? Sie träumte gar nicht mehr davon, mit dem Schreiben berühmt zu werden, aber dass sie es nicht mal schaffte, einen Brotberuf daraus zu machen, hatte sie auch nicht erwartet. Vielleicht war dieses Drehbuch ihre Chance? Sie musste nur dran glauben. *If you can dream it you can do it*. Sie nahm ihren Laptop aus der Handtasche und stellte ihn auf den Schreibtisch. Sollte sie erst nachschauen, wo diese Insel lag? Oder das Projekt einfach zusagen? Den Sprung in die kalte Nordsee wagen. Sie schaute aus dem Fenster auf die Dasselstraße. Wenn jetzt eine Frau mit einem Hund vorbeiläuft, dann schicke ich als erstes den Vertrag los. Wenn ein Pärchen kommt, dann schaue ich nach, wo Langeoog liegt.

Es dauerte eine Minute, dann kam eine alte Dame mit Rollator und Julia drückte auf *send*. Einen Augenblick später bog ein Pärchen um die Ecke. Alle paar Meter blieben die beiden stehen und küssten sich. Großartig, da ist doch das Zeichen, dachte Julia und wollte gerade Langeoog googeln, als das Telefon klingelte.

»Ist für dich!« Claudia reichte Julia den Hörer und zerrte das Telefon zu ihr über den Schreibtisch. »Benedikt Opladen.«

Aber als Julia den Hörer nahm und »Hallo« sagte, hörte sie eine Stimme, die nicht nach Ben klang. »Moment. Ich verbinde Sie jetzt.« Es klackte in der Leitung und erst dann war Ben dran.

»Habe gerade den Vertrag reingereicht bekommen. Sehr schön. Dann kann es ja jetzt losgehen«, lobte er sie.

»Wann denn genau?«, stellte Julia die Frage, die sie heute schon zweimal nicht beantworten konnte.

»Wäre es möglich, dass du Freitag fährst? Dann ist noch jemand von uns oben, kann dich reinlassen und dir in Ruhe alles zeigen. Meine Schwester verbringt mit ihren Kindern die Faschingsferien auf Langeoog.«

»Faschingsferien?«

»Die wohnen in München.«

Man merkte seiner Stimme an, was er von München als Wohnort hielt. »Vielleicht ist mein Cousin auch noch da. Samstag oder Sonntag wollten die wieder abreisen. Sonst können sie dir den Schlüssel auch in den Schlüsselsafe legen, du wirst dich schon zurechtfinden.«

»Deine Schwester oder … dein Cousin?«, hörte Julia sich fragen, während das Blut in ihren Ohren wie verrückt rauschte.

»Ja, beide haben einen Schlüssel zum Haus. Ist eigentlich egal, wer von den beiden dann da ist.«

»Klar, ist eigentlich egal«, wiederholte Julia mechanisch.

»Wenn du Freitag kommen kannst, dann sag mir, welche Fähre du buchst, damit dich einer von beiden abholt.«

»Mach ich.«

»Alles okay bei dir?«

Julia beeilte sich, sich zu räuspern. »Ja, natürlich!« Sie spürte eine unbändige Freude in sich aufkommen. »Alles perfekt. Ich freu mich sehr!«

»Na dann, gute Reise! Wir bleiben in Kontakt, oder? Und die Fährzeiten nicht vergessen.«

»Selbstverständlich!«, sagte Julia überschwänglich, während der Film in ihrem Kopf auf vollen Touren ablief. Natürlich würden sie in Kontakt bleiben. Er war etwas nervig, aber schließlich war er Hannos Cousin. Er war Familie! Vielleicht würde er Hannos Trauzeuge werden? Heiraten wollte sie sowieso gerne in Köln. Vielleicht könnte man das Standesamt in Hamburg machen? Irgendwo am Wasser. Sie müssten natürlich im Sommer heiraten, sonst …

»Also dann, Julia. Auf dass dich die Muse an der Nordsee küsst!«

»Oh, ja!«, hauchte Julia, aber da hatte Ben schon aufgelegt.

9

Es dauerte eine Weile, bis Julia ihre Tagträume wieder so weit unter Kontrolle hatte, dass sie sich um ihre Fahrkarte an die Nordsee kümmern konnte. Mit der Deutschen Bahn dauerte die schnellste Verbindung von Köln nach Langeoog fast sieben Stunden. Um nicht auf der letzten Fähre zu landen, müsste sie um Viertel vor acht losfahren und käme um halb drei an. Erst mit dem IC bis Norden, dann mit dem Bus nach Bensersiel und schließlich mit der Fähre nach Langeoog.

»Sieben Stunden Anreise? Das kann doch nicht sein!«, beschwerte sich Julia bei Claudia.

»Der Otto-Maigler-See ist näher.« Claudia schaute kaum von ihrem Bildschirm hoch.

»Stimmt!« Julia kicherte, als sie an den Baggersee in Hürth dachte, an dem sie früher ihre Sommerwochenenden mit Anne und Selda verbracht hatte.

»Schau doch mal dieses umwerfend schöne Foto von der Dünenlandschaft an, das die bei der Bahn haben.«

Claudia erhob sich jetzt doch und stellte sich hinter Julias Rechner. »Langeoog: autofrei und doch kein bisschen altmodisch«, las sie laut vor. »Die haben doch den Schuss nicht gehört, bei der Bahn. Autofrei und deshalb topmodern, das wäre der richtige Spruch! Gar nicht so einfach, die Sache mit der Werbung.«

»Stimmt«, meinte Julia. Was Hanno wohl für Werbung machte? Einen Moment überlegte sie, ob sie sich noch mal die Website seiner Agentur anschauen sollte, aber dann riss sie sich zusammen. Am Freitag konnte sie Hanno sieben Stunden lang auf der Fahrt googeln.

»Ist es okay, wenn ich morgen nicht ins Büro komme? So wie es aussieht muss ich gleich für ein paar Wochen packen. Bei der Entfernung werde ich nicht am Wochenende nach Hause kommen.«

»Großartig! Dann hab ich hier endlich mal ein bisschen Ruhe und komme vielleicht zum Arbeiten!«, knurrte Claudia.

»Ich werde dich auch vermissen!« Sie grinsten sich an.

»Super, dass du das machst, Julia! Ich weiß, dass es ein Opfer ist, aber wenn das funktioniert, dann sind wir einen riesengroßen Schritt weiter mit der Agentur!«

»Meinst du das ernst?«

»Natürlich meine ich das ernst! Lang lebe der Karneval und der kölsche Klüngel! Aber du willst ja nicht mit mir anstoßen!«

Einen Augenblick überlegte Julia, ob sie Claudia verraten sollte, dass es überhaupt kein Opfer für sie war. Dass sie sich auf die Nordsee, das einsame Haus in den Dünen und das Wiedersehen mit einem wunderschönen Piloten aus dem Kölner Karneval freute, aber sie entschied sich dagegen.

»Anstoßen? Doch nicht an Aschermittwoch!«, erklärte sie stattdessen.

Sie schaute sich auf ihrem Schreibtisch um, aber wusste nicht, was sie packen sollte. Außer Laptop und Handy brauchte sie nichts zum Arbeiten. Schließlich steckte sie sich trotzdem Stifte und einen Block ein. Vielleicht könnte sie im Strandkorb Notizen machen oder sogar Skizzen? Das wäre bestimmt hübsch anzusehen.

Der Pilot kommt vorbeispaziert und sieht sie. Er setzt sich neben sie in den Strandkorb. Ganz nah an sie heran. Sie ist so überrascht, dass ihr der Skizzenblock aus Hand in den Sand fällt, der Wind erfasst ihn. Sie laufen ihm lachend hinterher, aber der Wind weht ihn ins Meer. Außer Atem bleiben sie stehen. Die besten Geschichten schreibt sowieso das Leben, sagt Hanno und küsst sie.

»Julia?«

Julia zuckte zusammen.

»Träumst du?«

O ja, sie träumte. Oder auch nicht. Vielleicht war es eher so etwas wie eine Vorahnung?

»Natürlich träume ich nicht!«, behauptete sie. »Ich habe nur überlegt, wo mein Wintermantel ist. Anne meinte, an der Nordsee ist es kalt.«

»Warst du noch nie an der Nordsee?«

»Ein einziges Mal. Zwei Tage auf Sylt. Da war es wirklich eiskalt und grau. Ich fahre doch nicht freiwillig nach Norden ans Meer. Da wäre ich ja schön blöd.«

Claudia lachte. »Und die schicken ausgerechnet dich an die Nordsee, um ein Drehbuch zu schreiben?«

»Für eine Romanze, nicht für eine Doku!«

»Ich dachte Komödie.«

»Oder Komödie, ist doch egal.«

»Ob es dem Weidel auch egal ist?«

»Mist, der Weidel!«

»Da war doch was ... der Bestseller-Autor!« Claudia kicherte.

»Ich muss den noch anrufen und ich weiß gar nicht, was Ben ihm schon gesagt hat.«

»Das habt ihr nicht besprochen?«

»Ich sag doch, der hat mir den Vertrag in die Hand gedrückt und mich rausgeschmissen!«

»Dann scheint mir das der richtige Moment, um den Weidel anrufen zu *lassen*.« Claudia griff zum Telefon. »Ich stell mich doof. Soll er mal erzählen, was er weiß.«

»Das würdest du für mich machen?« Julia schaute Claudia dankbar an.

»Logo. Wir sind doch ein Team.« Claudia wählte bereits die Nummer.

»Hallo, Herr Weidel, hier ist Claudia Schmitz von der Agentur LesensART.« Dann sagte sie eine ganze Weile nur noch »ach so!« und »wirklich« und »toll!«. Während Julia mit halbem Ohr zuhörte, kritzelte sie auf ihrem Block vor sich hin. *Julia und Hanno* schrieb sie und malte ein großes Herz um die beiden Namen. Dann probierte sie *Julia Opladen* und strich es wieder durch. Das war ja Quatsch, sie würde natürlich ihren Namen behalten. Stattdessen malte sie jetzt ineinander verschlungene Js und Hs überall hin. Es war ganz erstaunlich, wie gut das J zum H passte. Es konnte sich verspielt an den Rücken vom H anlehnen, es konnte ...

»Julia?«

Sie legt den Stift weg und schaute Claudia erwartungsvoll an. »Was sagt er?«

»Dass er sich freut, dass du im Boot bist und sicher aus seinem brillianten Roman ein nicht minder großartiges Drehbuch machen wirst.«

»Das ist alles? Großartig.«

»Ach ja, und dass er dich besuchen wird an der Nordsee, damit ihr seinem Meisterwerk gemeinsam den letzten Schliff geben könnt.«

»Bitte sag, dass das nicht wahr ist!«

»Er meint, Herr Opladen wäre so nett gewesen, ihn einzuladen.«

Julia schüttelte den Kopf. »Das ist ein Scherz, oder?«

»Nein, nein!« Claudia amüsierte sich. »Im Gegenteil. Herr Weidel ist sich sicher, dass da eine ganz besondere, kreative Spannung zwischen euch ist.«

»Ich fasse es nicht!«

»So hat er es empfunden. Er spürt bei dir ein gewisses ... je ne sais quoi ..., sagt er.«

»Ein gewisses *je ne sais quoi*?« Julia stöhnte. »Was *ich* nicht weiß ist, wann ich diesen Ausdruck zum letzten Mal gehört habe.«

»Das wird wohl im letzten Jahrtausend gewesen sein!« Claudia war bester Laune.

»Ich bringe ihn um!«, murmelte Julia.

»Wen bringst du um? Den Opladen oder den Weidel?«

»Das ist eine sehr gute Frage. Und um zu überlegen, wie ich die beantworte, gehe ich jetzt nach Hause! Aber eigentlich ist es egal. Verdient hätten sie es beide.«

Julia schulterte ihre Handtasche und ging zur Tür, gerade war ihr eingefallen, wo ihr Wintermantel war. Bei ihren Eltern an der Garderobe im Flur. Den würde sie jetzt abholen, bevor sie nach Hause zum Packen ging.

»Egal? Egal ist gar nichts!«, rief Claudia ihr hinterher. »Vermassel das bloß nicht!«

»Tschüss!!!« Julia winkte ihr zu. Natürlich würde sie es nicht vermasseln. Sie würde Hanno auf der Insel wiedersehen. Er würde sie küssen und die Muse natürlich auch. Arm in Arm würden sie über windige, verregnete Strände spazieren, sich am Kaminfeuer aufwärmen, ein bisschen Wellness machen und sich dann nach einem schönen Abendessen bei Kerzenlicht noch näherkommen. Gut, dass nicht Sommer war, der Winter war viel romantischer! Und das Drehbuch würde der absolute Knaller werden. Julia wusste es einfach.

10

Die erste Rate ist bei Vertragsunterschrift fällig, dachte Julia, als sie die Treppenstufen vom Büro hinunterging. Sie würde Ben doch nicht umbringen. Jedenfalls nicht bis zum Ende der Zahlungen. Und jetzt wollte sie sich schnell noch etwas Schönes zum Anziehen für Hanno und die Nordsee kaufen. Sie lief durch den Grüngürtel vorbei an der Universität in Richtung Dürener Straße. Sie liebte diese Strecke, dieses schier endlose, grüne Band, das sich mitten durch Köln zog. Leider war es jetzt schon ziemlich düster und im Licht der Straßenlaternen war die Strecke ein bisschen unheimlich. An der Haltestelle WiSo-Fakultät beschloss sie, zwei Stationen zu ihrem Lieblingsladen auf der Dürener Straße mit dem gerade dort haltenden Bus zu fahren. Sie setzte sich auf einen Platz neben der Tür und zog ihr Handy aus der Tasche. Sie hatte eine neue Nachricht von einem unbekannten Absender.

> Hallo Julia, sagst du mir noch eben Bescheid, welche Fähre du nimmst?

Ach, das war Ben. Wo er ihre Handynummer wohl herhatte? Sie wollte sich gerade wieder über ihn aufregen, als ihr einfiel, dass die Nummer in ihrer Email-Signatur stand. Sie las weiter.

> Dann kann ich auf Langeoog
> Bescheid geben und einen Haken
> dran machen? Danke. B.

B? So knapp war seine Zeit bemessen, dass es für das *e* und das *n* nicht mehr gereicht hatte? Einen Haken wollte er dran machen? Das konnte er gerne.

> Um 14:30!

Sie schickte die Nachricht ohne weiteren Kommentar ab. Dann speicherte sie Bens Nummer. *B WIE BOSSY* gab sie als Namen ein und nickte zufrieden. Er wollte eine Komödie haben? Genau in diesem Moment hatte sie die Idee, dass er darin eine sehr lustige Nebenrolle spielen sollte! Als sie das Handy wieder wegstecken wollte, kam eine neue Nachricht von *B WIE BOSSY* rein.

> Sehr gut. Hanno holt dich ab. Du
> weißt schon: Das ist der Langweiler
> in Uniform aus dem Haus Mayer. Du
> erkennst ihn daran, dass er auch ohne
> Uniform schrecklich … Gähn. B.

Julia spürte ihr Herz schlagen. Hanno. Hanno würde sie abholen. Die ganze Zeit hatte sie gehofft, dass er der Cousin auf Langeoog sein würde und die hässliche kleine Stimme in ihrem Inneren unterdrückt, die vorgeschlagen hatte, dass Ben möglicherweise Heerscharen von Cousins hatte, von denen irgendeiner sie am Freitag auf der Insel begrüßen würde. Aber nein! Es war Hanno, der attraktive und aufregend unnahbare Pilot aus dem Haus Mayer! Der Mann ihrer Träume, der Mann, der ... Mist, sie war an ihrer Bushaltestelle vorbeigefahren. Und zwar ziemlich weit. Jetzt musste sie die ganze Dürener Straße zurücklaufen, um zu der kleinen Boutique *Knocknok* zu kommen. Ihr war eiskalt, als sie dort war und sie investierte vorausschauend in einen wunderbar weichen riesengroßen Schal und ein blaues Kleid mit seidigem, orangefarbenem Futter, das beim Gehen verführerisch aufblitze. Bester Dinge lief sie nach ihrem Einkauf zu ihren Eltern nach Hause.

»Julia! Wie schön!« Frau Krings war ganz aus dem Häuschen. »Ich wusste gar nicht, dass du kommst. Ich hätte doch was gemacht für dich. Willst du was essen?«

Julia küsste ihre Mutter auf die Wange. »Ich bin nur ganz kurz da. Ich wollte meinen Wintermantel von der Garderobe oben holen.«

»Wir sitzen in der Küche zusammen, dein Vater und ich! Wir trinken Tee, ein bisschen Kuchen ist auch noch da, oder soll ich ...?«

»Ich komme gleich.«

Julia lief die Treppe in den zweiten Stock hoch und öffnete den kleinen begehbaren Schrank, in dem immer noch Anziehsachen von ihr waren. Zuerst sah sie ihren Wintermantel nicht, aber dann entdeckte sie ihn unter der Folie einer Textilreinigung. Ihre Mutter musste ihn zum Reinigen gebracht haben. Julia war ihr so dankbar. Sie nahm den Mantel vom Haken und entdeckte dabei ihre alten Laufschuhe. Wie lange hatten die da unbenutzt gestanden? Mindestens ein Jahr. Kurz entschlossen griff

Julia danach. Hanno war so supersportlich. Sie könnten doch zusammen am Strand laufen gehen. Durch die Dünen aufs Meer zu. Die Sonne strahlt und lässt die Fluten tiefblau aussehen. Die Möwen stehen hoch im Wind und schreien ihre Möwenschreie. Sie folgt seinen Fußspuren im Sand ...

Ja, so in etwa. Sie ging zu ihren Eltern in die Küche. Frau Krings Begeisterung über den tollen Auftrag und den unangemeldeten Besuch kippte schnell, als sie erfuhr, dass es in der nächsten Zeit der letzte sein würde.

»Und Ostern?«

»Tja, Ostern. Ich weiß nicht, was bis dahin alles passieren wird.« Julia strahlte.

»Was soll das denn heißen?« Ihr Vater wurde hellhörig. »Ist da etwas, das du uns nicht erzählst? So fröhlich habe ich dich zuletzt gesehen, als du diesen Jim hier angeschleppt hast.«

»So ein Quatsch, Papa, als ob ich nur fröhlich bin, wenn ich mich verliebt habe.«

Ihr Vater zwinkerte ihr zu. »Und die Laufschuhe? Die habe ich auch schon lange nicht mehr gesehen. Für wen wurden die noch mal angeschafft?«

»Papa! Die habe ich doch nicht für einen Mann gekauft!« Julia verdrehte die Augen. »Die hast du lange nicht gesehen, weil ich nicht mehr zuhause wohne!«

»Ach so ...« Herr Krings lächelte seine Tochter liebevoll an.

»Aber, wenn man es genau nimmt ...«

Gerade, als Julia ihren Eltern verraten wollte, dass sie ihren Traummann auf Langeoog wiedersehen würde, klingelte das Telefon und ihr Bruder Philip war dran. Anstatt im Flur zu telefonieren, nahm Frau Krings das Telefon mit an den Tisch. Julia und ihr Vater waren also live dabei, als sie erfuhr, dass Philips Frau Caro wieder schwanger war und sie im Oktober zum dritten Mal Oma werden würde. Philip hätte es ihnen gerne persönlich gesagt, aber sie waren nicht nach Köln gekommen, weil Caro sehr müde war und sich schonen musste.

»Habe ich es doch gewusst!«, jubelte Frau Krings, als sie endlich aufgelegt hatte. »Karneval in Mainz. Das glaubt ja kein Mensch!«

Julia stieß noch mit ihren Eltern auf dieses wunderbare Ereignis an und ging dann zum Campus der Universität, um mit dem 142-er Bus nach Hause zu fahren. Von Hanno, Langeoog oder einem Drehbuch war in der Küche ihrer Eltern nicht mehr die Rede gewesen. Noch nicht mal das Stichwort Ostern war gefallen.

Nachwuchs ist Trumpf, dachte Julia und versuchte sich selbst einzureden, dass ihre plötzliche schlechte Laune nur darauf zurückzuführen war, dass sie nun doch am Aschermittwoch Sekt trinken musste und rein gar nichts mit einem Anflug von Eifersucht auf ihren kinderreichen Bruder zu tun hatte.

11

Als Julia am Freitagmorgen um 6:20 das Haus verließ, war es stockdunkel. Die wenigen Menschen auf der Straße waren auf dem Weg zur Arbeit, den Blick nach unten gerichtet, zogen sie ihre alltäglichen Bahnen. Julia beobachtete sie und spürte am ganzen Körper die Vorfreude auf alles, was vor ihr lag. Ein bezahlter Ausbruch aus der Routine, eine Reise ans Meer, ein Treffen mit einem schönen Fremden. Ein beruflicher Erfolg. Es klang wie ein Jahreshoroskop aus der *Cosmopolitan.* Nichts würde mehr so sein, wie es war, wenn sie nach Köln zurückkäme. Sie konnte es kaum abwarten, bis sie im Zug saß.

Der Großraumwagen war nahezu leer, neben ihr auf dem Tisch stand ein großer schwarzer, noch sehr heißer Kaffee, und ein Serrano-Baguette vom Bäcker am Bahnhof hatte sie sich auch mitgebracht. Julia nahm einen Schluck und verbrannte sich fast die Zunge. Dann öffnete sie ihren Laptop und legte einen Langeoog-Ordner an. Das erste Dokument darin bekam den schlichten Namen: `Langeoog_Treatment.`

Dann saß sie da und pustete abwechselnd in ihren riesengroßen Kaffeebecher und biss in ihr Baguette. Die belanglose Industrielandschaft des Ruhrgebiets schnurrte an ihrem Fenster vorbei, während die Sonne Mühe hatte, die graue Wolkenwand zu durchbrechen. Julia blickte konzentriert auf den weißen Bildschirm vor sich. Sobald sie anfing zu tippen, würden Figuren und Geschichten entstehen. Sie kannte diesen Automatismus, deshalb wollte sie einen Moment innehalten und versuchen, eine mögliche Story im Kopf zu entwerfen, bevor ihre Finger auf der Tastatur Fakten schufen.

Eine Komödie. Sie nahm einen Schluck Kaffee. Auf einer Insel. Ein *Paul* als Hauptfigur und viele Frauen um ihn herum. Hatte Paul bei Herbert Weidel einen Beruf oder war er Privatier? Sie hatte keine Lust, im Manuskript nachzulesen. Stattdessen sah sie zum Fenster raus.

Puh, sieht das alles hier trist aus, dachte sie. Es gibt viel zu wenig Glamour! Im Kino will ich Glanz und Lichter haben. Die Geschichte könnte in einem Luxushotel am Meer spielen. *Paul* wäre der schöne Sohn des Hotelbesitzers, der sich jeden Tag in einen neuen Gast verliebt. Vielleicht ist *Paul* gar kein fieser Draufgänger wie beim Weidel. Er ist ein Träumer, der jedes Mal wieder glaubt, dass er verliebt ist und zurückgeliebt wird, während die weiblichen Inselgäste nur ein Abenteuer suchen.

Hm, und der Vater?

Der Vater könnte doch ein altes Ekel sein, der dem Sohn das Leben schwer macht, weil ...? Oder besser: Er ist ein Egozentriker, er nimmt den Sohn gar nicht wahr, weil er nur sich selbst sieht. Ja, genau. Er ist ein ehemaliger deutscher Rockstar aus einem Erfolgsduo. Sein Partner ist vor vielen Jahren gestorben. Seitdem ist seine Karriere vorbei, und er hat mit den letzten Groschen das Hotel gekauft. Okay, dann ist es vielleicht nicht mehr ganz so glamourös, sondern auch ein bisschen abgerockt, wie er. So ein »Atlantik« in den Dünen. Und die Leute fahren immer noch hin, um ihn zu sehen.

Das ist gut! Julia war auf einmal ganz aufgeregt. Sie überlegte weiter. Jetzt lagen ihre Hände schon auf der Tastatur.

Und wie geht es los? Wie kommt die Geschichte ins Rollen? Irgendwer kommt auf die Insel. Jemand, mit dem niemand rechnet. Vielleicht ... Sie nahm einen Schluck Kaffee. Die Witwe! Die Frau seines verstorbenen Partners kommt auf die Insel. Sie hat eine Ghostwriterin, eine junge Frau, im Schlepptau, weil sie die Memoiren ihres Mannes schreiben will und ein paar Antworten von seinem ehemaligen Partner erwartet. Ex-Rockstar und Witwe treffen aufeinander. *Paul* und Autorin treffen aufeinander. Dann gibt es erst einen riesengroßen Knall, dann verknallen sich alle, eine Hürde noch und dann das Happy End. Vater und Witwe; Sohn und Autorin. Over und aus! Brillant.

Hm ... Welche Personen hätte sie dann? Jetzt fing sie doch an zu schreiben, fürs *Treatment* brauchte sie sowieso eine Aufstellung.

FIGUREN

PAULs Vater (69): eitler, selbstverliebter Ex-Rockstar

PAUL (33): bildschöner, lebensfremder Träumer, der an die Liebe auf den ersten Blick glaubt und von seinem Vater nicht ernstgenommen wird.

Die Witwe (65): so ein Typ Marianne Faithfull, also viel mehr als Witwe, selbst Songwriterin (vielleicht

hat sie die besten Songs der Band geschrieben ...???)
Ja, genau ...!!!!!

Bevor Julia Ausrufezeichen über die ganze Seite tippen konnte, klingelte ihr Telefon.

»Hallo Anne!« Für niemand anderen wäre sie in diesem Moment ans Telefon gegangen.

»Hallo Julia, sitzt du schon im Zug?«

»Ja, stell dir vor, ich habe auch schon angefangen mit dem Treatment. Es läuft super, ich habe schon eine voll lustige Story und ...«

»Super, ich freu mich. Jetzt wollte dich Ella sprechen. Weil doch heute ihr Geburtstag ist.«

Oh Mist. Ellas Geburtstag. Wie hatte sie den vergessen können? Ella war doch ihr Patenkind. Und sie hatte ihr noch nicht mal eine Karte geschrieben.

»Ella, happy Birthday!«, rief sie mit ihrer fröhlichsten Stimme ins Telefon. »Ich fahre heute ans Meer. Was soll ich dir zum Geburtstag mitbringen? Eine kleine Robbe für dein Bett? Einen Strandkorb für den Balkon oder ein Segelschiff für die Badewanne?«

Ella kicherte brav am anderen Ende. »Eine Muschel«, antwortete sie dann. »Und einen Becher mit meinem Namen drauf.«

Julia versprach es, wünschte einen wundervollen Tag und legte dann auf. Es war ihr peinlich, dass sie den Geburtstag vergessen hatte. Aber manchmal war es einfach zu viel mit den Kindern anderer Leute. Ihr Bruder, ihre beste Freundin. Es war wirklich gut, der ganzen heilen Familienwelt an der einsamen, wilden Nordsee zu entkommen. In den Armen von Hanno. Und wer weiß, vielleicht würde sie auch irgendwann mal zu diesem Club gehören?

Sie legte den Kopf in die Hände und träumte mit offenen Augen.

Der Wind streichelt die Hecken und Büsche und lässt die Blätter des Sanddorns geheimnisvoll rascheln. Der Weg ist so schmal geworden, dass sie sich im Gehen eng aneinander kuscheln. Als ein leichter Sprühregen einsetzt, zieht er sie zu dem romantischen, holzgedeckten Unterstand am Weg. Sie schauen auf das Meer, das grau und satt vor ihnen liegt. Er nimmt sie in seinen Arm. »Ich hoffe, sie wird deine Augen bekommen!«

»Kaffee? Milchkaffe? Cappuccino?«

Julia zuckte zusammen und blickte hoch. Ein Servicebegleiter war an ihrem Tisch stehengeblieben. »Was zu trinken für Sie?«

Julia schaute auf die Uhr. Es war erst 9 Uhr. Drei Stunden Bahnfahrt lagen noch vor ihr. Danach musste sie in einen Bus umsteigen, in dem es sicher nichts zu trinken gab. Aber sie hatte keine Lust auf mehr Kaffee.

»Ich geh ins Bordbistro«, verkündete sie, »aber danke.«

»Da nicht für!« Der Mitarbeiter der Deutschen Bahn zog weiter.

Julia schnappte sich ihren Rechner und ihre Handtasche und ging ins Bistro. Sie liebte es, im Speisewagen zu fahren, das hatte sie sich von ihrem Vater abgeschaut, der das immer machte, wenn er allein Bahn fuhr.

Sie setzte sich und klappte den Laptop wieder auf. Wo war sie stehengeblieben? Ach ja, die Personen: Paul, sein Vater, die Witwe und die Autorin. Die Autorin konnte sie sich gut als Schlüsselfigur vorstellen, die letztendlich vermitteln würde zwischen der Witwe und dem Vater und Paul von seiner *Liebe-auf-den-ersten-Blick-Besessenheit* heilen würde. Durch …? Hm, hm, hm … Das war alles noch etwas vage. Warum auch nicht, sie hatte vor weniger als einer Stunde damit angefangen.

Sie bestellte einen Tee beim Kellner und überlegte weiter: Die Autorin musste auf jeden Fall eine coole Socke sein. Vielleicht verliebte sich Paul auch sofort in sie und sie sich in ihn. Aber … Warum klappt es dann nicht? Vielleicht versucht jemand, es zu verhindern? Ja, genau. Pauls bester Freund schaltet sich ein. Er will verhindern, dass sich Paul ständig unglücklich verliebt. Oder vielleicht tut er nur so, als würde er uneigennützig handeln? Weil er selbst hinter ihr her ist? Daraus könnten sich doch lustige Situationen ergeben, oder? Und dieser beste Freund, der könnte so sein wie Ben, dachte sie. So ein Boss Boss, der sich überall einmischt und nervt. Ah, das ist gut. Dann hätten wir jetzt an Figuren:

```
PAUL
BESTER FREUND
VATER
WITWE
AUTORIN
```

Julia versuchte, eine Zeichnung der Beziehungen anzufertigen, aber irgendwie ergab es noch keinen Sinn. Ich brauche Namen, dachte sie. Und ich muss wissen, wie sie aussehen. Sie schaute sich im Bistro um, aber hier saß keine Marianne Faithfull und der Herr mit den nur noch spärlich an den Seiten des Kopfes wachsenden grauen Haaren hatte sicher noch nie ein Rockkonzert besucht, geschweige denn seine Gitarre über den Köpfen seiner Fans zertrümmert.

»Von wegen, das Leben schreibt die besten Geschichten!«, murrte Julia leise vor sich hin. Sie griff nach der *mobil* und blätterte darin herum. Da, das könnte sie sein. Die Autorin. Die Frisur war super! Mittelscheitel, ganz dickes, blondes Haar, etwa schulterlang geschnitten. Etwas kürzer. Dunkle Augenbrauen, ein großer Mund, die Augen konnte sie nicht sehen, die verdeckte eine Sonnenbrille. So sah sie aus. Das war die Autorin. Wie hieß sie? Irgendwas mit L ... Paul und ...? Lena? Lea? Lara? Louisa? Leandra? Oder Leonore? Das war schön. Und Paul könnte sie zärtlich Leo nennen. Paul und Leo, Leo und Paul Das war großartig.

Und wie sollte sie Ben nennen? Den besten Freund? Der müsste irgendeinen beknackten Namen bekommen. Am besten auch mit B. Björn. Das wär's. Sie kicherte. Sie googelte auf ihrem Handy: Jungennamen mit B. Branko. Brendan. Bosse ... auch großartig, da wäre gleich das »bossy« mit drin, aber bei Bosse musste sie an die *Kinder von Bullerbü* denken, das funktionierte nicht. Aber hier: Bodo. Herrlich dämlich. Bei Bodo war gleich klar, dass er die Frau nicht bekommen würde. Bodo, Bodo, Bodo ... Gab es da nicht mal ein Lied? Ja, genau. *Ja wer baggert hier so spät noch am Baggerloch, das ist Bodo mit dem Bagger und der baggert noch* ... Sie sang das Lied leise vor sich hin und konnte gar nicht mehr aufhören zu grinsen. Ben würde Bodo werden. Sie fing an, Bodo zu beschreiben, und fand schließlich selbst, dass ihr eine sehr lustige Karikatur von Ben gelungen war.

Seit sie in Norden in den Bus umgestiegen war, hatte sie aufgehört zu schreiben und hatte mit Kopfhörern im Ohr aus dem Fenster geschaut. Die Landschaft war abwechslungsreicher geworden. An ihrem Fenster zogen Backsteinhäuser, Windmühlen und Weiden mit Pferden und Kühen vorbei. In den gepflegten Vorgärten blühten bereits lila und weiße Krokusse als erste Vorboten des Frühlings.

In Bensersiel lag die Fähre schon zum Einsteigen bereit am Hafen. Mit lautem Getöse zog Julia ihren Trolley über die geriffelten Metallböden, ihren Koffer hatte sie für die Überfahrt eingecheckt. Zum Einsteigen musste sie ihre zu diesem Zweck erworbene *Langeoog-Card* in eine kleine Schranke einführen. Die Schranke öffnete sich und Julia ging den Gang entlang auf die Fähre zu. Sie hielt ihr Handy in der Hand und fotografierte. Sie wollte den Moment festhalten, vielleicht würden sich Paul und Leo darüber unterhalten, wie es ist, auf die Insel ihrer Träume überzusetzen? Oder sie würde sich selbst einmal daran erinnern wollen, wie es war, das erste Mal auf dem Weg zu einem Date mit Hanno zu sein. Ihr Herz klopfte, während sie Fotos von der *Langeoog 1* im Hafen von Bensersiel machte.

Auf der Fähre setzte sie sich die übergroße Sonnenbrille auf, die sie sich letztes Jahr selbst zum Geburtstag geschenkt hatte, und ging aufs oberste Deck, um sich umzuschauen. Die Sonne schien und zog silbrige Bahnen über die bleigraue Farbe des Meeres. Hier in der Enge des Hafenbeckens bewegte nur der Wind, der auch an Julias Haaren zerrte, die Oberfläche des Wassers. Träge sah es aus, dieses Meer. Dickflüssig wie früher an Silvester das Blei im Blechlöffel. Unter dem Dröhnen der Sirenen setzten die Motoren der Fähre ein und schwerfällig begann die *Langeoog 1,* sich ihren Weg durch den Hafenkanal aufs Meer hinaus zu pflügen.

Julia sah zu, wie das Festland langsam verschwand und versuchte, weiter Fotos zu machen. Aber das Handy wurde den subtilen Nuancen des monoton flachen Graus nicht gerecht. Ich muss beschreiben, was ich sehe, dachte Julia und fing an, das Handy als Diktiergerät zu nutzen. Erstmal die Fakten: »Fähre weiß. Dieser Schornstein – oder was? – orange. Unbedingt nachschauen, was das ist. Möwen in der Luft. Lustig, wie sie stillstehen im Wind. Gibt es viele Möwenarten? Kiosk an Bord. Offen.«

Offen? Plötzlich hatte sie Lust auf einen Prosecco. Das war doch mal ein Moment zum Feiern! Die Sonne schien, das Meer war toll und am anderen Ende des Meeres wartete der schöne Hanno Opladen im Hafen von Langeoog auf sie. Sie ging hinunter zum Kiosk und kaufte einen Piccolo. Wieder an Deck lehnte sie sich an die Reling und öffnete ihn. In das Pfeifen des Fahrtwindes rief sie aufs Meer hinaus: »Auf dich, Julia. Neues Spiel, neues Glück!«, und dann nahm sie einen großen Schluck aus der Flasche. Der viel zu warme Sekt lief ihr rechts und links schäumend aus den Mundwinkeln heraus und tropfte in ihren Kragen. Es war nicht hilfreich, dass Julia lachen musste bei der Vorstellung, wie sie gerade aussah. Als ihr einfiel, wie Sekt im Kragen bei der Begrüßung am Hafen riechen würde, hörte sie auf zu lachen. Mittags um halb drei nach Alkohol zu stinken, war wenig attraktiv. Sie hoffte inständig, dass der große Sportler Hanno nicht auch ein großer Abstinenzler war. Sie konnte sich nicht mehr erinnern, ob er im Karneval viel getrunken hatte oder nicht. Sie beschloss, auf der Bordtoilette den Sekt so gut es ging wieder aus den Klamotten zu waschen.

Als sie damit fertig war und sich auch gleich noch ein Kaugummi in den Mund gesteckt hatte, hörte sie wieder das Tuten der Fähre, die sich dem Land näherte. Schnell rannte sie wieder an Deck, um die Ankunft auf Langeoog nicht zu verpassen.

12

Als sie oben war, sah sie die Insel schon vor sich liegen. Eine dunkle Landmasse im Meer, das die gleißende Sonne silbrig glitzern ließ. Die Kontraste waren so groß, dass man Details der Landschaft nur schwer erkennen konnte. Jede kleine Insel im Meer hätte sich hinter diesem Bild verbergen können, aber es war auch nicht die Landschaft, für die sich Julia in diesem Moment interessierte. Sie scannte den kleinen Platz am Hafen nach Personen ab. Aber außer ein paar Fischern war dort, soweit sie sehen konnte, niemand.

Vielleicht hatte Hanno sich verspätet? Julia verließ gemeinsam mit den wenigen Anreisenden die Fähre und schaute sich um. Alle Leute schienen das gleiche Ziel zu haben. Sie stiegen in eine kleine Bahn ein, die aussah, als würde man damit durch einen Themenpark zum Bergwerk und den sieben Zwergen fahren.

Was war das denn?

»Was'n nu los hier? Mitfahren oder hierbleiben?«, grummelte sie ein Männlein mit Uniform-Mütze an.

»Vielen Dank«, sagte Julia hoheitsvoll. »Ich werde abgeholt.«

»Im Hafen?«

Wo denn sonst?, dachte Julia. Sie konnte sich nicht überwinden, in diese Seniorenattraktion aus dem Phantasialand einzusteigen.

»Kommen Sie schon! Sobald das Gepäck von der Fähre verladen ist, fährt die Inselbahn los.« Von der Miniatur-Plattform des Zwergen-Zugs winkte ihr ein Mann zu, den sie gerade noch auf der Fähre gesehen hatte. »Das ist richtig hier, anders kommt man nicht weg vom Hafen. Es sei denn, Sie wollen laufen.«

Laufen? Natürlich wollte sie nicht laufen. Sie wusste ja auch gar nicht wohin. Zögernd stieg sie ein und der Zug fuhr an. Wie merkwürdig! Hatte Ben Hanno die falsche Zeit genannt? Sie überlegte, ob sie ihn anrufen sollte. Sie zog ihr Handy aus der Tasche und starrte darauf. Hatte er vielleicht eine Nachricht geschickt, dass er sich verspätet?

Julia versuchte den Kloß, der sich in ihrem Hals bildete, runterzuschlucken. Die Enttäuschung brannte auf ihren Wangen. Sie hatte sich so sehr in die Freude auf dieses Treffen am Hafen reingesteigert. Da war wirklich ihre Fantasie mit ihr durchgegangen. Sie hatte es vor sich gesehen: Hanno am Hafen. Am Ende des Pontons. Im Hintergrund die reetgedeckten Häuser des kleinen Örtchens Langeoog. Vielleicht hätte sie misstrauisch werden müssen, als Hanno in ihren Träumen noch die Pilotenmütze aus dem Haus Mayer trug. Wie albern sie war, sich so auf das Treffen mit einem Mann zu freuen, mit dem sie kaum drei Worte gewechselt hatte. Sie grinste schief vor sich hin.

Der Mann ihr gegenüber fühlte sich offenbar angesprochen. Er hatte seine Kinder auf die Nachbarbank verscheucht, damit Julia sich setzen konnte.

»Sie werden sicher am Bahnhof abgeholt. Das ist hier so. Sie sind zum ersten Mal hier?«

Julia nickte und duckte sich dann, weil er ausholte. Einer seiner Söhne hatte gerade angefangen, einer alten Dame vor ihm in den Hintern zu treten, der breit über den Sitz hing.

»Marcel«, schimpfte er, »wenn du nicht gleich ...« Den Rest sparte er sich und Marcel verdrückte sich an das andere Ende des kurzen Waggons. Zum ersten Mal schaute sich Julia die wenigen Mitreisenden an und bemerkte, dass in ihrem Zugabteil ausschließlich Familien und Senioren saßen. Sie überlegte, ob das auf Sylt auch so gewesen war. Nein, in ihren wenigen Erinnerungen an Sylt spielten Kinder keine Rolle.

»Und Sie reisen diesmal ohne Ihre Kinder?«, fragte der Vater von Marcel und bestätigte damit ihre Überlegungen.

»Ja«, sagte Julia, »diesmal.« Und dann schaute sie auf die graugrünen Wiesen und das kahle Wäldchen, durch die sie fuhren. Das war Langeoog? Wo war denn hier das Meer? Kein Meer, kein Hanno. Dafür ein Golfplatz, ein Flugplatz und natürlich ... ein Kinderspielplatz. Irgendwas lief hier schief.

Aber der Mann hatte recht gehabt. Hanno stand auf dem einzigen Bahnsteig des Bahnhofs von Langeoog und lächelte ihr entgegen. Anders als Ben sah er genauso aus, wie er auch im Karneval ausgesehen hatte und Julia entdeckte ihn sofort auf dem überhaupt recht leeren Bahnsteig. Ein Blick auf ihn und auf einmal war die Vorfreude wieder da. Was für ein Mann! Und hier stand er und wartete auf sie. Sie sprang vom Trittbrett des bremsenden Zuges und lief auf ihn zu. Als sie näherkam, sah sie, dass nicht nur er sie erwartete. Neben ihm stand ein kleines blondes Mädchen. Halleluja, dachte Julia, das geht ja gut los, und verlangsamte ihre Schritte. Gehörte die zu ihm?

»Hallo!« Hanno kam ihr entgegen. »Schön, dass du hier bist. War die Fahrt gut?« Er küsste sie auf beide Wangen.

»Ja!« Julia strahlte ihn an. Bis auf die letzten beiden Kilometer im Zwergen-Zug hatte sie eine super Fahrt gehabt. Und ein Blick auf Hanno reichte ihr, um zu wissen, dass sie auch die ganze Strecke mit der Inselbahn zurückgelegt hätte, wenn er am anderen Ende am Bahnsteig wartete. Er trug Jeans, eine dunkelblaue, gefütterte Steppjacke und auf dem Kopf eine genauso blaue Mütze mit einem auffälligen Logo, das Julia nicht kannte. Das ganze Blau brachte seine Augen zum Leuchten, und Julia konnte sich von dem Anblick kaum losreißen. Diese Kombination von blasser Haut, dunklen Haaren und blauen Augen war einfach unwiderstehlich.

»Geht es dir gut?« Sie strahlte ihn an.

Er lächelte freundlich zurück. »Muss ja.«

Julia nickte. »Ja, klar.«

Sie wandte den Blick erst ab, als er auf das Mädchen neben sich zeigte: »Das ist übrigens meine Nichte Lucy.«

Seine Nichte, dachte Julia. Großartig.

»Hallo, ich bin Julia!«

Lucy versteckte sich hinter Hanno.

»Wenn du mir den Gepäckschein gibst, hole ich deine Koffer für dich.«

Julia durchsuchte ihre Manteltaschen nach dem orangenen Schnipsel, den sie ihr beim Einchecken in Bensersiel gegeben hatten und war froh, als sie ihn ziemlich schnell in einer ihrer Manteltaschen fand. Hanno und Lucy gingen los, um ihren Koffer zu holen.

»Und, wie gefällt dir unsere schöne Insel?«, fragte Hanno, als sie wieder da waren.

Julia hatte den Eindruck, noch überhaupt nichts von der Insel gesehen zu haben, aber sie sagte natürlich trotzdem, dass sie ihr sehr gut gefallen würde.

»Na, dann komm, dann zeigen wir dir jetzt dein Zuhause für die nächsten vier Wochen.«

Hanno nickte Julia zu und wandte sich dann an das Kind: »Na, Lucy, weißt du, wo es langgeht?«

Lucy wusste, wo es langging. Sie stiefelte stolz vor ihnen her und murmelte dabei »jetzt hier, und jetzt hier und jetzt so«, während sie ihnen geschäftig den Weg zeigte.

»Was für ein lustiger Zufall, dass Ben und du sozusagen ein gemeinsames Projekt habt!«, versuchte Hanno, Konversation zu machen.

»Was für ein lustiger Zufall, dass du auch gerade auf Langeoog bist. Machst du was für die *Filmfreunde*?«

Hanno lächelte, als ob Julia einen Spaß gemacht hätte. »Im Moment mache ich Schlüsselübergabe für die *Filmfreunde*!«

»Oh, ja, das ist sehr nett. Ich danke dir!«

»Da nich für.« Er zuckte mit den Schultern.

Julia schwieg. Trotz oder gerade wegen dieser Floskel klang es fast so, als sei es ihm lästig, sie abzuholen. Was machte er hier auf Langeoog? Erst jetzt fiel ihr auf, dass sie sich mehr darüber hätte wundern müssen, dass sowohl Bens Cousin als auch seine Schwester auf der Insel waren.

»Geh du vor!« Hanno hatte ihre Irritation nicht bemerkt. »Mit dem großen Koffer kommen wir nicht zusammen durch.«

Julia folgte Lucy über schmale, bilderbuchmäßig gepflegte Straßen voller 60-er-Jahre Reihenhäuser, von denen eines spießiger und hässlicher war als das nächste. Die Rollen ihres Koffers auf den kopfsteingepflasterten

Wegen ratterten so laut, dass ein Gespräch schwierig war. Julia betrachtete die Siedlung, durch die sie gingen und fragte sich, wann die reetgedeckten Häuser und die Dünen und das alles endlich anfangen würden, als Lucy auch schon in einer der Einfahrten verschwand.

»Das ist es!« Hanno blieb ebenfalls stehen.

»Das ist was?« Julia sah nichts, wo man hätte angekommen sein können.

»Das Haus!«

Hanno zeigte auf eine Mini-Reihenhausanlage in dunklem Backstein, die aus vier kleinen Wohneinheiten bestand. Das war es? Hier sollte sie bis Ostern wohnen? In dieser Vorstadt-Tristesse mit Gartenzwerg-Alarm? Julia schluckte. Reflexartig sagte sie: »Wie schön.«

Hanno nickte zufrieden. »Meins ist das Haus ganz links, in der Mitte wohnt Thea, Bens Schwester und daneben ist sozusagen Bens Ferienhaus. Da bringt er oft Autoren unter. Und so.«

Autoren und so, dachte Julia. Verstehe.

Bevor sie etwas sagen konnte, öffnete sich die Tür des mittleren Hauses und zwei weitere Kinder, ein Mädchen und ein Junge, stoben daraus hervor.

»Onkel Hanno, Onkel Hanno, du musst der Mama helfen. Der Mixer funktioniert nicht. Komm schnell!«

»Ein alter Mann ist doch kein D-Zug!« Lachend ließ sich Hanno von den Kindern an den Händen nehmen und ins Haus ziehen.

»Komm mit!«, rief Hanno Julia zu. »Ich stell dich Thea vor.«

Zögernd ging Julia hinter ihm her. Es fiel ihr schwer, ihre Vision vom Haus in den Dünen, in dem sie alleine schreiben würde und den dichterischen Prozess nur für romantische Strandspaziergänge mit Hanno unterbrechen würde, hinter sich zu lassen.

So hässlich das Haus von außen auch war, musste Julia doch zugeben, dass es innen Charme hatte. Bunte Teppiche auf den breiten Dielenböden, Bücherregale an den Wänden und überall Kinderbilder. Während sie im Wohnzimmer stand und sich umschaute, kam eine Frau aus der Küche, die Hanno ähnlich sah.

»Hallo, ich bin Thea!« Sie wischte sich die Hände an einem Küchentuch ab, das sie sich über die Schulter geworfen hatte, bevor sie Julia die Hand schüttelte.

»Julia.«

»Freut mich sehr.« Thea lächelte herzlich.

»Mich auch!«

»Und jetzt lasst bitte Onkel Hanno mal in Ruhe«, rief sie in Richtung ihrer Kinder. »Den Mixer kann der auch nicht reparieren und schließlich muss Hanno Julia ihr Haus zeigen.«

»Du auch«, rief sie Lucy hinterher, die sich schon in Richtung Haustür aufgemacht hatte.

»Manno«, stöhnte Lucy und kam zurück ins Wohnzimmer, um sich in einen der breiten Ledersessel zu werfen. »Das ist so ungerecht.«

»So ist das Leben«, sagte Thea nüchtern und ging zurück in die Küche.

»Na, komm!« Hanno griff nach Julias Koffer. »Dann zeige ich dir jetzt das andere Haus.«

»Tschüss«, rief Julia Thea in der Küche zu und ging Hanno nach.

Mit Erleichterung stellte Julia fest, dass es bei Ben nicht wie in einem Familienferienhaus aussah, sondern eher nüchtern mit einem Hauch Design.

»Und wem gehört das vierte Haus?«

»Das ist von Ben privat.«

»Und dieses hier?«

»Das vermietet er. Gehört sozusagen der Firma.«

»Und da wohnt er nebenan. Und seine Schwester auch?«

»Ist doch praktisch.«

»Die verstehen sich wohl richtig gut, er und Thea, oder?«

»Ja, natürlich. Sie ist ja seine Schwester.« Hanno sah sie an, als hätte er ihre Frage nicht verstanden.

»Ja, klar!« Julia dachte an die Narbe an ihrem rechten Oberschenkel, die durch einen Pfeil entstanden war, den Philip ihr an ihrem zwölften Geburtstag aus Versehen ins Bein gejagt hatte.

»Komm, ich zeig dir den Rest vom Haus.«

Hanno ging vor ihr her. Im ersten Stock waren zwei kleine Schlafzimmer und ein Badezimmer. Einen Stock höher öffnete Hanno die Tür zu einem hübschen Zimmer unter einem offenen Dachstuhl, das Fenster bis zum Boden hatte. »Das hier ist für dich. Da ist ein Badezimmer sozusagen en suite.« Er schritt durch den Raum und öffnete eine weitere Tür. Julia folgte ihm.

»Mit Badewanne und Dusche natürlich.«

Julia lachte. »Du klingst wie ein Makler.«

Er dreht sich zu ihr um und lächelte sie an. »Wir wollen doch, dass du dich wohlfühlst auf unserer kleinen Insel.« Julia strahlte zurück.

»Das Schönste hast du gewissermaßen noch gar nicht gesehen.« Hanno verließ das Bad. »Hier!« Er öffnete die Glastür.

»Nett.« Julia trat auf den Balkon. Der Blick ging auf die Straße raus zu den Reihenhäusern und Vorgärten hin, die sie auf dem Weg hierhin gesehen hatte. Von hier oben aus konnte man auch alle vier Gärten der Opladen-Häuser überblicken, beziehungsweise von allen vier Gärten aus beobachtet werden. Aber das Meer war nicht zu sehen.

»Guck mal, da hinten ist das Meer!«

Hanno legte ihr einen Arm um die Schulter und zeigte auf einen blauen Strich am Horizont.

»Ah, schön!« Julia lehnte sich in seinen Arm.

»Hallo«, winkte Lucy aus dem Garten des Nachbarhauses herauf. »Kommt ihr gleich wieder rüber?«

»Ja, Lucy, wir kommen.«

Warum eigentlich?, dachte Julia, aber da erschien auch Thea im Garten.

»Lass doch Julia erst mal auspacken und ankommen! Julia, Sie kommen doch nachher zum Essen, oder?«

»Sehr gerne!«

»Ich trag dir noch den schweren Koffer hoch!« Hanno verschwand die Treppe runter.

»Das musst du doch nicht, das schaffe ich schon!«

»Okay!« Er war am Fuß der Treppe angekommen. »Das hier im ersten Stock sind übrigens auch Gästezimmer. Ben meinte, aus Berlin würde noch jemand kommen.«

»Aus Berlin?« Julia ging ihm langsam nach.

»Nächste Woche oder so? Er meinte, du wüsstest Bescheid.«

Julia war bei Hanno angekommen. »Nächste Woche schon?«

»Vielleicht habe ich mich auch verhört.« Hanno war es unangenehm, die offensichtlich schlechte Nachricht überbracht zu haben. »Wir sehen uns später. Wenn du noch was brauchst: Auf der Barkhausenstraße ist ein Supermarkt. Ich würde dir was mitbringen, aber ich muss noch mal los zum Golfplatz und das ist sozusagen die falsche Richtung.« Julia setzte sich auf die unterste Stufe und schüttelte den Kopf. »Alles okay. Ich komm zurecht!«

»Wir essen um sieben!«, rief Hanno und dann war er weg.

13

TREATMENT

1. DRAUSSEN. HAFEN. TAG.

Begegnung PAUL / LEO

PAUL wartet auf einen Freund am Hafen, als LEO mit der Fähre ankommt. Sie sieht ihn zuerst. Jetzt hebt auch er den Kopf. Ihre Blicke treffen sich für einen Moment. Dann muss LEO der Dame, in deren Auftrag sie auf die Insel gereist ist, mit ihrem Koffer helfen. PAUL begrüßt seinen Freund, dann sieht er sich nach LEO um, aber die ist verschwunden. Sie sitzt bereits in der Inselbahn und lässt sich von MARIA, so heißt die Dame, zum wiederholten Mal erklären, was sie auf der Insel vorhaben. PAUL und sein Freund steigen in einen anderen Waggon ein. PAUL schaut suchend nach draußen, aber LEO bleibt verschwunden. In der Fensterscheibe entsteht aus seiner Reflexion ihr Porträt. PAUL hat sich verliebt.

Ha, dachte Julia. Das ist gut! Natürlich kann man jemanden vom Hafen abholen. Man muss nur mit der Inselbahn vorher vom Ort aus dorthin fahren. Es ist viel schöner, wenn sie sich so am Hafen sehen. Sie verlieben sich, bevor die Geschichte überhaupt losgeht. Sie hatte sich in Hanno auch verliebt, ohne dass sie sich näher kennengelernt hatten. So ist das mit der Liebe auf den ersten Blick. Die zweite Szene müsste im Hotel spielen, bei der Ankunft. Da wäre es besser, wenn Paul nicht gleich wieder dabei wäre.

2. DRINNEN / HOTELLOBBY / TAG

Begegnung MARIA / MIGUEL

((nochmal über die Namen nachdenken))

Julia merkte, dass sie Hunger hatte. Wie spät war es? Sie schaute auf die Uhr auf dem Rechner. Es war schon fünf. Sie hatte zwar noch nichts ausgepackt, aber es war auf jeden Fall eine gute Idee, trotz des Abendessens bei Thea noch Brot, Käse und eine Flasche Rotwein einzukaufen. Wer weiß, vielleicht würde sie später Besuch aus dem Nachbarhaus bekommen ...

Julia stand auf und streckte sich. Wenn sie schrieb, vergaß sie, auf die Uhr zu schauen. Und einen ganzen Monat lang würde sie das auch nicht müssen. Was für ein Geschenk! Sie lief die Treppen runter und schnappte sich Mantel, Schal und Mütze. Wo war nur ... Ah, Hanno hatte den Haustürschlüssel für sie auf den Küchentisch gelegt. Am Anhänger baumelte ein Schildchen: *Gäste Gartenstraße*. Super! Jetzt wusste sie auch, wo sie war.

Sie hatte vergessen, wie die Straße hieß, in der der Supermarkt sein sollte, und beschloss, einfach loszumarschieren. Der Ort hatte nicht den Eindruck gemacht, riesig zu sein. Sie lief die Gartenstraße herunter, vorbei an einer Bäckerei, einem Landschulheim und einem Fahrradverleih. Sie war sich sicher, auf dem richtigen Weg zu sein.

Die wenigen Familien, die ihr entgegenkamen, hatten alle Einkaufstüten auf den Fahrrädern oder im Bollerwagen. Nach wenigen hundert Metern war sie an einer Kreuzung angekommen, an der es links in eine verkehrsberuhigte Zone ging. Verkehrsberuhigt auf einer autofreien Insel, dachte Julia. Wie ruhig soll es denn werden?

Sie wollte sich gerade weiter auf die Suche nach dem Supermarkt machen, als ein Schild sie ablenkte. *Strand* stand auf dem Schild. Mehr nicht. Julia spürte auf einmal ein Kribbeln am ganzen Körper. Vor lauter blauen Dachpfannen, Gartenzwergen, Glasbetonsteinen und gekachelten Hausfassaden hatte sie fast vergessen, dass sie am Meer war. Sie würde den Supermarkt Supermarkt sein lassen und folgte dem roten Backsteinweg, vorbei an kahlen, dornigen Heckenrosenbüschen, bis sie auf einen schmalen Pfad oberhalb des Strandes, der ebenfalls verkehrsberuhigt war, gelangte. Alle zehn Meter konnte man sein Fahrrad abstellen und anketten. Aber nicht nur das. Von hier aus bot sich auch endlich der langersehnte Blick auf das Meer, auf dem sich die Farbenpracht der untergehenden Sonne spiegelte.

Julia überlegte, wann sie zum letzten Mal einen solchen Sonnenuntergang gesehen hatte, aber es fiel ihr nicht ein. Der gesamte Himmel war in ein tiefes Orange getaucht, das von gelben Sonnenstrahlen durchzogen war. Wolken zeigten sich in den unterschiedlichsten Formationen und erschienen je nach Lichteinfall lila, grau oder sogar olivfarben. Sie nahm das Handy aus der Manteltasche und machte ein paar Fotos, von denen sie das schönste an Ben schickte.

ANGEKOMMEN!!!

Dann leitete sie das Bild an Anne weiter.

Wish you were here!

Es wäre wirklich schön, wenn Anne hier wäre, dachte sie, als sie weiterging. Das einzige andere Mal, als sie an der Nordsee war, war auch Anne dabei. Sie hatten übers Wochenende Annes damaligen Freund besucht, der ein Autorenstipendium für Hornum gewonnen hatte. Damals waren sie in einer Sauna am Strand gewesen, von der aus man direkt ins Meer laufen konnte. Ob es hier auch eine Sauna am Strand gab? Sie schaute sich um, aber es war schon ziemlich düster.

Sie ging weiter Richtung Meer. Der Weg führte jetzt auf schmalen Balken wieder hinab, vorbei an den hohen Gräsern der Dünen, bis er irgendwann am Anfang des Strandes abbrach. Dann stand Julia am Meer. Überwältigt von dem Gesamtkunstwerk, der Farbenpracht, dem Geruch nach Salz und Algen, der Kälte des Windes in ihrem Gesicht. Dem Wind, der Sand mit sich trug und ein leises Heulen in ihren Ohren anstimmte, vor dem Hintergrund des gewaltigen Donnerns des Meeres. Wow, dachte Julia und lief langsam in Richtung der Brandung. Sie hatte das Gefühl, dass mit jeder Welle das Meer wilder tobte und sich mit der sinkenden Sonne immer mehr und immer dunklere Wolken am Himmel zusammenballten.

Und so war es tatsächlich. Ein Unwetter zog auf. Schon trafen sie die ersten Tropfen, als wäre sie in eine Regenfront reingeraten. Julia trat den Rückzug an, doch der Regen kam mit ihr mit. Er peitschte vom Meer in Richtung Land und Julia fing an zu laufen. Sie war ganz alleine am Strand und fragte sich, ob es eine Unwetterwarnung gegeben hatte, die sie verpasst hatte. Zum Glück war es nicht weit und sie war gleich wieder atemlos oben am Strandweg angekommen.

Und auf dem Strandweg stand ... Hanno!

»Hier bist du. Thea hat gesagt, ich soll dich suchen gehen.«

Er hatte sie gesucht. Julias Herz klopfte. Das Wetter hatte alles Unheimliche verloren und war auf einmal nur noch schaurig schön! Julia hätte sich gerne an Hanno geschmiegt und ihm gesagt, wie wunderbar sie seine kleine Insel im weiten wilden Meer nun wirklich fand.

»Komm, wir gehen nach Hause, ich habe meine Mütze vergessen.« Hanno wollte den Rückweg antreten.

»Lass uns doch lieber irgendwo warten, bis es aufhört zu regnen. Gibt es nicht ein nettes Restaurant in der Nähe, wo man was trinken kann?«

»Der *Seekrug* ist sehr schön«, überlegte Hanno. »Vielleicht hast du Recht, ohne Mütze durch den Regen zu gehen, ist nicht gut. Ich könnte mir da wenigstens einen Schirm leihen.«

Er ging auf dem schmalen Pfad voraus und Julia folgte ihm glücklich. Nach ein paar Minuten blieb Hanno vor einem Gebäude stehen: »Hier ist es!«

»Das Restaurant?« Julia ging durch die Tür, die er ihr aufhielt und stand in einem Treppenhaus, das mit einem alten, grauen Filzteppich ausgelegt war. Die schmucklosen weißen Wände waren überall verschrammt und angestoßen. Alles in allem sah es trostlos aus.

»Das Restaurant ist sozusagen im ersten Stock!« Hanno stieg die Treppen hoch. »Im Sommer ist es hier sehr nett. Die Terrassen laufen ganz um das Gebäude herum und man hat einen tollen Blick auf Meer und Insel.«

»Schön!« Julia schaute sich um. Der Seekrug hatte den Charme eines Speisesaals in einem gut geführten Seniorenheim. Der Eindruck wurde dadurch verstärkt, dass bis auf eine Familie mit einem Teenager nur Senioren anwesend waren. Sie versuchte, durch die großen Glasscheiben hindurch Meer oder Insel zu sehen, aber alles, was man sah, war die Spiegelung des hässlichen, gut beleuchteten Interieurs.

Zum Glück steuerte Hanno einen Sitzplatz in einer der Ecken an, der nicht direkt unter Neonbeleuchtung lag.

»Hier sitzt man an der Heizung«, erklärte er ihr seine Wahl. »Ich erkälte mich leicht. Ich verstehe gar nicht, wie mir das mit der Mütze passieren konnte.«

»Hier!« Julia schob die Kerze, die auf dem Tisch brannte, in seine Richtung. »Da kannst du dir die Hände dran wärmen.«

Er lächelte. »Da bestell ich mir doch besser einen Tee.« Aber als die Kellnerin kam und erzählte, dass sie wunderbare Austern hätten, bestellten sie doch statt des Tees zwei Gläser Chablis und sechs Austern.

»Mehr dürfen wir nicht essen, sonst schimpft Thea, wenn wir bei ihr keinen Hunger mehr haben.«

Julia hätte gerne geantwortet, dass sie nach drei oder durchaus auch nach sechs und mehr Austern noch in der Lage gewesen wäre, zu Abend zu essen, und dass sie außerdem notfalls mit Theas Schimpfen fertig werden würde. Aber dann dachte sie, dass es besser wäre, sich nicht in die Dynamik der Familie Opladen einzumischen. Außerdem war sie auch so glücklich. Eigentlich war es ganz gemütlich in dieser Ecke. Das Kerzenlicht schmeichelte Hanno, der es wirklich nicht nötig hatte, und Julia hoffte, dass es dasselbe für sie tun würde. Die Kellnerin kam und brachte den Wein und die Austern. Hanno schien ihre Blicke nicht zu bemerken. Er hat nur Augen für mich, dachte Julia glücklich.

Während sie die Austern aßen, erzählte er vom Hockey – von seinem Club, seinem Team, ihren Spielen und ihren Erfolgen. Julia interessierte sich nicht für Hockey, aber es war ihr relativ gleichgültig, was er sagte. Solange er sie anlächelte, konnte er auch Zehner-Potenzen aufzählen und ihr würde nicht langweilig werden. Nur schade, dass sie gar nichts von sich erzählen konnte, Hannos Redefluss ließ es einfach nicht zu. Trotzdem: Wie schön, wenn sich jemand so begeistern kann, dachte sie.

Etwa eine halbe Stunde später unterbrach Hanno unvermittelt seine Hockey-Ausführungen: »Jetzt müssen wir aber wirklich los, sonst bringt uns Thea um.«

Er winkte die Kellnerin heran, um zu zahlen, und organisierte sich von ihr einen Regenschirm. Er musste der Kellnerin versprechen, den Schirm am nächsten Tag persönlich zurückzubringen, bevor sie ihm einen gab, der wahrscheinlich ihr eigener war.

Draußen regnete es immer noch. Der Weg war zu schmal, um nebeneinander herzugehen, und so machten sie sich schweigend auf den Weg nach Hause. Sie hatten keine hundert Meter hinter sich gebracht, da nieste Hanno das erste Mal.

Als er zum dritten Mal nieste, noch bevor sie die Dünen verlassen hatten, entschloss sich Julia, Hanno ihre Mütze zu geben: »Ich glaube, du brauchst sie dringender als ich.«

Sie zog sie sich entschlossen vom Kopf.

»Ja, ich denke, du hast recht. Ich kriege sehr schnell eine Erkältung, weißt du?« Hanno schniefte und zog sich die Mütze auf, die sie ihm entgegenstreckte.

Du sagtest es, dachte Julia und war zum ersten Mal, seit sie sich in den Dünen getroffen hatten, irritiert.

Zuhause öffnete Lucy die Tür: »Hallo, gleich essen wir.«

Als Thea Julia durchnässt im Flur stehen sah, brachte sie gleichzeitig seufzend und lachend mehrere Handtücher. »So ist das auf der Insel, am besten bewegt man sich immer nur im Regenmantel. Sogar im August.«

Hanno nieste im Hintergrund.

»Oh Gott«, stöhnte Thea, »nicht du auch. Emil niest auch ständig.«

»Ich glaub, ich föhne mir mal eben die Haare!« Hanno verschwand in den ersten Stock ins Bad.

Hanno und Emil niesten das ganze Abendessen weiter, und gegen 21 Uhr erklärte Hanno schließlich mit belegter Stimme: »Nehmt es mir nicht übel, aber ich muss ins Bett. Ich fürchte, ich habe Fieber.«

Während sich Julia fragte, wie sich Hanno von ein paar Regentropfen am frühen Abend bis jetzt eine Erkältung zugezogen haben sollte, sagte Thea: »Moment!« und verschwand im Bad, um ein Fieberthermometer zu holen. »Das haben wir gleich.« Sekunden später verkündete sie: »Oje, dich hat es wirklich erwischt. 38,8. Ich würde auch ins Bett gehen, wenn ich du wäre.« Dann drehte sie sich zu ihrem Sohn um: »Emil, jetzt bist du dran.« Emil hatte 39,7 und wurde sofort von Thea ins Bett gebracht. Auf der Treppe rief sie: »Louisa, Lucy, ihr kommt gleich mit. Es ist spät genug.«

Unter verschiedenen »oh Mann« verzogen sich die Mädchen ins Bett. Auch Hanno war schon aufgestanden.

»Du hast ja den Schlüssel, oder?«, fragte er Julia. »Es tut mir sehr leid, aber ich glaube, es hat keinen Zweck, dass ich jetzt aufbleibe. Schlaf gut. Ich verzichte lieber auf einen Gute-Nacht-Kuss.« Er winkte Julia und verschwand.

»Ich komm wieder runter, wenn die Kinder im Bett sind. Wenn du noch bleiben willst, ich freu mich!«, rief Thea von oben, als sie die Haustür ins Schloss fallen hörte.

Wahrscheinlich wäre es sogar nett, mit Thea noch ein Glas Wein zu trinken, aber Julia war sich nicht sicher, ob sie das nur aus Höflichkeit angeboten hatte. Außerdem dauerte bei Anne das ins Bett bringen der Kinder mindestens eine Stunde. Wer weiß, wie das bei Thea ist, dachte Julia. Noch dazu mit einem kranken Kind.

»Vielen Dank, das ist nett«, rief sie deshalb zurück. »Aber ich bin müde von der Fahrt. Ich glaube, ich gehe rüber.«

»Tut mir leid.« Thea kam die Treppe herunter. »Dann komm doch bitte morgen zum Frühstück zu uns.«

Julia versprach es und ging ins Nachbarhaus.

14

In Bens Ferienhaus angekommen, stellte Julia fest, dass die Küche gut bestückt war. Es war kein Problem, hier anzureisen, wenn die Geschäfte schon geschlossen waren. In den Schränken fand sie Kaffee, Tee, Spaghetti und Pesto, Cracker und ein paar Kekse. Im Kühlschrank war eine Flasche Weißwein; eine Flasche Rotwein stand auf der Anrichte. Sie entschied sich für einen Sanddorntee.

Während der Wasserkessel brummte, nahm Julia sich das Handy, um das WLAN-Passwort einzugeben, das sie auf einem Zettel neben der Rotweinflasche entdeckt hatte. Sie hatte Lust, im Bett einen Film zu schauen.

Acht neue Nachrichten las sie im Display. Wow! Wer ihr wohl alles geschrieben hatte? Es waren zwei Nachrichten von ihrer Mutter, in denen sie überlegte, ob Philip und Caro einen Jungen oder ein Mädchen erwarteten und wie sie ihr drittes Kind wohl nennen würden, und sechs Nachrichten von Ben, Antworten auf ihr Sonnenuntergangsfoto.

Die erste war von 18:11 Uhr:

Wow, schön!

Um 18:22 Uhr schrieb er:

Alles gut? Hat Hanno dich abgeholt?

Um 19:05 Uhr:

Ich wette, Thea hat gekocht!

Die nächste kam um 20:22 Uhr:

Kannst dich ja mal melden …

20 Minuten später:

Im Kühlschrank müsste noch Weißwein sein.

Und nach weiteren 20 Minuten, um 21:07 Uhr:

Alles okay …???

Puh. Hatte der sonst nichts zu tun? Wahrscheinlich war er zuhause bei Frau und Kind und ihm war langweilig. Sie beschloss, nichts zu schreiben. Immerhin hatte sie ihm Bescheid gesagt, dass sie gut angekommen war. Sie machte sich den Tee und ging hoch in ihr Zimmer. Irgendwie war es echt cool, hier zu sein, um zu schreiben.

Sie stellte die Tasse auf den Schreibtisch und klappte den Laptop auf. Wäre es nicht gut, ihre ersten Eindrücke von der Insel festzuhalten? Plötzlich hatte sie mehr Lust auf ihr Drehbuch als auf einen Film. Neben dem Schreibtisch stand sogar ein kleiner Drucker.

Julia ging noch mal in die Küche, holte das Passwort und wieder zurück am Schreibtisch installierte sie den Druckertreiber. Wie cool! Sie liebte es, neue Texte ausgedruckt zu lesen. Was sollte sie schreiben? Weitermachen mit der Beschreibung der Hauptpersonen? Ben/Bodo hatte sie schon, Leo auch. Jetzt fehlte noch Paul.

PAUL: 33; groß, schlank, irgendwo zwischen schlaksig und sportlich, dunkle, volle Haare mit hohem Ansatz, heller Teint, blaue Augen, längliche, gerade Brauen, die so dicht über den Augen verlaufen, dass sie den Blick akzentuieren. Dreitagebart, eine schmale Nase über vollen Lippen, das Kinn markant, ohne kantig zu sein.

Was hatten Helden sonst immer noch? Ein jungenhaftes Grinsen. Sie schrieb es auf und löschte es dann wieder. Was sollte das sein? Grinsten ältere Menschen anders als junge? Vielleicht Grübchen? Mochte sie Grübchen überhaupt bei Männern? Hanno hatte keine Grübchen. Julia entschied sich gegen Grübchen. Fertig war der Held! Sie setzte die Beschreibung kursiv. Was könnte sie jetzt noch schreiben? Für eine Drehbuchszene war sie schon zu müde. Vielleicht ein Stimmungsbild? Ein Moodboard für die Insel. Sie dachte an den Strand bei Sonnenuntergang.

Holzbohlenweg / der weiße Sand der Dünen / der Wind raschelt im Strandhafer / Möwenspuren im Sand / die granitgrauen Wellen der Nordsee / blonde Haare, vom Wind bewegt / ~~LEO im Trenchcoat mit hohen Stiefeln, einen Schal um den Hals ...~~ [Quatsch, die Geschichte spielt ja im Sommer] / LEO mit großer Sonnenbrille, ein

Strandkleid von Missoni [googeln und beschreiben] / Flipflops [hat sie eine Badetasche dabei??? – nein, es ist zu spät, sie will nur den Sonnenuntergang sehen]

Leo geht aufs Meer zu, die Sonne färbt Himmel, Meer und Sand rot. Sie steht atemlos am Ufer. So etwas Schönes hat sie noch nie gesehen.
»Wie gefällt dir unsere kleine Insel?« Leo erschrickt. Sie hat Paul nicht kommen hören, das gewaltige Tosen der Nordsee hat seine Schritte verschluckt.
»Sie ist wunderschön!«, haucht Leo und wendet sich zu ihm um. »Ich möchte am liebsten für immer hierbleiben.«
Er nimmt sie bei der Hand. »Dann bleib hier. Bleib bei mir!«
Sie schauen sich in die Augen. Leo spürt, wie sie schwach wird. »Bei dir?« Sie zögert. »Ja, bei mir!« Hanno zieht sie ganz nah an sich heran. »Ich habe vom ersten Moment an gewusst, dass du zu mir gehörst. Sobald ich dich an diesem Tag, den ich nie vergessen werde, im Hafen erblickt habe.«
Ihre Silhouetten färben sich rot, als er sich zu ihr herunterbeugt und sie küsst. Hannos Lippen sind sanft und fordernd zugleich. Sie schmeckt das Salz des Meeres auf ihnen.
»Ich habe es auch gewusst, als ich dich zum ersten Mal im Hafen stehen gesehen habe. Ich wusste, dass wir uns lieben würden!« Sie schmiegt sich in seine starken Arme und gibt sich seinen Küssen hin. Er nimmt sie bei der Hand und führt sie zu einem der Strandkörbe.

Hatte Ben gesagt, es sollte eine Satire werden? Das passte doch gar nicht! Sie würde noch mal mit ihm sprechen müssen. Gerne eine Komödie, aber eine romantische natürlich. Sie druckte die beiden Texte aus. Sie würde sie morgen noch mal lesen. Julia streckte sich. Jetzt war sie doch müde geworden. Zeit, sich ins Bett zu kuscheln. Warum war Hanno nur krank geworden? Es hatte doch alles so schön angefangen, ihr Treffen am Hafen, Austern im Seekrug, die Begeisterung, mit der er von seinem Sport geschwärmt hatte. Seine freundliche Art, seine herzliche Familie. Ben hatte unrecht gehabt. Hanno würde hervorragend zu ihr passen. Sie beschloss, von Hanno zu träumen.

15

Julia wachte in ihrem viel zu leeren Bett unter der Schräge auf, weil aus der offenen Dachluke eiskalte Luft auf sie hinunterfiel. Sie stand auf, um die Luke zu schließen. Dann suchte sie nach ihrem Handy: Es war erst acht Uhr. Nebenan hörte sie die Kinder von Thea. Vielmehr hörte sie Thea, die immer wieder laut »pscht!« zischte. Julia musste grinsen. Das machte Anne auch mit ihren Kindern. Anne war sicher auch schon wach. Vielleicht hatte ihr Peter einen Kaffee ans Bett gebracht, während sie den Mädchen aus einem ihrer Lieblingsbücher vorlas. Annes Leben war wirklich ein Bilderbuch. Bestimmt kuschelten die Kinder im Nachbarhaus mit Thea. Und Hanno, mit dem sie kuscheln wollte, lag ein ganzes Haus weiter alleine in seinem Bett. Sie überlegte, wie sein Zimmer wohl aussah. So wie ihres? Ob er auch unter dem Dach schlief? Sicher sah er bezaubernd aus, wenn er aufwachte. Verwuschelte Haare, nackter Oberkörper, ob sie seine Hockey-Bilder noch mal googeln sollte? Besser nicht.

Julia stand auf. Sie hatte sich ihre Sportsachen mitgebracht, weil sie sich vorgestellt hatte, wie sie und Hanno am Meer zusammen laufen würden. Jetzt beschloss sie, es auch ohne ihn zu tun. Ihre Nerven brauchten Ablenkung.

Sie zog sich um und ging zur Terrassentür raus.

Obwohl die Sonne schien, war es bitterkalt, und Julia hoffte, dass sie es bei diesen Temperaturen überhaupt bis zum Meer durchhalten würde. Den Weg kannte sie vom Abend vorher. Es war außerdem immer nur geradeaus bis zum Strand. Überall wuchsen große, kahle Büsche an denen ganz vereinzelt orangefarbene Beeren hingen. Das musste der Sanddorn sein, von dem Ben gesprochen hatte. Julia folgte dem Fußweg mit den roten Ziegelsteinen in Richtung Meer und wieder dachte sie, dass Hanno recht hatte. Die Insel war sogar jetzt Anfang März und bei dieser schneidenden Kälte schön. Der Blick vom Strandweg hoch in den Dünen auf den Strand war atemberaubend.

Es war Ebbe, der Strand dehnte sich kilometerweit aus, einen breiten Streifen Wasser hatte die Flut auf dem Strand zurückgelassen und in ihm spiegelte sich der knallblaue Himmel. Erst in weiter Ferne blitzte ein breiter Streifen Meer silbrig-grau. Es wäre ein richtiger Lauf, einfach nur bis zur Kante des Meeres zu kommen, aber Julia hatte Angst, dass in der Zwischenzeit vielleicht die Flut kommen würde. Sie schaute sich auf dem Strand um und entdeckte ein kleines Küstenwachhaus auf Stelzen. Sie joggte darauf zu und entdeckte einen Mann, der offensichtlich zur Küstenwache gehörte.

»Hallo, guten Morgen!«

Der Mann nickte ihr zu.

»Entschuldigen Sie, ich würde gerne bis zum Wasser laufen, aber ich weiß nicht, ob mir dazu genug Zeit bleibt, bis die Flut kommt. Kann ich das wagen oder nicht?«

»Jo«, machte der Küstenmann nachdenklich und schwieg dann wieder. Während Julia noch überlegte, ob er ihre Frage nicht verstanden hatte, ließ er sich plötzlich dazu herab hinzuzufügen: »Können Sie. Kein Problem.« Er wandte sich ab.

»Vielen herzlichen Dank, guter Mann!«, sagte Julia, innerlich stöhnend. »Sie haben mir sehr geholfen.«

Außer dem kleinen Männchen von der Küstenwache war niemand am Strand. Der Sand war fest unter ihren Füßen und sie lief los. Schon nach ein paar hundert Meter merkte sie, wie anstrengend es war. Sie musste langsamer werden. Sie konzentrierte sich auf den Rhythmus ihrer Füße im Sand. Lange Schritte sollte man machen, dachte sie und fing an, darauf zu achten. Sie spürte die kalte Luft beim Einatmen und auf der Haut und mit jedem Schritt fühlte sich Julia wacher und lebendiger. Ihr Atem ging schneller, ihr würde die Puste ausgehen, bevor ihr die Kraft zum Laufen ausging. Einfach an etwas anderes denken, Julia, befahl sie sich selbst. Aber es war schwer, beim Laufen an etwas anderes als das Laufen zu denken. Endlich hatte sie das Meer erreicht und stieß einen Triumphschrei aus! Ihr war so heiß, dass sie sich am liebsten in die Fluten gestürzt hätte, nur ihre eisige Nase und der Gedanke daran, sich hinterher frierend die nassgeschwitzten Sachen wieder anziehen zu müssen, hielten sie davon ab.

»Da werd' ich wohl im Sommer wiederkommen müssen!«, schrie sie in den Wind hinein. Auf einmal fühlte sie sich großartig. Wann hatte sie sich zuletzt so lebendig gefühlt? Sie lief noch einige Minuten parallel zum Meer, an den Wellen entlang, die es ihr entgegenschob. War schon wieder Flut? Sie würde sich einen Gezeitenkalender besorgen. Auf dem Rückweg musste sie noch langsamer laufen. Das würde sie jetzt jeden Morgen machen. Als sie beim Holzbohlenweg ankam, hörte sie auf zu laufen und ging langsam weiter. Obwohl sie bereits wieder vor Kälte zitterte, als sie den Ort erreicht hatte, schlenderte sie noch über die Hauptstraße. Julia überlegte, ob sie von der Inselbäckerei Brötchen mitbringen sollte, als ihr einfiel, dass sie kein Geld eingesteckt hatte. Trotz des Abstechers über die Barkhausenstraße war sie immer noch außer Atem, als sie in den Weg zu den Häusern der Opladens einbog. Sie sah, dass Hannos Tür nur angelehnt war. Was war das denn? Ob Thea gerade nach ihm schaute? Aber die Tür des anderen Hauses war geschlossen. Zögernd ging Julia auf Hannos Haus zu.

»Hanno?« Sie öffnete die Tür ein Stück. Es kam keine Antwort. »Hanno?« Ein zweites Mal keine Antwort. Ob es ihm nicht gut ging?

Julia betrat das Haus, dann warf sie einen Blick auf ihre völlig verdreckten Turnschuhe. Damit konnte sie auf keinen Fall weitergehen. Julia zog sich die Schuhe aus und folgte dem Flur in Richtung Wohnzimmer. Auf der Türschwelle blieb sie stehen und schaute sich überwältigt um. Wie anders dieses Haus wirkte, das doch zumindest dem Grundriss nach identisch zu denen von Ben und Thea sein müsste. Die Wände des Wohnzimmers zierten eine lavendelfarbene Tapete mit blühenden Hortensien darauf. Das Weiß der Blüten wurde von einem großen Flokati-Teppich aufgenommen, der auf einem dunklen Parkettboden in der Mitte des Zimmers lag. Die Pastellfarbe der Tapete und unzählige weitere Lilaschattierungen fanden sich auch in den kleinen und großen Deko-Kissen auf der Couch und den ausladenden, barock anmutenden Armsesseln wieder. Auf der großen Anrichte an der Wand war eine Bar mit schweren Bleikristallflaschen, neben denen Fotos in silbernen Rahmen standen.

Julia schaute sich um, sie war alleine im Raum. Die Versuchung war zu groß, sie nahm den gläsernen Stöpsel einer der Flaschen ab und roch daran. Puh. Torfiger Whiskey. Sie verschloss die Flasche wieder und ging weiter die Anrichte entlang, um sich die Bilder anzuschauen. Hanno war auf jedem von ihnen zu sehen. Einmal auf einem Segelboot mit älteren Herrschaften, die wohl seine Eltern waren, einmal mit einem Freund in einer Galerie mit Champagnerglas in der Hand, dann mit Hockey-Pokal und schließlich viele Fotos mit jeweils einer anderen Frau in Hannos Arm. Alle Frauen waren groß, so groß wie Hanno selbst und alle hatte lange blonde Haare. Zuerst hatte Julia gedacht, dass es immer die gleiche Frau war, aber wenn man die Bilder genauer betrachtete, sah man, dass die Damen sich doch voneinander unterschieden. Wie sich wohl eine neue Freundin fühlen würde mit dieser Galerie von Vorgängerinnen? Ben hatte gesagt, dass Hanno kein Mann für sie wäre, in Tat und Wahrheit war Julia selbst mit ihren 1 Meter 70 und schulterlangen braunen Haaren keine Frau für Hanno. Sie grinste vor sich hin. Als sie gerade dabei war, die Bilder wieder ordentlich hinzustellen, hörte sie Schritte im Flur. Oh Mist, dachte Julia und ging schnell zur Wohnzimmertür zurück. Das musste Hanno sein, wie peinlich, dass sie hier einfach so reinspaziert war. Zu behaupten, sie hätte im leeren Wohnzimmer nach ihm schauen wollen, war schwierig. Julia überlegte fieberhaft, wie sie ihm ihre Anwesenheit erklären sollte.

Aber sie musste Hanno nichts erklären. Es war Ben, der in diesem Moment in den Flur getreten war. Julia starrte ihn an. Sie sah, dass er genauso überrascht war wie sie selbst, aber er fing sich früher.

»Einen wunderschönen guten Morgen!«, begrüßte er sie und musterte ihren Aufzug.

Was Ben wohl darüber dachte, dass sie alleine in Hannos Wohnzimmer herumspazierte?

»Ben, ich …« Julia wand sich.

»Ja?« Er betrachtete sie interessiert.

Aber Julia blieb die Antwort erspart, denn nun hörte man Schritte von oben die Treppe herunterkommen. Es war Thea.

»Was machst du denn hier?«, wollte sie wissen.

Einen Moment lang hatte Julia Angst, dass sie gemeint war, aber Thea schien sich mehr über Bens Anwesenheit auf Langeoog zu wundern als über Julias Anwesenheit in Hannos Flur.

»Das kannst du uns ja beim Frühstück erzählen«, beschloss Thea, als Ben ihr nicht gleich antwortete. »Lucy hat schon den Tisch gedeckt. Ich wollte schauen, ob Hanno rüberkommen möchte.«

»Möchte er?« Ben grinste seine Schwester an.

»Noch zu schwach.« Thea grinste zurück. »Und du bist auch hier?« Die Frage war an Julia gerichtet.

Ah, jetzt musste sie doch etwas sagen, nur was?

»Ja, ich ähm, die Tür war offen und …«

Thea hörte gar nicht zu. »Ben, du hast die Jacke noch an, holst du Brötchen?«

»Okay!« Ben warf Julia einen Blick zu, den sie nicht deuten konnte, und verschwand.

»Komm, wir gehen zu mir rüber.« Theas Großer-Schwester-Ton ließ keinen Widerstand zu. Julia zog sich ihre Laufschuhe wieder an und folgte ihr nach draußen.

»Du kannst dich später umziehen, das Frühstück ist fertig!«, bestimmte Thea und Julia folgte ihr brav.

In Theas gemütlichem Wohnzimmer angekommen, stellte sie Julia als erstes einen Milchkaffee auf den Tisch.

»Die Brötchen kommen gleich«, sagte sie zu ihren Kindern, die über ein Tablet gebeugt in Schlafanzügen am Frühstückstisch saßen. Thea seufzte und setzte sich neben Julia. »Oh, ich habe dich gar nicht gefragt, wie du deinen Kaffee trinkst. Entschuldige. Ich mutiere zur Mutter der Nation, schrecklich.«

Julia lachte. »Ich trinke gerne Milchkaffee. Danke!«

»Dann ist es ja gut. Ich beneide dich um das Laufen! « Sie musterte Julia. »Wenn ich mit denen alleine hier bin, habe ich überhaupt keine Zeit für mich.«

»Können die nicht mal alleine bleiben?«

Thea verdrehte die Augen. Julia fand selbst, dass es nicht nett klang. So hatte sie es gar nicht gemeint. Thea schien sich nicht daran zu stören.

»Die könnten wahrscheinlich alleine bleiben. Nur hier am Meer habe ich ehrlich gesagt Schiss. Ins Watt dürfen sie nicht abhauen. Und bei Flut an den Strand auch nicht.«

»Oh Gott, natürlich nicht«, sagte Julia schnell. »Aber jetzt, wo der Onkel Ben schon mal da ist …« Sie feixte.

»Ihr müsst doch arbeiten, Ben und du, oder?«

»Das werden wir ja auch. Julia hat schon kräftig angefangen mit der Recherche für die große Satire an der Nordsee«, donnerte Ben, der gerade zur Tür hereinkam. Er hatte Lucy auf dem Arm, die ihrerseits eine riesige Tüte mit Brötchen trug.

»Zeig doch mal, was wir besorgt haben, Lucy!« Er setzte das Kind samt Tüte auf den Tisch.

»Brötchen und Brötchen und Sanddornbrötchen und Sanddornsaft und Sanddornmarmelade und Brötchen und …«

Lucy kommentierte jedes Teil, das sie aus der Tüte nahm. »Was hast du denn da alles eingekauft, Ben?«

Thea lachte und nahm sich ein Brötchen.

»Wir wollen doch Julia die Insel von ihre besten Seite zeigen, oder?« Ben lächelte sie an. Er schien vollkommen entspannt zu sein, und seine gute Laune fing an, Julia auf die Nerven zu gehen.

»Was machst du eigentlich hier, Ben?« Thea strich sich fingerdick Sanddornmarmelade auf ihr Brötchen. »Ich dachte, du hättest dieses Wochenende keine Zeit. Hattest du nicht andere Pläne?«

Aha, dachte Julia und probierte ebenfalls die Sanddornmarmelade. Er war also nicht erwartet worden. Was machte er dann hier? Sie ärgern?

»Hamm' sich zerschlagen«, grinste Ben in seinen Kaffee hinein.

»Warst du auf der ersten Fähre? Wann bist du denn in Köln losgefahren?« Thea wunderte Bens Auftauchen auf Langeoog noch mehr als Julia.

»Weiß nicht. Um fünf oder so. Ist das so spannend?« Ben hatte offensichtlich kein Interesse daran, weiter über seine Anreise zu reden. »Ich will das hier auf den richtigen Weg bringen«, sagte er in bester Stimmung. »Paar Locations abchecken mit Julia. Und mich generell noch um was kümmern!«

»Und was? Das hätte doch Hanno für dich machen können?«, meinte Thea.

»Genau das wollte ich eben nicht.« Ben fixierte Julia, die sich beeilte, ihre gesamte Aufmerksamkeit dem Bestreichen ihres Brötchens zu widmen. Ben hatte echt Nerven, ob Thea das als Anspielung verstanden hatte? Wahrscheinlich nicht.

»Das Wetter ist ja schön heute«, fing Thea an, Pläne für den Tag zu schmieden. »Da kann man denn nun alles machen.«

Julia aß schweigend ihr Sanddornbrötchen und überlegte, was *alles* auf einer Insel wie dieser wohl heißen konnte, da beantwortete Lucy ihre nicht gestellte Frage.

»Reiten oder Wattwandern oder Fahrradfahren«, krähte sie vergnügt, während sie sich ungeachtet aller von ihr und Ben eingekauften Leckereien einen Löffel trockener Cornflakes nach dem anderen in den Mund stopfte.

»Oje, Reiten«, murmelte Julia halblaut vor sich hin. Und als sie merkte, dass alle sie anschauten, erklärte sie: »Es ist nur ... Ich habe Angst vor Pferden.«

»Und am Meer laufen warst du auch schon«, sagte Ben, während die anderen sich noch darüber zu wundern schienen, dass man Angst vor Pferden haben konnte. »Ein paar überschüssige Energien konntest du sicher schon loswerden, oder?« Er beobachtete Julia interessiert über seine Tasse Kaffee hinweg.

Überschüssige Energien loswerden. Das war eindeutig eine weitere seltsame Anspielung. Julia hatte keine Lust, darüber nachzudenken, was Ben damit meinte. Es ging ihn nichts an, was sie machte. Julia schoss ihm über den Tisch einen giftigen Blick zu.

»Wie wäre es denn mit einem Fahrradausflug durch die Dünen oder eine Wattwanderung?«, schlug Thea vor.

Lucy und Louisa brachen gleichzeitig in ein Protestgeheul aus: »Mama! Wir wollen aber reiten! Du hast es uns versprochen!«

»Meine Güte, das hat doch mit Julia nichts zu tun!« Thea war entnervt. »Und reiten entfällt heute. Ich kann Emil nicht alleine hierlassen.« Sie ignorierte das Protestgeheul ihrer Töchter. »Vielleicht treffen wir uns heute Abend wieder und spielen Risiko oder so? Wir müssen vorher nur noch einkaufen gehen, damit wir was zum Kochen haben.«

»Spielst Du gerne Risiko, Julia?« Ben zog interessiert die Augenbrauen hoch.

»Ich hasse Brettspiele!« Das entsprach zwar der Wahrheit, war aber natürlich trotzdem sehr unhöflich. Julia tat es sofort leid, es gesagt zu haben. Aber Thea hatte sie nicht gehört, sie war dabei, das Abendessen zu planen.

»Wirklich? Und ich hätte gedacht, dass du gerne mal ein Spielchen spielst.« Ben aß immer noch Brötchen mit Sanddornmarmelade, als hätte er seit Wochen nichts mehr zu essen bekommen.

»Was geht dich das eigentlich an?«, zischte Julia Ben an.

»Was ist los?« Thea hatte sich wieder zu ihnen umgedreht und blickte zum ersten Mal irritiert von Ben zu Julia und zurück.

»Nichts ist los. Ich versuche nur gerade, Julia die Schönheiten des Watts nahezubringen. Am allerschönsten ist es natürlich, wenn man in der Nacht aufbricht: In der Morgendämmerung geben Austernfischer, Brachvögel, Möwen und ...«

»Ich gehe jetzt mal duschen!«

»Willst du eine Wattwanderung machen?«, fragte Thea. »Ben kennt sich super aus, der kann dich führen. Es ist wirklich interessant.«

Julia warf einen Blick auf Ben, aber der beachtete sie nicht, sondern studierte interessiert das Inselblatt *Langeoog News*, das er vom Bäcker mitgebracht hatte.

»Mann, Ben!«, schimpfte Thea. »Hast du überhaupt zugehört?« Er blickte auf und lächelte schon wieder.

»Natürlich. Ich nehme Julia ins Watt mit, sie ist ganz versessen darauf. Ich wollte nur eben den Gezeitenkalender studieren.« Dann schaute er Julia an und fügte hinzu: »Aber es wäre wirklich schön, wenn sie vorher duschen würde.«

16

Das Studium des Gezeitenkalenders ergab, dass Flut war und kein guter Zeitpunkt für eine Wattwanderung. »Die Priele sind schon wieder geflutet!«, verkündete Ben. »Wir fahren zur Meierei und danach schauen wir Seehunde an, dann hat Julia gleich zwei Hauptattraktionen von Langeoog gesehen.«

»Darf ich dann jetzt duschen?«

»Ich bitte darum!«

»Onkel Ben, darf ich mit zu den Seehunden?« Das war Lucy.

»Großartig!« Julia war schon an der Tür angekommen und drehte sich jetzt um. »Wir nehmen die Mädchen mit und Thea kann sich um Emil und Hanno kümmern.« Hauptsache, nicht alleine sein mit Ben.

Thea schaute ihren Bruder fragend an, aber der schien nichts dagegen zu haben.

»Würdet ihr das wirklich tun? Da wäre ich euch unendlich dankbar.« Thea schien sehr erleichtert.

»Schafft Lucy das denn bis zu den Seehunden?«, fragte Ben zweifelnd.

»Ne, die musst du hinten drauf nehmen, sonst braucht ihr Stunden, und schließlich macht sie doch schlapp.«

»Na, dann montier' ich mal den Sitz auf mein Rad um.« Ben stand auf.

Julia nutzte den Moment, um in ihr Ferienhaus und ins Badezimmer zu verschwinden. Die Dusche war auf jeden Fall das Highlight des Hauses. Sie sah zwar unspektakulär aus, hatte aber genau den richtigen Druck und das Wasser wurde superheiß. Julia liebte es, zu duschen. Besonders heute, nachdem der Tag so chaotisch angefangen hatte. Wieso wohl Ben hier aufgetaucht war? Auch mit dem Auto war Langeoog nicht gerade um die Ecke. Ob er ihr nicht zutraute, sich hier selbst mit der Insel und den Schauplätzen fürs Drehbuch vertraut zu machen? Das war doch lächerlich. War er so ein Kontrollfreak? Julia verteilte großzügig Duschgel auf ihrem Körper. Sie liebte den Zitronengeruch und bekam davon tatsächlich gute Laune. Was wohl seine Frau dazu sagte? Oder hatte die nichts zu sagen, die Arme? Julia stellte das Wasser ab und fing an, sich fertig zu machen.

Sie hätte sich gerne wieder den dicken Norwegerpulli angezogen, den sie so liebte, aber den hatte sie schon beim Gespräch in Bens Büro getragen. Sie entschied sich für einen Kapuzenpulli, der zwar etwas sehr jugendlich, dafür aber auch sportlich aussah, ihre Lieblingsjeans und statt der hohen Schuhe für Chelsea Boots.

Als sie aus dem Haus kam, warteten Ben und die Mädchen bereits auf sie. Julia durfte ein altes Mountainbike von irgendjemandem aus dieser großen Opladen-Familie leihen und dann starteten sie. Ben fuhr mit Lucy vorneweg, in der Mitte war Louisa, und Julia bildete das Schlusslicht. Ben und Lucy waren ein lustiges Gespann. Er hatte den Kindersitz nicht umbauen können und saß jetzt auf Theas Holland-Rad, das viel zu klein für ihn war, und Lucy, ganz in Rosa und mit rosa Helm, schwang einen dünnen Stock als Peitsche über seinem Rücken. Beide schienen hervorragende Laune zu haben und sangen Kinderlieder, von denen immer wieder ein paar Fetzen bei Julia ankamen, sonst hörte man außer dem Surren des Windes und dem Kreischen der Möwen nichts. Nachdem sie die Straßen des kleinen Ortes hinter sich gelassen hatten, ging es immer geradeaus durch eine Landschaft, die jetzt im Frühjahr wenig spektakulär war.

»Hier lang geht es ins Pirolatal!«, rief Ben ihr an einer Stelle zu, »das ist malerischer als dieser Weg hier. Mit einer tollen Aussichtsplattform in den Dünen. Da müssen wir auch mal hin.«

Julia nickte nur. Sie hatte reichlich Zeit, alles zu erkunden. Durchs malerische Pirolatal könnten sie auch mal alleine laufen.

Nach etwa zehn Minuten legte Ben mit den Mädchen einen Stopp ein. Auf einer Weide am Wegrand lagerte eine Horde von Hornvieh, Tiere, die aussahen, als stammten sie aus der Urzeit.

»Wie heißen die?«, fragte Lucy sie. Bevor Julia zugeben konnte, dass sie nicht den Hauch einer Ahnung hatte, wie diese Viecher hießen, hatte Ben den Mädchen schon erklärt, dass es sich um Schottische Hochlandrinder handelte.

»Die sind so robust, dass sie den ganzen Sommer und den ganzen Winter draußen auf der Weide sein können. Man züchtet sie hier auf Langeoog, weil sich durch das regelmäßige Abgrasen der Wiesen auch sehr seltene Pflanzenarten entwickeln können, die sonst vielleicht aussterben würden.«

»Auch Sonnenblumen?« Lucy war fasziniert.

»Auch Sonnenblumen«, bestätigte Ben. »Außerdem schmecken sie gut!« Er zwinkerte Julia zu, während die Mädchen vor Empörung bei diesem Gedanken schrien. Von hier ab war der Weg breiter, und sie radelten nebeneinander her. Louisa und Julia stimmten jetzt in die Lieder mit ein, die Lucy vorgab.

»Sag mal ... Kann es sein, dass du nicht singen kannst?« Ben tat so, als sei das eine ernst gemeinte Frage. »Mir war der Verdacht im Karneval schon mal gekommen, aber da war es immer so laut. Ich war mir nicht ganz sicher, wo die schiefen Töne herkamen.«

Lucy, die nur das Stichwort Karneval gehört hatte, stimmte jetzt »Da hat das rote Pferd sich einfach umgedreht ...« an, und Julia sang, ohne Ben zu antworten, laut mit.

Je weiter sie sich vom Ort entfernten, desto wilder und schöner wurde die Landschaft. Es dauerte etwa eine halbe Stunde, bis sie bei der Meierei angekommen waren. Hier hatte Ben eine Pause angekündigt und alle stiegen von den Rädern ab. In den großen, roten Backsteinhäusern der Meierei waren sowohl der Bauernhof als auch eine Gaststätte untergebracht.

»Wollt ihr in die Ställe zu den Kühen gehen?«, schlug Ben Louisa und Lucy vor. »Dann bestellen wir schon mal was zu trinken für uns und Dickmilch für euch, okay?« Die Mädchen nickten und rannten los. Sie schienen sich überall auf der Insel auszukennen.

»Was willst du?«, fragte Ben, nachdem er sich an einen der Tische in die Sonne gesetzt hatte. Außer ihnen war nur eine andere Familie da.

»Weiß nicht.« Julia sah sich um. »Ist das hier immer so leer?«

»Ne, im Sommer muss man auf die Plätze warten. Du vergisst, dass es hier nicht allzu viele Ausflugsziele gibt.« Zu der Kellnerin, die sich ihrem Tisch genähert hatte, sagte er: »Hallo Martina, bitte zwei Sprite, dreimal die Dickmilch und zwei Gläser Riesling.«

Julia sah auf die Uhr. »Es ist noch nicht mal zwei Uhr!«

»Wir waren ganz schön schnell, immerhin sind es 8 Kilometer vom Ort. Oder was willst du mir damit sagen?« Er grinste.

Als sie lachend den Kopf schüttelte, sagte er: »Es ist doch schließlich Wochenende.«

Also tranken sie Weißwein und aßen Dickmilch, und obwohl es nicht zusammenpasste, waren sowohl der Wein als auch die säuerliche Dickmilch mit dem Sanddorn-Sirup köstlich. Julia fühlte sich, als sie nach der kurzen Rast die Fahrt wieder aufnahmen, leicht beschwipst und sehr vergnügt.

Der Seehund-Strand war von der Meierei nicht weit entfernt. Sie stellten die Räder vor den Dünen ab und gingen die letzten Meter über den Holzweg und die Stufen zum Strand hinunter. Auch hier waren außer ihnen nur ganz vereinzelt Spaziergänger am Strand, es war wohl wirklich noch zu früh im Jahr für Meerurlaub. Aber bei diesem unglaublich strahlenden Sonnenschein herrschte eine verzauberte Stimmung. Der Wind jagte über den Strand, und die Möwen, die Julia riesig vorkamen, standen minutenlang still in der Luft und ließen sich von ihm tragen.

»Wo sind denn nun die Robben?«, fragte Julia, die auf dem ganzen großen Strand nichts sehen konnte, das wie ein Seehund aussah.

»Da müssen wir noch ein Stück weiter.« Ben wies den Strand hinunter. Die Mädchen waren schon vorausgelaufen, sie schienen auch diesen Weg zu kennen. Nach ein paar hundert Metern erreichten sie eine kleine Holzhütte, vor der ein Fernglas stand.

»Hier sind sie«, verkündete Ben stolz, nachdem er eine Weile mit dem Fernglas herumgefummelt hatte.

»Ah, lass mich mal!«

Jetzt war sie doch neugierig auf die größte Inselattraktion nach dem Sanddornbrötchen. Es dauerte eine Weile, bis sie die Robben entdeckte. Auch mit Fernglas waren die Tiere bestenfalls reiskorngroß. Wie kleine, bemooste Kieselsteine lagen sie einer neben dem anderen auf dem Strand zwischen Langeoog und der nächsten Insel, die man in der Ferne sah.

»Das ist Spiekeroog«, beantwortete Ben die Frage, die sie nicht gestellt hatte.

Den begeisterten Schreien der Kinder nach zu urteilen, kamen die Robben wohl nie näher an den Aussichtspunkt heran.

»Schön, oder?« Bens Stimme war frei von Ironie.

Julia schloss die Augen und atmete die salzige Seeluft tief ein. Er hatte recht, es war schön hier, und es war viel schöner, als sie erwartet hatte, sich die Insel von ihm zeigen zu lassen.

»Wollt ihr am Strand spielen?«

Die Mädchen rannten begeistert in Richtung Meer. Julia und Ben folgten ihnen langsam. Zwei Möwen begleiteten sie in der Luft.

»Das sind Silbermöwen!«, erklärte Ben. »Die hoffen, dass wir Brötchen dabeihaben, die sie uns aus der Hand klauen können. Die sind total frech.«

»Und riesig groß, oder?« Julia betrachtete die Möwe, die unerschrocken zurückstarrte. »Christian Morgenstern hat unrecht. Diese Möwe sieht nicht so aus, als würde sie Emma heißen! Die heißt eher Gertrud. Oder Reingard!«

Ben lachte. »Ich mag auch die kleinen Lachmöwen lieber. Da drüben sitzen welche.« Er nahm ihren Arm und deutete auf eine Gruppe von Möwen, die auf dem Sand spazieren gingen.

»Die sehen doch genauso aus!« Julia schaute die Möwen an, aber sie konnte keinen Unterschied feststellen.

»Kein bisschen, siehst du nicht, dass die da viel kleiner sind? Und sie haben rote Schnäbel, die kürzer sind als die gelben Hackschnäbel der Silbermöwen.«

»Wirklich?« Als sich Julia den Möwen nähern wollte, flogen sie weg.

»Und sie sind scheu«, fügte Ben hinzu.

Julia sah den Möwen nach und entdeckte Louisa und Lucy direkt an den Wellen. »Dürfen die Kinder so nah ans Wasser?«

»Natürlich nicht!« Ben beschleunigte seine Schritte, um den Mädchen hinterherzulaufen.

Julia folgte ihm langsamer. Der Wind und das Meer hatten wellenförmige Muster auf dem Sand hinterlassen. Julia schaute sich nach einem Stock um und fand neben einer Salzwasserpfütze einen flachen Stein. Sie hob ihn auf, malte ein Herz ins Wellenmuster im Sand und schrieb mit verschnörkelten Buchstaben JULIA darunter. Hübsch sah das aus.

»Was hast du da geschrieben?« Lucy war neben ihr aufgetaucht.

»Meinen Namen ...«

»Und ein Herz. Bist du verliebt?« Lucy strahlte.

»Puh, du immer mit deinem verliebt!«, schimpfte Louisa und suchte sich auch etwas zum Schreiben.

»Malst du meinen Namen auch in den Sand?«, bat Lucy Julia.

»Du kannst doch deinen Namen bestimmt selbst schreiben, oder?«

Julia drückte Lucy den Stein in die Hand und Lucy malte ein schiefes LUCY in den Sand.

»Sehr schön!«, lobte Julia.

»Louisa kann das besser!«

»Ich finde, du hast das cool gemacht!«

»Ben kann ich auch schreiben. Nur Onkel nicht!«

Lucy kniete sich wieder in den Sand und schrieb BEN über ihren eigenen Namen.

Louisa kicherte. »Schau mal, was du jetzt geschrieben hast.«

Sie deutete mit dem Fuß auf den Sand vor Lucy.

»BEN Herz JULIA«, steht da jetzt. Sie kicherte. »Ben liebt Julia!«

»Gar nicht wahr!« Lucy war sauer. »Das hab ich nicht geschrieben!«

»Wollt ihr mal bei der Pfütze schauen? Ich habe gerade eine Qualle gesehen!«, unterbracht Ben ihren Streit. Es funktionierte. Die Mädchen trollten sich, um die Qualle zu begutachten.

»Wollen wir uns an den Rand der Dünen setzen? Da ist es weniger windig.«

Julia nickte und ging ihm nach.

Lucy und Louisa hatten angefangen, weiter unten am Strand nach Möwenfedern zu suchen, und sie quietschen vor Begeisterung bei jedem neuen Fund. Ihre Schreie und ihr Lachen verschmolzen mit dem Kreischen der Möwen.

»Es ist wirklich schön hier!« Julia setzt sich auf Bens Jacke, die er für sie auf den Sand gelegt hatte.

»Warte mal ab, wie schön es an Ostern ist, dann blüht der wilde Sanddorn und etwas später im Jahr die Heckenrosen!«

»Der wilde Sanddorn?« Julia lachte.

»Oder auch einfach nur Sanddorn, aber wilder Sanddorn klingt doch besser, oder?« Er schaute sie an. »Es hat auch was Wildes, wie er hier überall auf der Insel wächst und seine schönen, orangenen Früchte mit diesen riesigen Dornen beschützt.«

Julia betrachtete Ben kopfschüttelnd.

»Ich weiß gar nicht, worüber ich mich mehr wundern soll. Über dieses Interesse an der Flora und Fauna der Nordseeküste oder über die poetischen Ausführungen zum wilden Sanddorn.«

»Du kennst mich einfach nicht.«

»Nein, und die Insel auch nicht.«

»Dann passt es doch, dass ich dir diese Themen näherbringen möchte, oder?«

Er rutschte auf der Jacke an sie heran. Julia ließ es geschehen. Es war wärmer in seinem Windschatten. Sie schwiegen einen Moment und schauten über den Strand aufs Meer.

»Ich bin froh, dass es ein Drehbuch und kein Roman werden soll.« Sie zupfte an einem Halm, der in den Ausläufern der Dünen wuchs. »Wie soll man das hier beschreiben? Es ist unfassbar schön, aber was eigentlich? Es sind die immer gleichen Muster, die der Wind macht, im Dünengras, auf dem Sand, auf dem Meer. Heute sogar auf dem Himmel.« Sie sah nach oben. Die Sonne hatte sich hinter einer Wolkenschicht versteckt und die Wolken wiederholten die Wellen des Meeres. »Überall sieht man nur unendliche Schattierungen von Grau.«

Ben schmunzelte. »Schattierungen von Grau? Dann schreib das doch. Das ist schon mal gut angekommen.«

Julia musste lachen. »O Mann, hätte ich das gerne geschrieben! Wie oft hat sich das verkauft?«

»Ich weiß nur, was der Film allein am ersten Wochenende in den USA eingespielt hat.« Er blickte an ihr vorbei aufs Meer. »Davon träumst du?«

»Wovon?« Julia hatte den Faden verloren.

»Vom Bestseller?«

Sie schwieg. Natürlich träumte sie vom Bestseller. Sie hatte die Nase voll davon, erklären zu müssen, was sie beruflich machte. Schon im Studium ständig diese Frage, was sie »damit mal werden wollte«. Und heute immer noch, während alle anderen schon was geworden waren. Es sollte so sein wie bei Julia Roberts Rolle in *Notting Hill*, die voller Mitgefühl gefragt wird, was sie als Schauspielerin für ihren letzten Film bekommen hat und dann sagt: »15 Millionen Dollar ...« Das war es, was sie wollte. Beruflichen Erfolg. War das zu viel verlangt? »Was hast du denn für dein letztes Buch bekommen?«, würde sie jemand fragen und sie würde ganz gelassen antworten: »Ach, du. Das weiß ich gar nicht so genau, aber der Vorschuss war ganz gut. 40000 Euro immerhin ...«

Aber sie hatte keine Lust diese Träume mit Ben zu teilen. Ben mit seiner Filmproduktion, seinem stylischen Büro in der Maastrichter Straße, seinem Sekretär, der ihn am Telefon verband, seinen Ferienhäusern auf Nordseeinseln, mit seiner Familie ...

»Natürlich träume ich nicht vom Bestseller. Das ist doch kindisch.«

»Schade!« Ben betrachtete den Halm, den sie ausgezupft hatte. »Das ist übrigens Strandhafer, was man hier überall sieht. Mit den hellen Ähren. Der schützt die Weißdünen vor dem Wind. Damit die schöne Insel nicht irgendwann mal im Meer verschwindet.« Er nahm ihn ihr ab und kitzelte sie damit an der Nase.

»Ich reiß keinen mehr raus!« Sie nahm ihm den Halm wieder weg. Zum ersten Mal fielen ihr seine Hände auf. Groß waren sie mit starken, schlanken Fingern und schön geformten Fingerkuppen.

»Guck mal, da sind die Lachmöwen wieder!« Sie zeigte auf den Strand.

Ben folgte ihrem Blick. »Das sind Sanderlinge.« Er sprang auf. »Mist! Ich hab' nicht aufgepasst. Wir kommen voll ins Unwetter.«

Julia blickte ebenfalls nach oben. Er hatte recht. Der Wind hatte aufgefrischt und die hellgrauen Wolken, die sich vor die Sonne geschoben hatten, waren dunkel geworden. Über dem Meer ballte sich eine schwarz-blaue Wolkenmasse zusammen, die sich mit beeindruckender Geschwindigkeit auf sie zubewegte. Julia war kaum aufgestanden, da fielen schon die ersten Tropfen.

Sie riefen die Mädchen und trieben sie vor sich her die Dünen hinauf. Sie liefen so schnell sie konnten, aber als sie bei den Rädern angekommen waren, waren sie bereits tropfnass.

»Wir fahren durch«, bestimmte Ben. »Es hat keinen Sinn, sich in der Meierei unterzustellen, so nass, wie wir jetzt schon sind. Schau'n wir, dass wir nach Hause kommen.«

Es war eine abenteuerliche Fahrt, und Julia wunderte sich, wie tapfer die Mädchen waren. Ohne Sonne war die Temperatur rapide gefallen und der Wind peitschte den Regen in ihre Gesichter. Lucy hatte sich auf dem Kindersitz so gut es ging zusammengekauert und schützend ihre Hände vors Gesicht geschlagen, aber die arme Louisa musste bleich und verbissen auf ihrem kleinen Fahrrad gegen Wind und Regen ankämpfen.

»Ganz toll machst du das«, rief Julia ihr auf halber Strecke, bevor sich der Weg wieder verengte, zu. Louisa schenkte ihr ein kleines Lächeln und trat nickend weiter in die Pedale.

Alle waren erleichtert, als sie zuhause ankamen und Thea die Kinder in Empfang nahm.

»Ihr Armen, jetzt aber schnell unter die heiße Dusche!« Während Thea mit ihren Töchtern beschäftigt war, fasste Ben Julia am Arm. »Du musst auch duschen, komm!«

17

Vor ihrer Haustür löste sich Julia aus Bens Griff. Sie war weder seine Frau noch seine Tochter, sie konnte sehr gut alleine entscheiden, wann sie duschen würde, und das sagte sie ihm.

»Natürlich!« Ben tat so, als hätte er nie etwas anderes gedacht. »Hast du alles, was du brauchst?«

»Ja, danke!«

»Sehen wir uns später? Auf einen Grog im Seekrug?«

»Mal sehen.« Julia blieb vage. In den Seekrug wollte sie nicht schon wieder gehen. »Vielleicht geht es Hanno auch wieder besser!«, fiel ihr bei dem Gedanken an das Restaurant, in dem sie mit ihm gesessen hatte, ein.

Ben ging auf das Stichwort Hanno nicht ein. Mit der Bemerkung: »Kannst dich ja melden, wenn du fertig bist«, verschwand er in seinem Haus. Julia schloss ebenfalls die Haustür hinter sich und ging hoch in ihr Dachzimmer. Jetzt konnte sie zwar Ben nicht mehr sehen, aber verschwunden war er trotzdem nicht. Sie hörte seine Schritte auf der Treppe nach oben. Die Häuser waren anscheinend nicht besonders gut isoliert. Dann war es einen Moment ruhig, aber als sie die Tür zu ihrem Badezimmer öffnete, merkte sie, wie im anderen Haus die Dusche angeschaltet wurde. Über dem Rauschen der Dusche tönte ein Radio, das Ende einer Berichterstattung oder der Nachrichten und dann Musik: ein Song, der seit Wochen im Radio hoch und runter gespielt wurde. Julia hörte Ben den Refrain mitsingen, während sie sich die nassen Klamotten auszog und im Bad aufhängte. Dann schloss sie die Badezimmertür hinter sich und legte sich in ihr Bett. Sie wollte nicht Wand an Wand mit Ben, der »Baby, ich will dich …« sang, duschen. Stattdessen nahm sie sich ihren Laptop, der auf dem Nachtisch gelegen hatte. Beim Fahrradfahren durch den Regen war ihre eine Idee gekommen. Auf keinen Fall durfte es ein seichtes Happy End zwischen Maria und Miguel geben! Sie müssten es lieben, einander zu hassen.

Maria verlangt Geld von ihm, weil er ihr nie etwas für die Nutzung der Rechte an ihren Liedern bezahlt hat. Er kann ihre finanziellen Forderungen nicht begleichen, also »pfändet« sie die Hälfte des Hotels und zieht gleich mal in genauso eine Suite ein, wie die, in der er auch lebt. Und die Ghostwriterin ist vielleicht nicht irgendwer, sondern ihre Enkelin, die auch ein finanzielles Interesse hat?

Auf einmal sah Julia das Hotel vor sich. Ein weißes Herrenhaus mit einem Ost- und einem Westflügel. So wie die in Heiligendamm, die sie neulich in einer Dokumentation über die Ostseeküste gesehen hatte. Mit offenen Fenstern, durch die Maria und Miguel sich über den Hof Beleidigungen zurufen könnten. Sie hatte die Szene jetzt genau vor Augen und klappte den Rechner auf. Wie im Rausch schrieb sie die letzte Begegnung im Film zwischen Maria und Miguel auf.

```
xx. DRAUSSEN. INNNENHOF HOTEL. TAG.
Schlussszene MARIA / MIGUEL
```

MIGUEL stürmt ans Fenster und reißt es auf. Er will wissen, wer diesen ohrenbetäubenden Lärm macht. Ein Fenster im Westflügel steht offen. MARIA spielt Klavier und singt dazu. Er verlangt, dass sie sofort aufhört, weil er diesen Krach nicht erträgt. Sie stellt sich ans Fenster und fragt: »Welchen Krach?« Im Stehen spielt sie ihm Anfänge seiner alten Lieder immer lauter vor. Schimpfend verlässt er seine Position am Fenster. Sie setzt sich wieder ans Klavier und spielt erneut den Song vom Anfang des Films. Die Kamera geht durch den Hof und folgt ihm in sein Zimmer. Er hat sich unter der Fensterbank auf den Boden gesetzt, um nicht gesehen zu werden, und summt verträumt den Refrain mit.

Funktioniert das überhaupt? Da braucht man doch jemanden, der Anfänge von Liedern schreibt für den Film. War das möglich? War das teuer? Julia war sich nicht sicher. Ben würde es wissen. Wie spät war es überhaupt? Sie schaute auf die Uhr. Schon fünf! Auf einmal war ihr kalt. Sie ging ins Bad, um heiß zu duschen. Sie dachte daran, wie Ben sie am Arm gefasste hatte. Mit seiner dominanten Art war er nicht nur nervig, er war auch attraktiv. Sie konnte sich vorstellen, dass man sich in seinen Armen sicher fühlen oder auch schwach werden könnte. Oh Mist, wo kamen diese Gedanken nur her? Sie schäumte sich die Haare ein, als könnte sie die Ideen wegmassieren. Ben war nun wirklich die verrückteste Idee von allen. Ein zehn Jahre älterer Ehemann, Vater eines erwachsenen Sohnes und ihr Auftraggeber. Auf der Liste aller Menschen, über die sie beim Duschen nicht nachdenken sollte, stand ganz oben: Benedikt Opladen. Sie drehte das kalte Wasser auf.

Sie würde einfach ignorieren, dass er mit ihr flirtete. Er flirtete doch mit ihr, oder?

Als sie fertig geduscht, sich eingecremt und wieder angezogen hatte, sah sie auf ihrem Handy, dass Ben einige Male angerufen hatte. Und jetzt klingelte es auch an der Tür. Mit nassen Haaren ging Julia nach unten, um Ben die Tür zu öffnen. Ihr fiel auf, wie groß er war, als er im Türrahmen stand. Mindestens genauso groß wie Hanno, aber kräftiger und ihr auf einmal sehr nah. Julia trat einen Schritt ins Haus zurück.

»Thea fragt, ob du mit uns Waffeln essen möchtest?« Er schien ihren Rückzug als Aufforderung verstanden zu haben hereinzukommen und folgte ihr.

»Gerne!«, beantwortete Julia seine Frage. »Ich muss mir nur noch die Haare föhnen. Ich habe beim Schreiben die Zeit vergessen.«

»Sitzt du schon am Drehbuch?« Er schloss die Tür hinter sich.

»Am Treatment im Moment noch.«

»Gibt es was zu lesen?«

»Na ja ...« Julia zögerte. »Es ist wirklich ein allererster Entwurf.«

»Zeig doch mal her!« Er ging in die Küche und setzte sich hin. Er schien auf den Text warten zu wollen.

»Ich kann es dir ja schicken.« Eigentlich wollte sie nichts rausgeben, was sie nicht wenigstens noch ein zweites Mal gelesen hatte. Auf der anderen Seite hatte sie Lust, ihre Idee mit Ben zu besprechen. Wie das war mit den Songtexten und überhaupt.

»Ich kann dir ein paar Seiten ausdrucken«, fiel ihr ein. »Mehr ist es auch noch gar nicht.«

»Gerne!«

Er sah nicht so aus, als wollte er sich von der Stelle rühren, im Gegenteil, er machte den Kühlschrank auf und holte den Weißwein raus. Sie ging in ihr Zimmer und warf einen Blick auf die Texte auf ihrem Rechner. Das Kurzkonzept, die Liste der Figuren und die Szenen vom Treatment mit Maria und Miguel kann ich herzeigen, dachte sie.

Wahrscheinlich ist es besser so. Wenn Ben es bescheuert findet, dann kann ich immer noch sagen, dass das wirklich nur die allerersten Überlegungen waren. Auf einmal war sie aufgeregt. Was er wohl sagen würde?

Sie kopierte die Textbausteine, die sie ihm zeigen wollte, in eine Datei und druckte sie aus. Dann ging sie ins Bad und föhnte ihre Haare ein paar Minuten. Als sie fertig war, griff sie nach den Blättern im Drucker. Sie hatte sogar einen Ordner, in den sie sie legen konnte. Das sah richtig professionell aus. Endlich machte sich ihre Schwäche für Schreibwaren jeder Art mal bezahlt.

Sie ging in die Küche und streckte ihm den Ordner entgegen. »Hier. Ist, wie gesagt, eine allererste Idee. Wenn es dir nicht gefällt, können wir das alles noch umschreiben.«

Als Ben den Hefter öffnen wollte, stoppte sie ihn. »Ich verhungere, macht es dir was aus, wenn wir jetzt Waffeln essen gehen?«

»Okay, dann lass mich das schnell zu mir rüberbringen.« Er winkte mit dem Ordner und ging in sein Haus, während sich Julia auf den Weg zu Thea machte.

18

In Theas Küche herrschte Chaos. Lucy und Louisa hatten geholfen, die Waffeln zu backen, und genauso sah es jetzt auch aus.

»Komm, wir machen die Tür einfach zu!«

Thea ging mit einem Turm Waffeln voraus und stellte sie auf den Tisch im Wohnzimmer.

»Wie geht es Hanno?«

»Der liegt noch im Bett und wird da auch bleiben, denke ich.«

Die Spaziergänge mit Hanno am winterlichen Strand und die heißen Küsse in den Dünen werden sich wohl ausschließlich im Drehbuch abspielen, dachte Julia. Merkwürdigerweise spürte sie keine Enttäuschung. Immerhin konnte sie darüber schreiben.

»Was arbeitest du eigentlich?«

Sie sah Thea zu, wie sie Servietten auf die Teller verteilte und überlegte, ob man das eine Frau mit drei kleinen Kindern fragen durfte.

»Ich fang nächstes Jahr erst wieder an. Vier Jahre habe ich dann ausgesetzt. Ich bin Apothekerin.«

Julia seufzte.

»Nicht gut?« Thea lachte.

»Doch! Natürlich. Ich habe bei der Berufswahl nicht aufgepasst. Ich hätte mir auch was suchen sollen, das keine Fragen hinter sich herzieht.«

»Wie meinst du das?« Thea schenkte Julia Tee ein.

»Na, so was wie Apothekerin, Rechtsanwältin, Steuerberaterin, Lehrerin, Pilotin. Was Eindeutiges, das keiner Rückfrage bedarf.«

Thea lachte wieder. »Also, von Apothekerin darf ich an dieser Stelle mal abraten. Da haben die Leute Fragen ganz besonderer Art. Zum Beispiel, ob die gelbe Verfärbung an ihrem großen Nagel vielleicht Fußpilz sein könnte.«

»Igitt!«

»Genau! Willst du eine Waffel?«

»Wollen wir nicht auf die Kinder warten?«

»Die sind satt, die haben beim Backen so viel Teig gegessen. Ist doch auch mal ganz schön nur mit Erwachsenen.«

»Ben wollte kommen«, fiel Julia ein.

»Dann warten wir noch!« Thea setzte sich und nahm einen Schluck Tee. »Was sagst du denn, wenn du gefragt wirst, was du bist?«

»Das ist es ja gerade!« Julia seufzte. »Ich weiß nicht, was ich sagen soll. Autorin ist zu unspezifisch. Da kommen sofort Fragen. Was schreibst du denn? Hast du einen Verlag? Verkaufen sich die Bücher?«

»Ist das schlimm?«

»Na ja, wenn man gerade keinen Verlag hat oder sich die Bücher schlecht verkaufen, dann schon.«

»Okay ...« Thea tat sich schwer damit, sich ein Grinsen zu verkneifen. Julia hatte plötzlich Lust, ihr zu erklären, was sie genau meinte.

»Schau mal, es ist so!«, fing sie an. »Wenn du meine Freundin Anne fragst, was sie macht, dann sagt sie Anwältin.

Und niemand, wirklich niemand fragt: Hast du Mandanten? Gewinnst du deine Fälle? Verdienst du damit Geld? Die Leute fragen noch nicht mal nach einer Spezialisierung. Anwalt ist Anwalt ist Anwalt.«

Thea lachte schon wieder. »Und so einen Beruf willst du?«

»Also nicht Anwalt! Anwalt auf keinen Fall.«

»Was ist los?« Ben kam ins Wohnzimmer.

»Hallo Ben! Wir sprechen gerade über Julias Berufswunsch.«

»Ihren Berufswunsch?«

»Ben mag es nicht, was zu verpassen ...« Thea zwinkerte Julia zu.

Ben setzte sich zu ihnen. »Wieso, willst du keine Drehbuchautorin mehr sein? Mir gefällt deine Idee gut!«

Julia wurde rot vor Freude. »Wirklich? Hast du es schon gelesen?«

»Überflogen, die ersten paar Seiten.« Ben nahm sich eine Waffel. »Man muss mal schauen, wie man das macht mit den Songs. Wie viel da komponiert werden müsste. Aber die Idee ist witzig. Gefällt mir sehr.«

Julia lächelte ihn an, während sie sich glücklich ein Waffelherz in den Mund steckte.

»Erzählt doch mal, ich verstehe gar nichts«, beschwerte sich Thea.

»Thea hasst es, was zu verpassen!« Ben grinste seine Schwester an, während Julia anfing, ihr von Miguel und Maria und was es mit den Songs auf sich hatte zu erzählen. Je mehr sie darüber sprach, desto besser gefiel ihr selbst die Idee. Es dauerte eine Weile, bis sie ein Ende fand.

»Und du wirst nicht gerne nach deinem Job gefragt?« Es war klar, dass Theas Frage ironisch gemeint war.

Julia lachte. »Doch, schon. Wenn es was zu erzählen gibt, aber ...« Sie stockte. Ben sollte nicht erfahren, wie wenig in letzter Zeit beruflich bei ihr passiert war. Aber Ben war sowieso mit den Gedanken woanders.

»Die Maria ist eine coole Frauenrolle. Da sollten wir gleich nachdenken, wer dafür infrage kommt und dann das Drehbuch auf die Schauspielerin zuschreiben. Die Mertens könnte das sein. Oder ...« Er überlegte weiter, dann fiel ihm etwas anderes ein. »Du musst nur schauen, dass die Figur von Paul nicht ganz verdrängt wird. Wir brauchen den Weidel im Boot. Ohne den Namen wird es schwer. Ich brauch diesen USP: Vom Autor von *Mein Herz schlägt laut Berlin*.«

Mist, Herbert Weidel hatte Julia tatsächlich verdrängt.

»Der Weidel kommt her?«

»Ja, den musst du nächste Woche ein paar Tage ertragen!«

Julia schwieg. Sie konnte es Ben schlecht verbieten. Es war sein Haus und es war auch sein Film.

»Ich bring den bei mir unter und komme am Wochenende dazu.«

»Du kommst nächstes Wochenende wieder? Du bist wohl nie zuhause?«

»Langeoog ist ...«

»Dein zweites Wohnzimmer?«

Ben lachte. »Genau!«

»Und deine Familie?«

Julia nahm sich rote Grütze, um Ben bei der Frage nicht anschauen zu müssen. Im Grunde ging es sie nichts an, was seine Familie am Wochenende machte. Aber sie fragte trotzdem. Diese abwesende Ehefrau war komisch. Ben schien an der Frage nichts komisch zu finden.

»Jan studiert in Bonn, der will nicht jedes Wochenende mit seinem Vater verbringen.«

Offensichtlich wollte Ben nicht über seine Frau reden. Mit dem verheiratet zu sein, war sicher nicht lustig. Oder seine Frau war auch so. So frei und unabhängig und ...

Das Klingeln von Bens Handy riss Julia aus ihren Gedanken. Ben zog es aus der Hosentasche und schaute aufs Display. »Wenn man vom Teufel spricht ...!« Er stand auf. »Hallo, schön von dir zu hören!«

Ob das seine Frau war? Der Teufel? Puh. Obwohl, sie hatten gar nicht über seine Frau gesprochen. Julia hatte nur an sie gedacht. Als Ben im Nachbarzimmer verschwunden war, blinzelte Thea ihr verschwörerisch zu.

»Ben ist nicht verheiratet, wenn es das ist, was du wissen wolltest.«

Julia wurde rot. Ob Ben auch dachte, dass sie das hatte wissen wollen?

»Wieso ist der nicht verheiratet?«

»Du meinst wegen Jan?«

Nein, das meinte sie natürlich nicht. Dass man nicht verheiratet sein musste, um Kinder zu bekommen, hatte sich bis zu ihr rumgesprochen. Sollte sie Thea erzählen, dass Ben ihr gesagt hatte, er wäre verheiratet? Vielleicht besser nicht.

»Nein, ich dachte nur, er hätte sie mir im Karneval vorgestellt, seine Frau.«

Thea überlegte. »Vielleicht war das die Ursula? Jans Mutter? Die sehen sich manchmal, aber verheiratet waren sie nur ganz kurz.«

»Ah«, machte Julia. Was hätte sie auch sonst dazu sagen sollen, aber Thea hatte ihre Ausführungen sowieso noch nicht beendet.

»Ursula hat Ben dann verlassen, was sicher das Beste für alle war. Ihr neuer Partner war viel älter als sie und auch alleine mit einem Kind. Jan hatte da eine richtige Familie und Ben konnte Sugar Daddy am Wochenende spielen.«

Sugar Daddy am Wochenende. Julia grinste vor sich hin. Ältere Schwestern konnten also genauso fies sein wie ältere Brüder.

»Ich meine das nicht abfällig, er war einfach irre jung damals.«

»Verstehe«, sagte Julia schnell. Ob Ben diese Zusammenfassung gefallen würde?

»Und Ursula war nicht jung?«

»Fünf Jahre älter immerhin. Macht mit zwanzig mehr aus als mit dreißig.«

»Das stimmt.«

»Inzwischen findet Ursula ihn wieder ganz cool, den Vater ihres Sohnes, glaube ich.« Thea lächelte.

Julia sparte sich die Frage, wie Ben Ursula fand. Das würde Thea nur von ihrer Idee überzeugen, dass sie sich privat für Ben interessierte.

»Das war der Weidel!«, verkündete Ben, der gerade wieder ins Zimmer kam. »Bis Donnerstag konnte ich ihn dir vom Leib halten. Aber dann reist er an. Eine Woche will er hierbleiben.«

»Eine Woche? Das halte ich nicht aus!«

»Am Wochenende komme ich und beschütze dich!«

Julia schwieg. Er durfte auf keinen Fall denken, dass ihr die Idee gefallen könnte, sich von ihm beschützen zu lassen. Aber schließlich konnte er hinfahren, wohin immer er wollte und erst recht in sein eigenes Ferienhaus. Wieso hatte er ihr erzählt, dass er verheiratet war? Oder hatte sie ihn missverstanden? Sie hatte geglaubt, sich genau an diese peinliche Situation im Karneval zu erinnern, als er gesagt hatte, dass er Ursula immer dann mit nach Hause nahm, wenn sonst nichts lief. Worte, die sie ihm in den Mund gelegt hatte. Wie peinlich. Und es stimmte noch nicht mal. In ihrem Kopf musste das volle Konfettichaos geherrscht haben.

»So still?«, unterbrach Ben ihre Gedanken. Julia zuckte zusammen, als er ihre Hand berührte. Mechanisch zog er sie zurück. Thea schien die Szene zwischen ihnen nicht zu bemerken. Wenn Thea nicht da wäre, könnte sie ihn fragen, warum er behauptet hatte, mit der Leopardin verheiratet zu sein. Aber würde sie es dann machen? Die Nachricht, dass er nicht verheiratet war, elektrisierte sie und hob ihren ganzen Umgang auf einen anderen Level. Natürlich nur für sie selbst. Er hatte es ja die ganze Zeit gewusst. Was für eine seltsame Verschiebung der Wahrnehmung. Hatte er sie bewusst getäuscht? Aber warum?

Sie entschuldigte sich, um auf die Toilette zu gehen. Sie würde Anne fragen, ob er eine Freundin hatte oder ob er tatsächlich Single war. Anne war die Einzige, die ihn kannte. Vielleicht verstand sie, was hier los war. Es war sowieso seltsam, dass Anne sich gar nicht meldete, obwohl sie ihr diesen tollen Sonnenuntergang gestern geschickt hatte. Julia lehnte sich an die große Kommode im Bad und nahm ihr Handy, um Anne zu schreiben. Komisch, sie hatte den Sonnenuntergang gar nicht geschickt! Wie war das denn passiert? Sie hatte doch ... Plötzlich fühlte sich Julia, als hätte ihr jemand eine Röntgen-Jacke umgehängt. Mit bleischweren Schultern und Druck auf der Brust suchte sie nach dem Eintrag »Ben« in ihren Kontakten. Es gab keinen Eintrag für ihn! Was war das denn? Was war denn bloß los mit der App? Sie suchte erneut nach Ben. Erneut ohne Ergebnis. Dann fiel es ihr wieder ein. Ben hieß bei ihr *B wie Bossy* – ja, unter diesem Eintrag fand sie ihn. Und ihren Chat. OH NO!!! Statt ein Foto vom Sonnenuntergang an Anne zu schicken hatte sie zwei Fotos an Ben geschickt. Unter dem ersten Bild stand: »Angekommen« und unter dem zweiten Bild stand … Julia machte das Handy aus. Sie wusste auch so, was dort stand: »Wish you were here!« Ich wünschte, du wärst hier. Nein, das wünschte sie nicht. Er sollte nicht hier sein und sie schon gar nicht. Im Gegenteil! Sie wünschte sich selbst ganz weit fort! Zurück in die Dünen zum Strandhafer und zum Sanddorn, weit weg vom Badezimmer seiner Schwester in irgendein Heckenrosen-Gestrüpp, in dem sie sich verstecken konnte.

19

Ich muss hier raus, dachte Julia. Ich muss Anne anrufen und mit ihr reden! Sie ging zu Thea und Ben zurück in die Küche und sagte, dass sie sich noch an den Schreibtisch setzen wollte. Falls Ben sich über ihren Aufbruch wunderte, merkte man es ihm jedenfalls nicht an. Er und Thea unterbrachen nur kurz ihr Gespräch über irgendwelche Leute, die Julia nicht kannte, um sie für acht Uhr zum Abendessen einzuladen.

Julia schloss die Tür hinter sich und zog gleichzeitig ihr Handy aus der Tasche. Sie war noch nicht bei ihrem Haus angekommen, da hatte sie schon Annes Nummer gewählt. »Hallo, hier ist Anne Bender. Leonhard, Ella und ich sind gerade nicht zu …« Julia legte auf. Sie fand diesen Spruch total albern. Niemand erwartete, dass die Kinder ans Handy gingen. Während sie ihr Telefon in die Tasche steckte, fiel ihr auf, dass im anderen Haus im Dachfenster Licht brannte. Hanno schien wach zu sein. Heute Morgen hatte sie noch davon geträumt, das Licht in seinem Schlafzimmer nicht nur von außen zu sehen. Julia seufzte. Bei Hanno war wirklich ihre Fantasie mit ihr durchgegangen. Und das auf der Basis von einem Paar schöner Augen.

Sie ging in ihre Küche und trank ein Glas Wasser.

»Blaue Augen«, sagte sie laut vor sich hin. So hieß ein Roman von Thomas Hardy, den sie liebte. Eine Heldin zwischen einem jüngeren Mann, den der Vater ablehnt, und einem älteren Mann, der in der Gesellschaft angekommen und dem Vater recht ist. Und wie ist es ausgegangen? Elfriede stirbt. Kein gutes Ende.

Der Vergleich hinkt total, dachte Julia. Außer sich über die Freunde lustig zu machen, die ihm nicht sympathisch waren, hatte sich ihr Vater noch nie in ihre Beziehungen eingemischt. Und die schönen Augen bei Thomas Hardy gehören natürlich der Heldin und nicht dem sanften, jungen Verehrer. Obwohl der ältere Konkurrent im Wettstreit um Elfriedes Herz, der dominante Henry Knight, sie an Ben erinnerte, wenn sie darüber nachdachte. Henry Knight, was für ein Name für einen Helden!

Und womit muss ich arbeiten? *Paul!* Wie soll denn aus *Paul* ein Held werden? Aber schöne Augen sind gut. Verliebt sich nicht auch Mr. Darcy in die »fine eyes« von Elizabeth Bennent in der schönsten Liebesgeschichte der Welt?

Julia ging nach oben und machte ihren Laptop an. Das musste sie nachlesen! Es dauerte nicht lange, es zu recherchieren. Die Szene spielt in Longbourn, dem Herrenhaus von Darcys Freund Mr. Bingley. Darcy bewundert die Schönheit von Elizabeth Bennets Augen, und die doofe Schwester von Bingley, die sich für Darcy interessiert, weiß sofort Bescheid, dass er in Elizabeth verliebt ist.

Schöne Augen waren ein super Topos. In ihrem Film würde Paul die schönen Augen haben, beschloss Julia. Nicht blaue, sondern strahlend grüne Augen! Leo würde um ihn werben, die Verdrehung der Rollen allein konnte man im Mainstream vielleicht schon als humorvoll verkaufen. Damit hatte sie gleich zwei coole Frauenrollen.

Maria – die Songwriterin, die selber nicht in Erscheinung trat, weil ein männliches Duo, das die Lieder selbst schrieb, das bessere Verkaufskonzept erschien.

und

Leo – eine erfolgreiche Journalistin und überzeugte Feministin, die, um für die Rechte ihrer Großmutter zu kämpfen, deren Memoiren schreiben will.

Julia stand auf und streckte sich. Ob Ben da mitgehen würde? Zwei starke Frauen, die die Story tragen sollten? Sie musste unbedingt bald mit ihm darüber reden. Auch die Sache mit den grünen Augen gefiel ihr besser, je länger sie darüber nachdachte. Die müssten im Filmtitel gleich vorkommen. Vielleicht war das der Titel des erfolgreichsten Songs des Duos? Irgendwas mit grünen Augen? *Baby's Got Green Eyes* …? Frei nach Elton Johns Hit. Vielleicht nicht frei genug? Mit den Anwälten von Elton John wollte sie sich lieber nicht anlegen. *Pauli's Got Green Eyes* …

Sie grinste vor sich hin, dann stockte sie. Sie hatte etwas Seltsames gehört. War da etwas gegen ihr Fenster geflogen? Ping! Jetzt hörte sie es wieder. Ping. Nochmal. Sie machte die Balkontür auf und schaute hinaus. Im Garten standen Ben und Lucy und winkten ihr zu.

»Habt ihr gerade was gegen meine Scheibe geworfen?«

»M&Ms!« Lucy strahlte übers ganze Gesicht.

»M&Ms?« Julia schüttelte den Kopf. »Ziehst du dir so den Nachwuchs ran? Heute M&Ms, morgen Pralinenschachteln?« Sie hob ein M&M vom Balkonboden auf und steckte es sich in den Mund.

Ben lachte. »Wir wollten fragen, ob du zum Essen kommst. Es ist jetzt schon fertig, und Thea hat verboten, dass wir mit Kieselsteinen werfen.«

»Vernünftige Frau!«

Julia schloss die Balkontür hinter sich und speicherte ihren Text. Jetzt hatte sie weder mit Anne gesprochen noch über Ben nachgedacht. Anne war sicher mit ihrer Familie beschäftigt am Samstagabend, aber Ben nicht. Ben hatte gar keine kleine heile Familie wie Anne. Sie hatte ihm eine Nachricht geschrieben, dass sie sich wünschte, dass er hier wäre, und er hatte sich ins Auto gesetzt und war gekommen. So einfach war das. Er war gekommen und hatte sie im Haus von Hanno angetroffen, fiel ihr ein. Ganz so einfach war es also nicht. Aber jetzt war er hier und Hanno immer noch in seinem Bett. Allein. Ben war im Nachbarhaus und wartete auf sie! Das war alles, was sie im Moment wissen musste.

Auf einmal fühlte sich Julia federleicht. Sie warf sich einen Schal um die Schultern und lief die Treppe runter.

Thea hatte den Tisch liebevoll mit einer schönen Decke und Kerzen gedeckt und Berge von Nordseekrabben und Pellkartoffeln serviert.

»Lucy liebt die Krabben hier«, erklärte sie Julia. »Und morgen reisen wir leider schon wieder ab.«

»Stimmt!« Julia schaute Lucy zu, wie sie an den Kartoffeln vorbei Krabben in sich reinschaufelte und stellte zu ihrer eigenen Überraschung fest, dass sie es schade fand, morgen Abend ohne Thea und Lucy hier zu sitzen.

»Hast du noch gearbeitet?«, wollte Thea wissen.

»Ja, ich habe so eine Idee, aber ich bin mir unsicher, ob das funktioniert.«

»Erzähl doch mal!«

»Willst du Julia nicht in Ruhe essen lassen? Schreiben ist schließlich ihr Job, vielleicht hat sie gerade mal die Nase voll davon«, meinte Ben, der ihr schräg gegenüber neben Lucy saß.

»Quatsch. Ich rede gerne darüber, ich dachte nur, es langweilt Thea.«

»Ich bin langweilige Geschichten gewöhnt!« Sie zwinkerte Julia zu, während sie liebevoll über Lucys Kopf strich. Lucy lächelte, sie hatte nicht zugehört und Julia begann, ihre Idee zu erklären.

Sie erzählte von der Großmutter, die Songs schreibt und von der Enkelin, die ihre Memoiren verfassen soll. Und von dem egomanen Vater und seinem verträumten Sohn. Julia fand es tatsächlich leichter, die Geschichte Thea und nicht Ben zu erzählen, auch wenn sie spürte, wie er sie beim Erzählen anschaute. Es machte sie glücklich und nervös zugleich und sie hoffte inständig, dass ihm die Idee gefiel. Thea schien sie jedenfalls lustig zu finden. Sie lachte mehrfach laut und Julia begann, sich richtig wohl bei ihr zu fühlen. Sie warf einen vorsichtigen Blick zu Ben rüber und er zwinkerte ihr zu.

»Ich hab ja schon gesagt, dass ich die Idee nicht schlecht finde. Man muss nur, wie gesagt, von Anfang an ans Casting denken. Maria und Miguel sollten auf jeden Fall große Namen sein. Das passt auch zu den Rollen, die sie spielen. Paul und Leo können auch neuere Gesichter sein. Für Leo hätte ich eine Idee …« Ben schaute Julia an.

»Echt?« Es gefiel ihm! Julia wurde rot vor Freude.

»Jan hat letztens eine Frau bei uns angeschleppt, die eine Band hat. Hat er im Karneval kennengelernt.«

»Im Karneval. Na, klar«, höhnte Thea, aber Ben ließ sich nicht beirren.

»Sie hat eine CD dagelassen. Die machen ganz nette Songs und mit ihrem YouTube-Kanal ist sie irre erfolgreich. Vielleicht lassen wir die die Leo spielen. Das hätte doch was. Im Film mit ihren eigenen Songs und die Fans greifen wir auch gleich noch mit ab.«

Julia schwieg.

»Nicht gut? Du wolltest doch eine starke Frauenrolle?«

»Aber Leo ist doch nicht die Songwriterin, sondern Maria.«

»Ja, na gut. Aber sie wäre sehr attraktiv.«

»Wie sieht sie denn aus?«

Julia musste sich Mühe geben, ihn nicht merken zu lassen, dass sie eifersüchtig war.

»Groß, schlank, lange dunkle Haare.«

»Leo ist blond.«

»Leo ist blond?« Ben lachte. »Alles klar. Lass uns ein anderes Mal darüber reden.«

»Mir ist total langweilig!«, bestätigte Lucy. »Können wir UNO spielen?«

Thea seufzte. »Ich spiele jetzt was mit den Kindern und bringe sie dann ins Bett. Wollen wir später bei dir noch ein Glas Rotwein zum Abschied trinken?« Thea schaute Ben fragend an.

»Gerne!« Ben stand auf und begann den Tisch abzuräumen.

»Magst du mit mir mitkommen, wenn ich hier fertig bin?« Ben schaute Julia an. »Bei mir ist ein Kamin, ich kann uns ein Feuer anmachen.«

Ob sie noch zu ihm kommen wollte? Die Aufregung krabbelte Julias Beine hoch wie Ameisen im Sommer vom Waldboden. Sie nickte stumm und schaute ihm zu, wie er den Tisch abräumte. Es gefiel ihr, wie selbstverständlich er Thea half. Hier war nichts davon zu spüren, dass er im Büro Verträge prüfen und Tee servieren ließ.

»Den Rest schaffe ich alleine«, rief Thea ihm aus der Küche zu. »Haut schon ab. Ich komm auch gleich rüber.«

»Komm!« Ben streckte die Hand nach Julias aus. »Sonst müssen wir hier gleich UNO mitspielen.«

Zögernd ergriff Julia seine Hand. Sie war warm und fest und Julia dachte, dass sie auch UNO mit ihm spielen würde, wenn er das wollte. Oder mit ihren eigenen Kindern, wenn... Lass das, Julia! Ermahnte sie sich selbst. Nicht schon wieder!

Bei Ben im Haus sah es chaotisch aus, auf allen Sesseln lagen Sportklamotten, Hockeyschläger, Bälle, CDs und Sportzeitschriften.

»Tut mir leid, ich hatte keine Lust, aufzuräumen. Warte mal eben.«

Er ging in die Küche, suchte eine Ikea-Tasche heraus und fing an, die Sachen hineinzuschmeißen. Dann ging er nach oben und leerte unter großem Getöse die Tasche aus.

»Das habe ich ihm jetzt ins Zimmer gekippt«, sagte er, als er wieder da war. Es war offensichtlich, dass er von seinem Sohn sprach.

»Reizender Vater!«

»Es ist manchmal ein sehr schmaler Grat zwischen reizend und gereizt.«

»Ich meinte es auch ironisch gebrochen.«

Ben grinste und schob einen der freigeräumten Sessel an den offenen Kamin ran. »Setz dich doch. Ich mach mal Feuer an, oder?«

»Gerne.« Julia machte es sich in dem Sessel gemütlich und sah ihm dabei zu, wie er im offenen Kamin Holz aufschichtete, um es dann mit Papier und ein paar dünnen Spänen anzuzünden.

»Ich war schon länger nicht mehr hier«, erklärte er Julia. »So sieht es aus, wenn Jan alleine mit seinen Freunden hier war.«

»Ich dachte, dass du oft hier bist?«

»Bin ich auch. Im Frühjahr und Herbst vor allem.«

»Und im Sommer?«

»Im Sommer ist es mir zu voll, und im Winter ist es ganz schön einsam hier.«

»Trotz der ganzen Familie?«

Er schien sie nicht gehört zu haben.

»Zwischen den Osterferien und den Sommerferien ist es hier am schönsten. Wenn es wärmer wird und die Natur förmlich explodiert. Da gehe ich segeln und in den Dünen wandern. Ist super entspannend. Hier auf der Insel kann man natürlich auch absolut nichts anderes machen.«

»Wirklich gar nichts?« Wenn sie wollte, konnte sie auch doppeldeutig sein.

Ben schaute von seinem Feuer hoch. Er hat auch blaue Augen, dachte Julia. Dunkler als die von Hanno. Warum ist mir das vorher nicht aufgefallen?

»Du weißt, was ich meine. Es gibt keine gemütlichen Kneipen, keine Sehenswürdigkeiten, keinen Tennisclub, kein Kino und keine guten Restaurants.«

»Steht das so in der Broschüre des Fremdenverkehrsvereins Langeoog?«

»Das wäre es!« Er lachte. »Nein, ich glaube, das steht da nicht eins zu eins. Da steht was von Himmel und Meer und Ebbe und Flut und ...«

»Autofrei und doch kein bisschen altmodisch«, fiel Julia der Text der Deutschen Bahn ein.

»Wie dem auch sei!« Ben ließ sich nicht unterbrechen. »Ich jedenfalls brauch auch nichts weiter als das Meer und den Himmel, den Sanddorn und die Dünen.« Er machte eine Pause, um ins Feuer zu pusten »Und wenn das Wetter schlecht ist, dann gibt es hier Bücher und kistenweise Rotwein und irgendwann scheint die Sonne wieder!«

Es klang alles so erwachsen, wie er das beschrieb. Megabusy in seinem Job und erfolgreich noch beim Entspannen, in einem eigenen Ferienhaus an der Nordsee. Wenn sie mal zu viel von ihrem Alltag hatte, dann zog sie für ein paar Tage zu ihren Eltern zurück, ließ sich von ihrer Mutter bekochen und trank den Rotwein, den ihr Vater auf der Dürener Straße für sie alle zum Abendessen einkaufte. Flaschenweise, nicht kistenweise. Sie fühlte in sich hinein, ob sie neidisch auf Ben war, aber es war ein anderes Gefühl, eher so wie eine Sehnsucht, als ob sie Anteil an diesem fremden, neuen Leben haben wollte. An einem Familienort am Meer, einer Schwester wie Thea und einer Nichte wie Lucy. Philip und sie waren nie besonders eng gewesen. Sie hatten sich gestritten und wieder versöhnt. Sie hatte sich in seine Freunde verliebt und er sich in ihre Freundinnen, bis Caro gekommen war. Spätestens bei der Hochzeit war er Teil von Caros Familie geworden und Julia und ihre Eltern waren als eigene Familie übrig geblieben.

»Schön, wenn man so einen Ort hat!« Julia hatte sich die Schuhe ausgezogen und streckte ihre Füße zum Feuer hin. Sie hatte keine Lust, weiter über Philip und seine Frau nachzudenken.

»Ich fühl mich wohl hier.« Das Feuer brannte und Ben stand auf.

»Willst du Rotwein oder weiter Weißwein trinken?«

»Warum nicht Rotwein?«, antwortete Julia. Sie hatten zu den Krabben Weißwein getrunken, aber jetzt am Kaminfeuer klang ein Glas Rotwein sehr gemütlich. Während Ben in der Küche verschwand, stand sie von ihrem Sessel auf und ging zum Bücherregal.

»Und was hast du in letzter Zeit gelesen?«, rief sie in die Küche rüber.

Sie hörte einen Korken ploppen, bevor Ben zu ihr zurückkam und antwortete.

»Wenig in letzter Zeit, um ehrlich zu sein. Bei uns brennt gerade die Hütte im Büro. Aber eine beliebte Urlaubslektüre ist der Commissario Montalbano. Das ist ein lebensfroher sizilianischer Ermittler, der große Mengen Wein trinkt und dazu viele italienische Schweinereien verspeist. Passt fast immer.«

Er reichte ihr das Glas.

»Danke«, nickt Julia »Das kenne ich, Andrea Camilleri. Die Krimis liest mein Vater auch gerne.«

»Na dann.« Ben zog einen der Bände aus dem Regal. »Schau mal, ich lese das in normaler Schriftgröße, auch wenn ich die in der Stadtbücherei schon in großer Type gesehen habe, für meinen Senioren-Lesekreis.«

Julia spürte seine Nähe.

»Du hast einen Lesekreis?«

»Nein. Weder einen Senioren-Lesekreis noch sonst einen.«

Ben stellte das Buch zurück und zog ein anderes heraus. »Das kennt dein Vater vielleicht auch. Er schlug das Buch auf, blätterte kurz darin herum und las dann vor: Die schöne Sonne / ist ruhig hinabgestiegen ins Meer / Die wogenden Wasser sind schon gefärbt / Von der dunklen Nacht / Nur noch die Abendröte / Überstreut sie mit goldnen Lichtern; / Und die rauschende Flutgewalt / Drängt ans Ufer die weißen Wellen …« Er schlug das Buch zu.

»Daran habe ich gedacht, als du mir den Sonnenuntergang geschickt hast.«

Julia nahm einen Schluck Wein. »Das ist schön. Was ist das?«

»Heine.«

»Von dem kenne ich nur das Fräulein am Meere.« Sie überlegte. »Und auch das nicht auswendig.«

»Nicht? Mein Fräulein, sein Sie munter? Das ist ein altes Stück ... Dein Vater kennt es sicher.«

»Können wir aufhören, über meinen Vater zu reden?«

»Sehr gerne. Wir könnten ja stattdessen mal über uns reden.«

Ben legte seine Hand in ihren Nacken und Julia fühlte, wie sie eine Gänsehaut auf den Armen bekam. Sie versuchte, tief durchzuatmen. Unglücklicherweise wurde beim Ausatmen ein leises Stöhnen daraus. Ben blickte sie interessiert an.

»Alles okay bei dir?« Er streichelte ihr sanft über den Nacken.

Julia schüttelte den Kopf.

»Was fehlt dir denn?«

Julia schmiegte ihre Wange in seine Hand. »Du.«

Er schaute sie an, und sie bemerkte seine Überraschung, aber bevor sie sich von ihm lösen konnte, hatte er sie in seine Arme gezogen. Sein Blick war wie eine Berührung. Julia spürte, wie die Gänsehaut über ihren Rücken wanderte und schloss die Augen. Sie hatte es gewollt, und jetzt war sie trotzdem überwältigt von der Geschwindigkeit der Ereignisse. Seine Lippen fanden ihre und sie küssten sich.

»Du bist so schön!« Er fuhr mit der Hand durch ihre Haare und streichelte ihren Nacken, bevor er sie wieder küsste.

»Du bist so stark«, flüstere sie in sein Ohr. Seine Arme schlossen sich fester um sie.

»Du bist so sexy!« Seine Hände wanderten über ihren Körper.

»Du riechst so gut!« Sie küsste ihn auf den Hals.

»Ist das ein Spiel?« Er biss sie zärtlich ins Ohrläppchen.

»Spielst du gern?«

Sie spürte wie er beim Küssen lachte. »Das hier ist zufällig mein Lieblingsspiel!« Er ließ seine Hand von ihrer Hüfte über ihren Po gleiten.

Julia schmiegte sich an ihn. Noch einen Schritt weiter und sie würden zusammen im Bett landen. Wollte sie das? Nein. Sie küsste ihn und drückte ihn dann mit beiden Händen von sich weg, um sich aus seiner Umarmung zu lösen.

Ben fuhr sich mit der Hand durch die Haare und stöhnte.

»Was ist jetzt? Spielstopp?«

»Ja.« Julia ging zu dem Sessel am Kamin und zog Ben mit. Er setzte sich auf den Hocker neben sie und schaute sie an. Es dauerte einen Moment, bis sich seine Atmung normalisiert hatte.

»Gibt es jemand anderen?« Er streichelte zärtlich ihre Hand, die immer noch in seiner lag.

»Nein. Wie kommst du darauf?«

»Na ja …« Ben zögerte.

»Nein, gibt es nicht. Es geht nur so schnell und wir arbeiten zusammen und …«

»Und?«

Beim Küssen war man sich immer so vertraut, aber trotzdem kannte sie Ben kaum. Sie wollte nicht mit ihm im Bett landen und es morgen bereuen. Dazu mochte sie ihn viel zu gerne. Sie drückte seine Hand fest.

»Und ich verliebe mich immer in die falschen Männer.«

»Das verstehe ich nicht.«

Julia wollte ihm gerade erklären, dass ihre letzte Beziehung eine Katastrophe gewesen war, und dass sie sich auch ihre Verliebtheit in Hanno nur eingebildet hatte, als es an der Tür klingelte.

»Das wird Thea sein.« Ächzend erhob sich Ben vom Hocker, um aufzumachen.

»Mit Kamin. Wie romantisch. Störe ich euch?«

Ohne eine Antwort abzuwarten, stiefelte Bens große Schwester ins Zimmer rein und setzte sich in einen Sessel. Philip wäre es auch egal gewesen, wenn er gestört hätte, dachte Julia, aber da hatte Ben auch schon »So ein Quatsch, natürlich störst du nicht« gesagt.

Er brachte Thea ein Glas Rotwein und sie fing ein Gespräch an, in dem es um ihre Eltern ging. Thea beschwerte sich darüber, dass sie sich nicht für die Enkel interessierten und lieber mit Freunden Ostern in die Berge fahren wollten, statt mit der Familie auf Langeoog zu feiern. Julia musste grinsen, hier war Ostern also auch schon Thema. Nur dass hier nicht die Eltern-Generation, sondern die der »Kinder« nach einem gemeinsamen Fest verlangte. Thea jedenfalls sehr massiv.

Julia beobachtete Ben, der Theas Aufregung schmunzelnd zur Kenntnis zu nehmen schien, und wunderte sich selbst, wie gut er ihr gefiel. Die Art, wie er lachte, wie er beim Reden seine Schwester anschaute, wie er ihr zuhörte. Ein paar Mal hatte Ben versucht, das Gespräch auf ein anderes Thema zu bringen, aber Thea war nicht zu stoppen. Ben hatte es schließlich dabei belassen, Julia verschwörerisch zuzuzwinkern und ihr mehr Wein anzubieten.

Aber irgendwann hatte Julia genug Rotwein getrunken und ins Kaminfeuer geschaut. Sie war müde geworden und wollte nicht hier sitzen und warten, dass seine Schwester wieder ging, damit sie dann unweigerlich da weitermachen würden, wo sie aufgehört hatten. So verführerisch der Gedanke auch war ... Nein, es war gut, dass Thea gekommen war. Besser einmal nichts überstürzen. Julia wollte sich nicht schon wieder in eine Einbildung verlieben. Die Geschichte mit Tim war verrückt genug gewesen, und ihre vollkommen alberne Schwärmerei für Hanno hatte natürlich auch zu nichts geführt. Sie wollte sich Zeit lassen mit Ben. Es gab keinen Grund zur Eile. Ben und sie hatten ein gemeinsames Projekt. Sie würden sich morgen sehen und am nächsten Wochenende. Sie würden über Filme und Bücher reden und über ihre Figuren, über Musik und über Geschichten, über den wilden Sanddorn und das Chaos der Gefühle, das der Karneval bei ihnen ausgelöst hatte. Sie würde merken, ob das, was sie in seinen Armen gespürt hatte, wirklich Liebe war oder nur die nächste Verrücktheit.

Sie verabschiedete sich von Ben und seiner Schwester und ging in ihr eigenes Bett im Ferienhaus nebenan.

20

Sie war so zeitig schlafen gegangen, dass sie auch an diesem Morgen früh aufwachte. Vor dem Fenster dämmerte es und Julia streckte sich unter ihrer weichen, weißen Bettdecke. Es war so gemütlich hier! Anders als gestern fühlte sich das Bett nicht viel zu groß an. Im Gegenteil. Es war genau richtig! Wie schön es sein würde, sich hier an Ben zu kuscheln. Aber noch lag er im Haus nebenan, und Julia spürte die wundervolle Spannung der Vorfreude am ganzen Körper. Hier war ihr Ben so nah. Alles in diesem Raum hatte er ausgesucht. Er hatte das Haus eingerichtet. Vielleicht hatte er sogar das Bett für sie bezogen? Sie stellte sich vor, wie er mit seinen schönen, starken Händen die Bettdecke glattstrich. Sie setzte sich auf die Bettkante und betrachtete das Zimmer wie mit neuen Augen. Es war gar nicht nur sachlich funktional. Es hatte Stil. Unter dem Eichenlaminat spürte sie mit ihren nackten Füßen die Wärme der Fußbodenheizung. Die Wände hatten einen warmen Weißton, der mit der Farbe des Bodens harmonierte. Und neben den altvertrauten Billy-Regalen fiel ihr jetzt erst auf, dass der Schreibtisch mit seiner schweren Holzplatte auf keinen Fall von dem gleichen Möbelhaus stammen konnte. Wie schön es hier war! Sie stand auf und ging zum Schreibtisch, um über die Platte zu streichen. Draußen war alles grau in grau und der Wind zerrte an der Langeoog-Flagge, die der Nachbar gegenüber auf seinem Balkon angebracht hatte. In den Opladen-Gärten war niemand. Wahrscheinlich schliefen alle noch. Sie ging zurück zum Bett und schaute auf die Uhr. Es war sieben, gar nicht so früh, wenn doch heute der große Abreise-Tag war. Ben musste sicher heute auch wieder zurückfahren. Aber bestimmt nicht, ohne sich vorher zu verabschieden. Sie beschloss, laufen zu gehen. Vielleicht würde sie noch ein bisschen von dem Sonnenaufgang am Meer erleben. Außerdem war sie zu aufgeregt, um sich an den Schreibtisch zu setzen. Dafür war reichlich Zeit, wenn Ben die Insel verlassen hatte.

Es war so schön zu wissen, dass er nächstes Wochenende wiederkommen würde. Sie nahm ihre Sportsachen aus dem Schrank, zog sich an und machte sich ihren Lieblingssong *Shape of You* von Ed Sheeran an. Wie würde man den übersetzen? Ich liebe deine Gestalt? Ich liebe es, wie du dich anfühlst? Gut, dass sie keine Übersetzerin war! Sie ging die Treppe hinunter, griff sich den Schlüssel und verließ mit dem Song im Ohr das Haus. Wenn man verliebt ist, passt jedes Liebeslied, dachte Julia. Und dieses Lied passte heute Morgen ganz besonders. Sie war verliebt in die Art, wie Ben sich anfühlte. Seine Größe, seine Kraft, seine Ausstrahlung, die Selbstsicherheit, sein lautes Lachen, alles gehörte dazu. Er fühlt sich einfach gut an, dachte Julia und lief gleich noch schneller in Richtung Dünen und Meer. Vom Strandweg aus sah Julia, wie der Wind und das Meer die Landschaft bearbeitet hatten. Der Strand wirkte ganz anders als gestern, die Wasserflächen, die die Ebbe stehen gelassen hatte, waren größer und ihre

Oberflächen bewegt wie Mini-Meere. Die fahle, aufgehende Sonne tauchte den Himmel in ein blasses Gelb. Auf dem Holzbohlenweg zum Meer peitschte der Wind durch den Strandhafer, dass man Angst hatte, er würde ihn in großen Büscheln ausreißen. Mit jedem Schritt in Richtung Meer wurde der Wind lauter und riss heftiger an ihren Haaren. Aus dem Schutz der Dünen herauskommend war Julia sofort klar, dass sie heute nicht am Meer laufen würde. Der Wind trug den Sand über den Strand und tanzte wilde Tänze mit ihm über den weiten Flächen. Er trieb ihr die Sandkörner ins Gesicht und Julia musste mit dem Rücken zum Wind und geschlossenen Augen den Rückzug antreten. Es hatte keinen Zweck. Sie würde gegen diesen Sturm nicht anlaufen können. Ihr Gesicht fühlte sich jetzt schon so an, als wäre sie beim Fruchtsäure-Peeling gewesen. Sie lief den Weg zurück, über den Strandweg hinaus auf die verkehrsberuhigte Barkhausenstraße. Vielleicht könnte sie für alle was zum Frühstück mitbringen, nachdem sie zwei Tage lang zu Gast bei den Opladens gewesen war? Ihr fiel ein, dass sie auf der Gartenstraße an einer Bäckerei vorbeigekommen war. Sie ging weiter in Richtung nach Hause und sah schon nach ein paar Minuten die Inselbäckerei mit einer Schlange geduldig wartender Menschen davor. Julia wollte sich gerade anstellen, als sie weiter vorne Hanno entdeckte. Mit Turnschuhen und in Laufklamotten. Jetzt hob er den Kopf und sah sie auch. Er winkte ihr zu.

»Hallo Julia! Komm, stell dich zu mir! Wir können zusammen einkaufen.«

»Hallo!« Julia stellte sich neben ihn. »Geht es dir wieder gut?« Das war eine Blitzheilung, mit der sie nicht gerechnet hatte.

»Mir geht es super. Was nur so ein kleiner Durchhänger!«

Er lächelte sie an und Julia schluckte. Hanno sah einfach unverschämt gut aus. Es war seltsam, ihn hier in Laufkleidung und mit bester Laune zu treffen. Ganz anders als an ihrem ersten Tag auf Langeoog.

»Du warst laufen?«

»Nur eine kleine Runde. Du ja auch.«

»Auch nur eine kleine Runde. Ich bin am Strand keinen Meter vorangekommen. Wie hast du das gemacht?«

»Ich war im Pirolatal. Da ist es windgeschützt. Etwas jedenfalls.«

Mit Hanno auf Langeoog laufend, so hatte sie sich ihr Inselabenteuer vorgestellt, als sie angereist war. Nur dass sie jetzt schon nicht mehr davon träumte. Ich bin wie Paul, dachte sie. Ich verliebe mich ständig neu. Serielle Verliebtheit. Tim, Hanno, Ben und immer fühlte es sich in dem Moment so richtig an. Ihr Vater sagte, das sei ihre Begeisterungsbereitschaft. Aber ihre Mutter behauptete, dass es das Wort gar nicht gab. Wankelmut sei das richtige Wort dafür, fand sie. Aber dieser Gedanke gehört jetzt gar nicht hier her. Mit Ben das war anders, da war sie sich sicher.

Julia und Hanno hatten den Anfang der Schlange erreicht und gingen in den kleinen Verkaufsraum der Bäckerei. Bevor Julia etwas sagen konnte, kaufte Hanno ein Schwarzbrot. Dann war sie an der Reihe.

»Ich wollte eigentlich Brötchen für alle holen. Oder meinst du, die anderen waren auch schon beim Bäcker?«

»Thea bestimmt nicht. Die vertüddelt sich abends immer und trinkt ein Glas Rotwein zu viel. Dann kommt sie morgens nicht raus.«

Wie sympathisch, dachte Julia und fingt an zu bestellen. Es gab lustige Hefebrötchen in der Form von Krabben und Quarkteilchen mit Sanddorn, die *Süße Lale* hießen. Julia suchte von allem, was sie in der Auslage sah, ein paar Sachen aus.

»Wie Ben, der kauft auch immer zu viel.«

Julia beschloss es als Kompliment zu nehmen und bezahlte ihren Einkauf mit dem 20-Euro-Schein, den sie vorsichtshalber eingesteckt hatte.

»So ein Touristennepp, die *Süße Lale*.« Hanno verließ die Bäckerei und Julia lächelte der Bäckersfrau entschuldigend zu, aber die verzog keine Miene.

»Ich verstehe nicht, was diese überzuckterte Hefebombe mit der Sängerin zu tun haben soll.«

Da es keine Frage war, antwortete Julia nicht, aber Hanno erwartete auch keine Reaktion.

»Lale Andersen hat noch nicht mal auf Langeoog gewohnt. Nur ihr Sohn. Aber wir haben jetzt seit ein paar Jahren diese seltsame Skulptur hier!«

So einer war Hanno also, früher war alles besser. Julia grinste vor sich hin und dachte gerade, dass es lustiger gewesen wäre, mit Lucy einkaufen zu gehen, als ausgerechnet diese auf sie zugerannt kam und sie umarmte. Also eigentlich ihren Oberschenkel umarmte.

»Wir wollten zum Bäcker für dich!« Lucy schaute zu ihr hoch. Julia wusste, wer »wir« war, noch bevor sie Ben gesehen hatte. Ihr Herz schlug vor Freude höher und sie strahlte Ben, der ihr entgegenkam, an. Aber Ben erwiderte ihren Blick kaum.

»Komm, Lucy! Dann müssen wir nicht mehr einkaufen!«

Er drehte sich und rief ihnen im Weggehen »Wieder fit, Hanno?« über die Schulter zu. Lucy zog er am Handgelenk hinter sich her. Julia schaute ihnen nach. Ben hatte die Schultern hochgezogen und ging so schnell, dass Lucy neben ihm laufen musste. Er sah aus, als wäre ihm kalt. Hatte er es deswegen so eilig? Was für eine merkwürdige Begegnung nach dem Kuss gestern.

Langsam ging sie mit Hanno hinter ihnen her. Bei den Häusern angekommen, verabschiedete Hanno sich von ihr.

»Ich muss noch packen! Ich wünsche dir einen erfolgreichen Aufenthalt hier.« Er beugte sich vor, um sie auf die Wange zu küssen. »Vielleicht sieht man sich noch mal. Ostern bin ich bestimmt wieder hier.«

Was nur alle mit Ostern hatten!

»Ostern bin ich wahrscheinlich in Köln.«

Es war gut, einen Plan zu haben. Die Opladens waren schließlich nicht die einzigen Menschen auf der Welt, die Familie hatten. Julia dachte an ihre Mutter, die sich schon darauf freute, mit ihr zu feiern, und spürte eine Welle von Dankbarkeit in sich aufkommen. Nachher würde sie ihre Mutter anrufen! Ganz bestimmt!

Als Hanno in seinem Haus verschwunden war, klingelte Julia bei Thea. Lucy öffnete ihr und hielt eine Hand auf ein Ohr.

»Hast du Ohrenschmerzen?«

»Nein, Mama brüllt nur so laut rum! Da halte ich mir die Ohren zu.«

Wie zum Beweis landete im Stockwerk über ihnen etwas mit einem dumpfen Aufschlag auf dem Boden und im gleichen Augenblick schimpfte Thea auf Louisa los.

»Puh …« Unwillkürlich zog Julia den Kopf ein.

»Darf ich mit zu dir kommen?« Lucy sah sie von unten herauf bittend an.

»Ich weiß nicht. Braucht deine Mutter dich hier nicht? Frag lieber erst.«

Lucy stapfte tapfer nach oben und das Ergebnis war, dass Thea froh war, sie aus den Füßen zu haben. Mit Lucy im Schlepptau und einer Tüte mit fünfzehn Brötchen im Arm ging Julia zu ihrem Ferienhaus und schloss die Tür auf.

»Wo ist denn dein Onkel Ben?« An der Garderobe hing ihre Strickjacke, die sie sich über die Laufsachen zog. Jetzt, da Lucy hier war, konnte sie sich schlecht umziehen.

»Keine Ahnung!« Lucy zog ihre Schuhe aus. »Der hat auch schlechte Laune. Der hat schon mit Mama gestritten.«

Sie gingen in die Wohnküche und Julia setzte Teewasser auf. »Hat der oft schlechte Laune?«

Julia deckte den Tisch für zwei und überlegte, ob es in Ordnung war, das Kind auszufragen.

Aber Lucy antwortete sowieso nicht. Sie hatte die süßen Krabben-Brötchen in der Tüte entdeckt und quietschte vor Freude. Erst als sie Hälfte einer Krabbe gegessen hatte, hatte Lucy wieder Interesse an einem Gespräch.

»Sonst kommt Onkel Ben immer mit seinen Freundinnen hier her«, informierte sie Julia mit vollem Mund. »Dann dürfen wir nicht zu ihm rüberkommen. Aber Mama sagt, du bist nicht seine Freundin.«

»Das stimmt! Wir arbeiten zusammen.«

»Mama sagt, so viele Filme kann man auf Langeoog gar nicht drehen, wie Onkel Ben Schauspielerinnen hier anschleppt.«

»Ah …« Julia nahm einen Schluck Kaffee.

»Eine langweiliger als die andere, sagt Mama.«

Das Gespräch fing an, Julia zu interessieren. Sie musste Lucy gar nicht ausfragen, Lucy redete ganz von selbst.

»Das sagt deine Mutter?«

»Ja, aber dich mag sie.«

»Das freut mich!«

Julia lächelte. Es freute sie wirklich, dass Thea sie mochte.

»Sie sagt, dass Onkel Ben in dich verliebt ist.«

Lucy strahlte übers ganze Gesicht.

»Das hat deine Mutter zu dir gesagt?«

Julia hatte wenig Erfahrung mit Kindern, aber war das nicht ein seltsames Thema mit einer Sechsjährigen?

Jetzt wurde Lucy rot. »Am Telefon hat sie es gesagt. Ich glaube zu Papa. Bist du verliebt in Onkel Ben?«

Die Türklingel ersparte Julia die Antwort. Draußen stand Thea. Es fühlte sich komisch an zu wissen, dass Thea über sie und Ben nachgedacht hatte.

»Ich wollte Lucy einsammeln. Wir müssen langsam mal los. Ich danke dir, dass du dich um sie gekümmert hast.«

»Eigentlich hat sie sich um mich gekümmert. Ich hätte hier ganz alleine frühstücken müssen. Und das muss ich bis Ostern sowieso.«

»Bis Donnerstag nur. Dann kommt Herbert Weidel.« Hinter Thea war Ben im Türrahmen aufgetaucht.

Ein Opladen kommt selten allein, dachte Julia.

»Und du kommst dann am Wochenende?«

Sie versuchte die Frage so sachlich wie möglich klingen zu lassen. Wann war sie so unsicher geworden? Gestern Nacht hatte die Zeit auf Langeoog vor ihr gelegen wie ein Versprechen. Reichte ein einziger komischer Blick von Ben, um das ins Schwanken zu bringen?

»Ich weiß nicht« Ben fuhr sich durch die Haare. »Kann sein, dass was dazwischenkommt. Du darfst nicht vergessen, dass das nicht mein einziges Projekt ist.«

Ja, das konnte sie sich vorstellen. Aber warum war es ihm so wichtig, ihr das ständig zu verstehen zu geben? Er hatte gesagt, dass er wiederkommen würde. Julia konnte sich nicht daran erinnern, ihn danach gefragt zu haben.

»Wir verabschieden uns schon mal«, drängte Thea ins verstummte Gespräch. »Alles Gute auf Langeoog, Julia. Und hoffentlich bis Ostern!«

Lucy und sie umarmten Julia und dann waren sie auch schon weg. Jetzt stand nur noch Ben in ihrem Türrahmen und nahm mehr Raum ein als die beiden anderen vorher zusammen.

Am liebsten wäre Julia auf ihn zugegangen und hätte ihn umarmt. Warum war er so seltsam? So unnahbar? Die anderen Projekte waren doch sicher nicht von Samstagnacht auf Sonntagfrüh aufgetaucht.

»Willst du einen Kaffee, bevor du gehst?«

Er zögerte, aber als sie ins Haus ging, folgte er ihr.

»Ben ...«, fing sie an, während sie ihm einen Espresso machte.

»Ja?«

Er schaute sie an, aber nichts in seinem Blick deutete die Vertrautheit an, die sie gestern zwischen ihnen gespürt hatte.

»Zucker?«

»Nein danke.«

Er nahm die Tasse, die sie für ihn auf den Tisch stellte. Warum machte er es ihr so schwer?

»Hast du mal reingeschaut ins Kurzkonzept?«

Ihr fiel nichts Besseres ein, als sich in ein Arbeitsthema zu flüchten.

»Ja, habe ich. Aber du weißt sicher selbst am besten, dass das alles noch total unausgegoren ist.«

Obwohl sein Tonfall freundlich war, fühlte sie der Satz an wie eine Ohrfeige.

»Ja.« Julia wandte sich ab, damit er nicht sah, wie die Röte in ihre Wangen stieg. Sie nahm sich ein Glas aus dem Schrank, um etwas zu tun zu haben.

»Maria und Miguel und der Plot um die beiden sind lustig. Aber was du mit Paul und dieser Leo vorhast, verstehe ich nicht.« Er machte eine Pause, als ob er auf eine Reaktion von ihr wartete. Aber sie wusste nicht, was sie sagen sollte. Ja, es war unausgegoren, erklärtermaßen. Das hatte er gewusst. Warum musste er darauf rumreiten?

Als sie schwieg, fuhr Ben fort. »Ich meine es ernst, dass ich eine Satire möchte und keine seichte Schnulze. Die gibt es wie Sand an der Nordsee, ich dachte, wir hätten das besprochen. Das, was du da bis jetzt hast, ist ziemlicher Blödsinn.«

Er redet mit mir wie mit einem Kind. Oder einer Angestellten, dachte Julia. Genau! Wie mit seiner unfähigsten Angestellten. Warum hatte sie ihm unfertiges Material gegeben? Sie war selber schuld! Immerhin war sie jetzt nicht nur traurig und verletzt, sondern auch sauer auf ihn.

»Tut mir leid. Ich hätte dir das noch nicht geben dürfen!« Sie versuchte, ihre Stimme kühl klingen zu lassen. »Wenn du meinst, dass es so nicht funktioniert, dann können wir das Projekt auch gleich an dieser ...«

Weiter kam sie nicht.

»Was ist das denn jetzt für eine unreife Reaktion? Natürlich funktioniert das. Ich erwarte nur etwas mehr Professionalität.«

»Professionalität«, wiederholte Julia.

»Richtig. Das Gleiche gilt natürlich auch für mich. Ich bin vielleicht mit meiner Kritik übers Ziel hinausgeschossen. Blödsinn ist falsch. Ich habe mich hinreißen lassen, weil ich dachte …«

Er stockte und sah sie an, aber sie war nicht in der Lage, seinen Augen zu begegnen. Er schüttelte den Kopf: »Wie auch immer. Das war nicht okay.«

»Doch, doch, schon okay!« Julia trocknete sich die Hände ab. »Du findest es schlecht, das ist jedenfalls hinreichend bei mir angekommen.«

Sie ging ein paar Schritte auf die Küchentür zu. Ben musste verschwinden, bevor sie anfangen würde zu weinen. Ben verstand ihr Anliegen. Jedenfalls den Teil, in dem er verschwinden sollte. Er ging in den Flur und drehte sich von da aus noch mal um.

»Ich habe nicht schlecht gesagt, ich habe unausgegoren gesagt. Das ist auch nicht böse gemeint, Julia. Ich weiß, du kannst das. Dieser Bodo ist großartig! Aber der ist eben die einzige Figur mit Biss und Witz bis dato. Aber das kann, quatsch, das wird alles noch werden. Da bin ich mir sicher!«

Sein Ton war wieder freundlich geworden, aber Julia war jenseits von versöhnlich: »Na wunderbar!«

Sie ging ihm hinterher, damit er auch wirklich verschwand. Wahrscheinlich verfolgte er eine Führungskräfte-Strategie: Die Dümmste der Angestellten erst fertig machen und dann wieder hochloben. Das musste er für einen guten Schachzug halten. Aber Julia fand, dass es vor allem dazu führte, dass man sich klein fühlte. Das war das Letzte, was sie wollte. Er würde es schon sehen. Sie würde ein tolles Drehbuch schreiben und dann würde es ihm leid tun, so mit ihr geredet zu haben.

Sie ging an ihm vorbei, um die Tür aufzumachen. Der Eingangsbereich war so eng, dass sich ihre Arme beim

Vorübergehen berührten. Er griff nach ihrem Handgelenk.

»Julia!«

Sie spürte seine Nähe. Sein Griff war fest, aber sie machte sich los und ging einen Schritt zurück.

»Es wird kalt.« Sie wies mit dem Kinn auf die offene Tür hin. »Gute Reise. Ich melde mich die Tage.«

»Ruf mich an, wenn du was brauchst.« Er zögerte noch immer.

»Das ist nett, danke, ich brauche nichts!«

Endlich drehte er sich um und ging. Erleichtert drückte Julia die schwere Haustür zu. Sie ging in ihr Schlafzimmer und setzte sich aufs Bett. Der Tag hatte gerade erst angefangen und sie hatte schon genug von ihm. Schweren Herzens stand sie auf und ging zu ihrem Schreibtisch, um ihren Rechner hochzufahren. Auf der Straße vor dem Haus spielte Lucy mit ihren Geschwistern. Sie warteten wahrscheinlich auf die Abreise. Jetzt kam auch Thea mit einem kleinen Koffer in der Hand. Hinter ihr tauchte Ben auf, der einen Bollerwagen mit weiteren Koffern zog. Er hielt an, damit Lucy sich obendrauf setzen konnte. Dann zog die ganze Karawane die Gartenstraße hinunter in Richtung Inselbahnhof. Bevor sie in einer kleinen Seitenstraße verschwanden, drehte sich Ben um und rief etwas in Richtung Haus zurück. Es musste Hanno gegolten haben, der jetzt mit einem Rollköfferchen auftauchte. Als er Bens Höhe erreicht hatte, ließ Ben ihn vorgehen.

Er passt auf alle auf, dachte Julia und spürte einen Stich. Wie glücklich sie sich gestern seinem Team angeschlossen hatte. Bevor Ben Hanno folgte, schaute er noch einmal zu den Häusern hinüber. Schaute er nach ihr oder schaute er, ob sie auch alle alles ordnungsgemäß hinterlassen hatten? Sie wusste es nicht. Dann verschwand Ben um die Ecke und Julia suchte auf dem Laptop den Langeoog-Ordner. Wieso war sich Ben so sicher, dass sie eine Liebesgeschichte schreiben würde, die es so zahlreich gab wie Sand auf Langeoog? Was bildete der sich überhaupt ein? Julia schaute zum Fenster raus in die graue Ödnis der Reihenhaussiedlung. Die Straße vor ihrem Haus und die Gärten waren menschenleer, nur der Gartenzwerg vom Nachbarbalkon grinste ihr frech zu.

»Du willst eine Satire, Ben Opladen?« Julia nickte dem Zwerg grimmig zu. »Die kannst du haben. Jetzt bin ich in der richtigen Stimmung!«

21

In den nächsten drei Tagen schrieb Julia wie in einem Rausch. Sie stand morgens auf, ging am Meer laufen und kaufte sich auf dem Rückweg beim Inselbäcker eine *Süße Lale*. Dann machte sie sich in der Küche eine große Kanne Tee und verzog sich in ihren Schreibraum unter dem Dach. Nachdem sie am ersten Tag niemand angerufen hatte, hatte sie sich angewöhnt, das Handy beim Schreiben auf Flugmodus zu stellen. Erst wenn sie abends eine Pause machte, stellte sie es wieder an, beantworte ein paar Textnachrichten und telefonierte einmal mit ihrer Mutter und einmal mit Anne. Die beiden Sprachnachrichten von Ben hörte sie gar nicht erst ab. Herbert Weidel war für Donnerstag angekündigt, bis dahin wollte Julia so weit mit ihrem Treatment sein, dass sie es ihm gegenüber vertreten konnte. Sie hatte entschieden, an der Geschichte festzuhalten. Ihr gefiel die Idee immer noch, dass eine Figur in der Art von Marianne Faithfull nach Langeoog kam und nach so langer Zeit endlich verlangte, für die Nutzung ihrer Songs angemessen bezahlt zu werden. Und den griesgrämigen, eitlen Miguel mochte sie nach wie vor. Die Geschichte um Paul, Leo und Bodo baute sie zu einer klassischen Dreiecks-Verwechslungs-Geschichte aus und überzeichnete die Figuren von Leo und Paul in der Art, wie sie auch aus Bodo-Ben eine Karikatur gemacht hatte. Sie verbrachte Stunden mit der Charakterisierung. Wie alt ist Maria? Wo kommt sie her? Hat ihre Sprache eine Klangfärbung? Verwendet sie Worte aus einem Dialekt? Welche sprachlichen Bilder benutzt sie? Welche Themen hat sie? Welcher Bezüge bedient sie sich?

Die Dialoge mussten sitzen. Man müsste hören, wer spricht, ohne dass sie ein »Maria sagt« davorsetzen würde. Julia entwarf Worttabellen. Zuerst nur für ihre vier Hauptpersonen, aber immer wieder fielen ihr auch lustige Sachen ein, die Bodo-Ben sagen würde und schließlich bekam der auch noch eine Tabelle. »Klasse« würde nur Miguel sagen. So wie Julias Onkel Heribert. Julia grinste vor sich hin, während sie gleich noch ein paar Manierismen von Onkel Heribert für Miguel festhielt. Maria würde hingegen »super« sagen. Auch das war ein Wort, das seine besten Tage hinter sich hatte, dachte sie zufrieden, als sie es in Marias Tabelle eintrug. »Suuuper!« Und immer ironisch unterlegt. Maria fand natürlich nie irgendetwas wirklich »super«.

Bodo-Ben bekam »krass«, typisch für einen Poser, der gerne viel cooler wäre, als er ist. Am besten aber gefiel ihr ihre Idee, dass sie Leo auf Selda hinschreiben würde. Ben hatte gesagt, dass sie gleich ans Casting denken sollte und was war naheliegender, als Selda ins Spiel zu bringen? Sie kannte ihre Freundin so gut, ihre Art von Humor, wie sie redete und wie sie dabei aussah und ihre Beschreibung von Leo saß endlich auch. Als sie die Figuren fertig entwickelt hatte, erweiterte sie ihr Treatment um alle Szenen und schrieb für jede Szene einen Mini-Dialog, der die Stimmung skizzieren sollte und außerdem lustig war.

Maria und Miguel lustig zu machen, war ein Kinderspiel, auch Bodo-Ben war ein Lacher, und für Leo klaute sie sich einfach ein paar lustige Momente, die sie selbst mit Selda erlebt hatte. Nur Paul blieb blasser als die anderen, aber auch den würde sie irgendwann in den Griff bekommen.

Am Mittwochabend war Julia sehr zufrieden mit dem, was sie in diesen wenigen Tagen aufs Papier gebracht hatte. Morgen würde es die Feuerprobe mit Herbert Weidel geben. Wenn sie den Weidel ins Boot bekäme, dann wäre sie einen großen Schritt weiter. Den Autor im Boot auf der Insel ... Sehr lustig. Sie gähnte und streckte sich. Sie hatte eindeutig zu viel Zeit am Schreibtisch verbracht.

Draußen war es stockdunkel. Ob die Geschäfte noch aufhatten? Sie wollte unbedingt mal wieder etwas anderes als *Süße Lale* morgens und Käsebrote abends essen. Sie stellte ihr Handy vom Flugmodus um und schaute zu, wie die Benachrichtigungen eintrudelten. Ein verpasster Anruf von ihrer Mutter, zwei verpasste Anrufe von Ben (haha!) und zwei Textnachrichten von Herbert Weidel. In der ersten stand »ich kmme morge« und in der zweiten hatte er »Ich komme morgen n« geschrieben.

Julia grinste. Das würde was werden mit dem! Sie beschloss, ihn später anzurufen und zu fragen, welche Fähre er nehmen würde. Einer wie der Weidel würde doch sicher gerne vom Bahnhof abgeholt werden und schließlich sollte sie ihn bei Laune halten.

Aber jetzt wollte sie erst mal vor die Tür. Sie ging ins Erdgeschoss, zog sich Schuhe, Mütze und Mantel an und ging in Richtung Barkhausenstraße. Irgendwo würde sicher noch etwas aufhaben, es war gerade mal halb acht. Auf der Straße nahm sie ihr Handy raus und wählte die Nummer von Herbert Weidel.

»Julia! Wie schön!« Es krachte. Sie hörte Weidel fluchen, dann raschelte es und schließlich war er wieder am Telefon.

»Mir ist das Handy hingefallen.«

Was du nicht sagst, dachte Julia und grinste. »Zum Glück ist es nicht kaputt«, tröstete sie ihn.

»Die Scheibe schon!«, jammerte Herbert Weidel.

»Die Scheibe? Ach, das Display.«

»Sag ich ja. Ich komme morgen!«

»Ich hole Sie vom Bahnhof ab. Welche Fähre nehmen Sie denn?«

»Um vierzehn Uhr soll sie ankommen. Ben hat mir alles beschrieben, wie ich zum Haus komme und so. Er sagt, er erreicht Sie nicht. Ist alles in Ordnung bei Ihnen?« Er klang doch tatsächlich besorgt.

»Ähm, ja, ich, äh, hatte das Handy aus Versehen im Flugmodus. Ich habe es gerade erst gesehen und sofort angerufen.«

»Ah, ja, das passiert mir auch ständig!«

Sie verabredeten sich für den nächsten Tag am Bahnhof und verabschiedeten sich. Julia steckte ihre Hände in die Jackentaschen und ertappte sich bei dem Gedanken, dass der Herbert Weidel am Telefon eigentlich ganz sympathisch gewesen war.

Sie hatte den Supermarkt erreicht und kaufte für ihr Abendessen ein. Ben hatte recht gehabt, es gab wirklich alles mit Sanddorn in einem eigens dafür eingerichteten Regal! Sanddornsirup, Sanddorntee, Sanddornbonbons, Sanddornsaft, Sanddornessig, Sanddornöl, Sanddorncremes, Sanddornseife, Sanddornhonig. Das sah alles sehr hübsch aus und Julia entschied sich für einen Sanddornsirup und ein Stück Sanddornseife. Während sie noch überlegte, ob sie sich auch Sanddornbonbons kaufen sollte, sah sie aus dem Augenwinkel, wie sich eine große, dürre Verkäuferin neben ihr aufbaute.

»Wärmen Sie sich auf oder kaufen Sie ein?«

»Sowohl als auch«, sagte Julia betont freundlich, aber sie beeilte sich weiterzugehen. Am Kühlregal wählte sie Dickmilch zum Sanddornsirup aus. Mal was anderes als *Süße Lale* zum Frühstück. Um nicht an Ben, die Meierei und den wilden Sanddorn zu denken, gab sie bei Spotify Lale Andersen ein und steckte sich die Kopfhörer ins Ohr.

»Mit zwei Augen wie den deinen«, sang Lale Andersen zum Knistern des Vinyls. Ob man Lale Andersens Songs neu einspielen könnte für den Film? Ich dreh durch, dachte Julia. Ich muss endlich mal an etwas anderes denken als an dieses Drehbuch. Als sie Lale Andersen für den Nachhauseweg wieder ausmachen wollte, sah sie, dass Anne nach ihrem verpassten Anruf eine Nachricht hinterlassen hatte. Eine fünfzehn Minuten lange Sprachnachricht, die ihr jetzt erst auffiel. Was war das denn? Julia behielt die Kopfhörer gleich auf.

»Julia, du musst mich unbedingt zurückrufen. Ich habe hier Facebook-Nachrichten auf unserem Computer zuhause gefunden und …« Sie brach ab. Julia hörte, wie sie etwas vom Handy entfernt, weiterredete.

»Was ist denn, Lenni?«

Eine Antwort wurde genuschelt.

»Nein, das darfst du nicht.«

Mehr Unruhe im Hintergrund.

»Kann man hier nicht einmal in Ruhe telefonieren?«

Keine hörbare Antwort.

»Ich telefoniere nicht ständig!«

Pause.

»Lenni, du verschwindest jetzt!«

Pause. Rascheln, eine Tür geht zu, dann wieder auf.

»Nein, deine Schwester darf das auch nicht!«

Pause. Schweres Atmen jetzt wieder näher am Hörer.

»Ella! Ella, du hörst jetzt sofort...«

Das war sehr nah am Hörer und sehr laut.

Julia stoppte die Sprachnachricht. Das war ja nicht zum Aushalten.

Bei aller Liebe zu ihrer besten Freundin war ihr das zu viel. Dann doch lieber wieder Lale Andersen und einen Blick aufs Meer. Inzwischen war ihr der Weg zum Strand vertraut. An der Tür des Schwimmbads blieb sie stehen und machte ein Foto von den Öffnungszeiten für den Damentag in der Sanddorn-Sauna. Da würde sie sich verstecken, wenn der Weidel zu anstrengend war. Bis zum Strandweg war der Weg beleuchtet und Julia hatte erwartet, dass es am Meer dunkel sein würde, aber sie hatte sich getäuscht. Vom sternenklaren Himmel beschien ein runder Mond den Strand und ein leicht bewegtes Meer. Die Wasseroberfläche reflektierte das Licht in tanzenden weißen Flammen, und am Himmel hätte man zu zweit sehr schön unter abertausenden Sterne nach dem Großen Wagen oder dem Orion suchen können.

Die Szene war wie aus einem Film und Julia beschloss auf der Stelle, dass sie eine Nachtszene einbauen müsste. Ein Konzert am Strand? Würden sich Paul und Leo unter einem Himmel wie diesem küssen? Wie gerne würde sie im Sommer wieder hierherkommen! Julia nahm ihr Handy und versuchte, ein Foto zu machen. Aber es klappte nicht. Der Mond, der am Himmel so groß und schön leuchtete, blieb auf ihrem Bildschirm ein kleiner schmutziggrauer Fleck, dafür biss die Kälte des Abends in Julias nackte Hände. Sie steckte das Handy weg. Wem sollte sie das Bild auch schicken? Ben? Den Nachthimmel nach dem Sonnenuntergang? Wohl kaum. Und Anne auch nicht, die hatte ihre eigenen Themen. Julia fühlte sich einsam. Dass die Inselbewohner wortkarg bis unfreundlich waren, half auch nicht. Warum machte das Mittelmeer die Menschen offen und fröhlich und die Nordsee die Menschen stumm und schwermütig?

Auf dem Weg nach Hause rief Julia ihre Mutter an, aber selbst die ging nicht ans Telefon. Vielleicht muss es so sein in der Schreibklausur, dachte Julia und ging weiter.

Zuhause schob sie das Thaicurry, das sie gekauft hatte, in den Ofen und machte es sich am Küchentisch bequem. Sie lehnte ihr Tablet an zwei Kölsch-Flaschen, die sie auf dem Tisch aufbaute, und überlegte, was sie schauen könnte. Es wäre wahrscheinlich nicht verkehrt, sich *Mein Herz schlägt laut Berlin* für den Weidel morgen noch mal anzuschauen, aber schon die Bilder der grauen Großstadt machten Julia schlechte Laune. Sie entschied sich stattdessen für *WonderBoys* und Michael Douglas in der lustigsten Rolle seines Lebens als gescheiterter Autor und abgehalfterter, kiffender Literaturdozent Professor Tripp. Michael Douglas in seinem rosa Bademantel war einfach ein Bild für die Götter. Einer plötzlichen Laune folgend griff Julia zu ihrem Handy und schickte Ben eine Textnachricht.

> Einen Bestseller brauche ich, dann kann ich tagsüber einen rosa Bademantel tragen und anfangen zu kiffen.

Nach nur wenigen Minuten erschien eine Antwort:

Interessantes Ziel. Die meisten hören mit Dreißig langsam mit dem Kiffen auf.

Julia grinste und schrieb zurück:

Wer bis dreißig gekifft hat, macht alles langsam.

Touché. Steht dir rosa?«

Mir steht alles!.

Pause. Julia holte sich aus dem Kühlschrank die Weißweinflasche, öffnete sie und schenkte sich ein Glas ein. Ben hatte immer noch nicht geantwortet. Sie schickte ihm eine neue Nachricht.

Kennst du den Film WonderBoys?

Pause. Dann schrieb er wieder und Julia freute sich.

Schöner Liebesfilm!

Auf Julias Tablet schoss gerade Robert Downey Jr. den Hund des Dekans tot, der sich im Bein von Michael Douglas festgebissen hatte.

Liebesfilm?

Michael Douglas und Frances McDormand, die Frau vom Dekan, sind ein Liebespaar.

Das hast du gerade gegoogelt, oder?

Nein, ich habe gerade gegoogelt,
wie du in Rosa aussiehst.

Ich bin in Rosa im Netz???

Erfolglos gegoogelt!

Puh!!!! :D :D :D

Ob er sie wirklich gegoogelt hatte? Was kam eigentlich, wenn man ihren Namen eingab? Sie probierte es auf dem Handy aus. Es gab einige Treffer: Ihre Hochschule, eine Rezension der Kurzgeschichte, die sie in der Annabelle veröffentlich hatte, ein paar der Artikel fürs Wordnews Magazine, und dann Fotos von ihr und Selda von Filmpremieren und After Show Partys, wenn Selda gerade mal keinen Freund hatte, den sie mitnehmen wollte und da war ... Wie bitte? Da war sie in Rosa! In einem rosafarbenen Wickelkleid neben, also eigentlich schräg hinter Selda. Das Kleid hatte sie geliebt, es war orange und knalleng gewesen, aber wegen der Wickelfalten, die alle anderen Fältchen verdeckt hatten, hatte es fantastisch ausgesehen. An Selda, die es ihr geschenkt hatte, sowieso, aber auch an Julia. Auch auf diesem Foto sah es fantastisch aus. Nur eben nicht orange, sondern rosa. Julia freute sich. Was für ein lustiger Zufall das war. Es dauerte einen Moment, bis ihr klar, wurde, was das hieß. Sie legte ihr Handy weg. Ben hatte sie nicht gegoogelt! Sie in einem rosafarbenen Kleid war eines der ersten zehn Bilder, die angezeigt wurden. Wenn er sie gegoogelt hätte, um zu sehen, wie sie in Rosa aussah, hätte er nicht »erfolglos gegoogelt«. Das Vibrieren des Handys zeigte ihr eine neue Textnachricht an, aber Julia ignorierte sie. Wieso hatte sie ihm eigentlich geschrieben? Hatte er ihr nicht klar gemacht, dass ihre Beziehung rein geschäftlich sein sollte? »Hast du geglaubt, ich hätte dich hierherbestellt, um dich anzugraben?« Das hatte er bei ihrem ersten Treffen gesagt. Dass er gerne flirtete, war eine ganz andere Sache und hatte mit ihr als Person nichts zu tun. Und dass er sie geküsst hatte, bewies gar nichts. Er googelte sie nicht, er macht bestimmt irgendetwas völlig anderes. Dieses Nachrichtenschreiben mit den langen Pausen. Wahrscheinlich saß er im Restaurant mit seiner Freundin und schickte Textnachrichten, wenn die zum Rauchen rausging oder auf die Toilette verschwand. Ganz bestimmt war es so. In der Branche konnte man sich sicher vor Angeboten kaum retten, wenn man etwas zu bieten hatte. Und Ben hatte jede Menge zu bieten. Kontakte, Jobs, Geld. Um Zwanzigjährige zu beeindrucken, musste man ja nicht unbedingt das Vermögen eines Elon Musk mitbringen. Vielleicht saß er da jetzt in seinem zweiten Wohnzimmer im Haus Mayer mit der jungen YouTube-Musikerin, die sein Sohn ihm vorgestellt hatte.

»Abschleppunternehmen Opladen und Sohn«, grummelte sie vor sich hin und schenkte sich ein zweites Glas Weißwein ein.

Das Handy vibrierte noch ein paar Mal neben ihr auf dem Tisch, während Grady Tripp im Film endlich kapierte, dass Sara Gaskell das beste war, das ihm jemals passieren würde und er endlich anfing, sich um sie zu bemühen. Ben hatte recht gehabt, es war eine sehr rührende Liebesgeschichte. Als der Film zu Ende war, ging Julia ins Bett. Das Laufen morgens sorgte dafür, dass sie abends wirklich müde war, obwohl sie den Rest des Tages nur hinter ihrem Rechner saß und mit dem Gartenzwerg um die Wette Grimassen zog, wenn sie beim Schreiben ins Stocken geriet. Mit dem Kopf schon auf dem Kissen warf sie noch einen Blick auf das Display ihres Handys. Es war gerade mal 11 Uhr. Im Sperrbildschirm wurde *B wie Bossys* letzte Textnachricht an sie angezeigt.

SCHALAAF GUT, JULIA. BEN

22

Am nächsten Morgen schlüpfte Julia gleich nach dem Aufstehen in ihre Laufsachen und verließ das Haus. Vom Strandweg aus sah sie, dass es schon jetzt die beste Idee des Tages gewesen war, ans Meer zu gehen. Sie lief durch den Strandhafer der Dünen und über den gewellten Sandboden bis zum Ufer des Meeres. Und dann mit weiten Schritten der Sonne entgegen im Zickzacklauf um die Wellen, die an Land schlugen. Weiter und immer weiter, bis eine Welle sie erwischte und Julia knöcheltief durchs Wasser lief. Jetzt erst drehte sie um und rannte so schnell sie konnte zurück. Der Wind hatte aufgefrischt und trug sie förmlich nach Hause. Trotz schneidender Kälte und halbabgefrorener Füße war Julia euphorisch, als sie wieder zuhause ankam. Ihr ganzer Körper summte von der Anstrengung und dem Rausch der Wärme, die unter der Dusche wieder in ihre Gliedmaßen strömte.

Nach dem Duschen setzte sich Julia in ihr Handtuch gewickelt auf ihr Bett, um ihre Nachrichten zu checken. Sie sah sofort, dass anders als erwartet nicht alle der vielen Nachrichten, die gestern noch eingetrudelt waren, von Ben waren. Genaugenommen stammte vor SCHALAAF GUT nur eine weitere Nachricht von ihm, in der er sie nach ihrem Lieblings-Liebesfilm fragte. Als sie darauf nicht geantwortet hatte, hatte er erst viel später den Gute-Nacht-Gruß geschickt. Die Nachrichten dazwischen waren allesamt von Anne.

21:07

Peter betrügt mich.

21:09

Auf welcher Insel bist du?

21:21

Bist du auf Langeoog?

21:24

Kannst du mal deine Nachrichten anschauen???? Ich kann jetzt nicht telefonieren. Peter ist hier!

21:42

Ben sagt, du bist auf Langeoog!!!!

Julia legte das Handy weg, um sich anzuziehen. Dann ging sie in die Küche und setzte Teewasser auf. Er war 9 Uhr. Wahrscheinlich war Anne gerade unterwegs, um die Kinder wegzubringen. Ob sie trotzdem versuchen sollte, sie zu erreichen? Peter betrog sie? Das konnte gar nicht sein. Es war doch alles perfekt bei Anne. Julia hatte ein schlechtes Gewissen. Wenn sie gestern nicht Katz und Maus mit Bens Nachrichten gespielt hätte, wäre sie für Anne dagewesen. Wenn auch nur am Telefon.

Julia machte sich einen Sweet-Mint-Tee und ging mit dem Handy auf ihre Terrasse. Auch wenn man das Meer nicht sah, spürte man die Weite der Landschaft direkt jenseits der blauen Dachschindeln. Dem Zwerg auf dem Nachbarbalkon hatte eine Möwe auf die Mütze geschissen und Julia machte ihm ein High-Five-Zeichen, bevor sie sich auf einen der Balkonstühle setzte und Anne anrief. Das Freizeichen erklang und sie wartete auf das »Hallo, hier ist Anne Bender. Leonhard, Ella und ich sind gerade nicht zu Hause ... «, aber Anne antwortete nach dem dritten Klingeln.

»Hallo Jules!«

Ihre Kindheitsnamen verwendeten sie nur in besonderen Momenten. Dies schien einer davon zu sein.

»Hallo, Anni, was ist denn los bei dir? Tut mir leid, dass ich die Nachrichten gestern nicht gesehen habe.«

»Kein Problem! Warte mal.«

Julia hörte, wie Anne mit jemand anderem sprach. »Einfach nur schwarz. Danke!«

Im Hintergrund rauschte und quietschte es, durchbrochen von den Fetzen einer Durchsage: »Es ... außerplanmäßig ... Halt« Dann hörte sie Anne wieder: »So, da bin ich.«

»Wo bist du?«

»Keine Ahnung, das ist ein außerplanmäßiger Halt. Irgendwo zwischen Gelsenkirchen und Wanne-Eickel. Der hält an jeder Gießkanne. Verrückt.«

»Im Zug?«

»Natürlich im Zug! Wie soll ich denn sonst da hochkommen?«

»Ähm. Wo hoch denn genau?«

»Langeoog. Ich habe doch gesagt, dass ich dich besuchen komme. Moment, das ist die Kanzlei, da muss ich mal eben drangehen. Ich ruf dich zurück.«

Anne hatte nicht besonders bedrückt gewirkt. Hatte sie etwas falsch verstanden? Julia ging noch mal ihre Textnachrichten durch. Doch, da stand es:

Peter betrügt mich.

Und weiter unten:

Ben sagt, du bist auf Langeoog.

Ben. Was hatte Ben denn damit zu tun? Wieso redete Anne mit Ben, wenn sie Liebeskummer hatte? Egal. Anne war auf dem Weg nach Langeoog! Alleine! Sie würden die Insel erkunden und *Süße Lale* frühstücken, sie würden am Meer entlangspazieren und ... Mehr fiel Julia nicht ein. Bis auf den Ausflug mit Ben und dem Laufen am Meer hatte sie nichts unternommen auf dieser Mini-Insel. Ach, doch, sie war im Seekrug gewesen. Jetzt war sie fast eine Woche hier und hatte nahezu nichts gesehen von Langeoog! Sie hatte ihre Figuren entwickelt und Dialoge geschrieben, die sie ebenso gut in einer Raumfähre Richtung Mars sprechen könnten wie auf einer ostfriesischen Insel. Dafür hatte Ben sie in Klausur geschickt?

Jetzt aber schnell! Julia musste zur Inselexpertin werden. Das war die perfekte Idee für heute. Sie würde ihr Treatment ausdrucken und den Szenen Schauplätze zuordnen, bevor Anne und – oh Gott! – der Weidel heute Nachmittag (womöglich auf der gleichen Fähre?) hier ankamen. Dann würde sie sich nicht nur super auskennen, sondern hätte auch gleich noch ihr Drehbuch einen riesengroßen Sprung nach vorne gebracht. Mit Anne zu Besuch, die ihre Familie in Köln zurückgelassen hatte, würde sie ab dem Zeitpunkt, an dem ihre beste Freundin die Insel betreten hatte, sicher nicht mehr arbeiten.

»Nur ins Pirolatal werde ich es heute nicht mehr schaffen«, informierte Julia den Zwerg mit der vollgeschissenen Mütze. Der Zwerg wunderte sich aus matten Plastikaugen über so viel Ignoranz.

Aber Julia hatte keine Zeit mehr für ihn. Sie zog sich schnell an, um sich in der Inselbäckerei die *Langeoog News* zu kaufen. Und ein Fahrrad würde sie sich auch gleich ausleihen, aber nicht Bens Fahrrad. Sie hatte einen Verleih am Ende der Gartenstraße gesehen. Auf Langeoog war niemand ohne Fahrrad oder Bollerwagen unterwegs, das sah sie auch jetzt auf dem Weg zur Bäckerei wieder.

Sie kaufte sich die Inselzeitung und widerstand der Versuchung, sich eine *Süße Lale* für den Weg mitzunehmen. Die Schlagzeile auf der Titelseite der Inselzeitung war: »Nächste Woche wird es wärmer!« Das waren gute, wenn auch nicht weltbewegende Nachrichten. Und aus dem Text, den sie auf dem Weg zum Fahrradladen überflog, ergaben sich für Julia nebenbei wichtige Informationen zu Langeoog. Zum Beispiel, dass das Wahrzeichen von Langeoog gar kein Leuchtturm, sondern ein Wasserturm war. Der Wasserturm ist ein guter Drehort, dachte Julia und blätterte weiter durch das dünne Blättchen. Auf der nächsten Seite war ein Foto vom Lale Andersen-Denkmal, auf dessen Sockel Jugendliche in letzter Zeit immer wieder Bierflaschen abstellten, was den Autor des Artikels erzürnte. In dem interessantesten Artikel der vorletzten Seite ging es um die Bedeutung Langeoogs als Rastplatz für Zugvögel und das Vogelwärterhaus, das zur Besichtigung einlud. Julia ärgerte sich, dass sie schon wieder an Ben denken musste. *Das sind keine Möwen, das sind Sand-*

erlinge, dieser alte Besserwisser. Sie konzentrierte sich auf die halbseitige Werbung für ein Geschäft, das *Fokko Gerdes* hieß und ausgezeichneten Meer-Nippes anbot. Die *Teestube am Hafen* warb mit einem schönen Bild des reetgedeckten Hauses und einem genauso schönen Bild einer dicken Waffel mit Kirschen und Schlagsahne. Dann gab es noch den Gezeitenkalender, die Termine für das Sportprogramm einer *Buddelei*, die Öffnungszeiten der *Sanddornsauna*, Werbung für einen Fischladen und einen Golfplatz, sowie Hinweise auf Gottesdienste in der katholischen und der evangelischen Kirche. Das schien es im Großen und Ganzen gewesen zu sein, was die Insel hergab.

Julia faltete die Zeitschrift und steckte sie in die Manteltasche. Sie war bei *Sanddorn-Bikes* angekommen und öffnete die Tür. Es dauerte einen Moment, bis das Gebimmel der Türglocke ein kleines Männchen hinter der Theke hervorlockte.

»Hallo, guten Morgen!«, rief Julia ihm gut gelaunt zu.

»Moin.«

Ah, sie hatte vergessen, dass das die typische Begrüßung auf der Insel war.

»Moin, moin!«, korrigierte sie sich.

»Eins reicht!«

Es klang eher sachlich als unfreundlich und Julia fand es am einfachsten, den Hinweis zu übergehen.

»Ich würde gerne ein Fahrrad leihen.«

Wortlos zeigte das Männchen in die Runde. Überall im Geschäft standen Ränder rum, die anscheinend alle zum Verleih waren. Julia schaute sich unentschlossen um.

»Oder Elektro. Ist aber teurer.« Regungslos erwartete der Verkäufer ihre Reaktion.

»Nein, nein, ein ganz normales Rad.«

»Das da!« Er zeigte auf ein Holland-Rad, von dem es einige im Laden gab. »Können Sie mal eine Runde mit fahren.«

Er zog sich hinter den Tresen zurück und schaute zu, wie Julia sich abmühte, das Fahrrad an den anderen vorbei aus dem Laden zu bekommen. Julia fuhr mit dem Fahrrad zum Anfang der Barkhausenstraße und wieder zurück. Es war ein ziemlich altes Dreigangrad, aber es schien völlig ausreichend zu sein für ihre Zwecke.

»Das nehme ich«, erklärte sie dem Fahrradmann, als sie wieder im Laden war. »Bis Ostern.«

Der Mann zog schweigend einen Block aus einer Schublade unter der Theke. Sein Desinteresse an ihr als Kundin fing an, Julia zu reizen.

»Ich bin so lange hier, weil wir einen Film auf Langeoog drehen werden.«

»Bis Ostern sind 200 Euro.«

»Wie bitte?«

»200 Euro. Bis Ostern.«

Das war doch nicht sein Ernst. Für 200 Euro konnte man in Köln so ein Fahrrad kaufen.

»Und bis Sonntag?«

»Bis Sonntag.« Er schaute in den Kalender. »Bis Sonntag 30 Euro.«

»Wissen Sie was, ich brauche das Fahrrad jetzt noch nicht. Ich habe mich nur mal erkundigt. Wenn das Team kommt, für den Film. Den wir hier auf Langeoog drehen.« Sie starrte ihn an. »Die brauchen dann alle Räder! Die Schauspieler, alle.«

Das Männchen schwieg.

Julia war schon beim Ausgang angekommen, als die Tür des Hinterzimmers mit einem Knall aufflog.

»Mann, Papa, das war eine Kundin! Kannst du mal den Mund aufmachen?«

»Die hat ja die ganze Zeit geredet!«

»Ich mach das, Papa! Geh nach hinten!«

Wortlos verschwand das Männchen und eine junge Frau winkte Julia zu.

»Wir machen 50 Euro bis Karfreitag, okay? Vorher sind kaum Gäste da. Wenn ihr mehr braucht, machen wir einen Gruppenrabatt. Dann fragst du gleich nach mir. – Mein Vater immer mit seinen Preislisten.«

»Gerne!«

Julia ging an den Tresen zurück.

»Ihr dreht hier einen Film? Wie spannend!«

Julia wurde rot. »Na ja, ich schreibe gerade das Drehbuch für einen Film. Ich wollte nur angeben.«

Die Frau lachte. Jetzt erst sah Julia, dass sie den linken Arm in einem Verband hatte. Die Frau bemerkte ihren Blick.

»Sehnenscheidenentzündung! Ich bin drei Wochen krankgeschrieben und zu meinen Eltern gefahren. Böser Fehler!«

»Du bist hier aufgewachsen?«

»Ich bin sogar hier geboren. Meine Mutter wollte nach Norderney in die Klinik, aber der Fährverkehr war wegen einer Sturmflut eingestellt.«

»Wow!«

»Ich bin Mindy!« Die Frau streckte ihr die Hand entgegen. »Wenn du ein paar Inselgeschichten für dein Drehbuch brauchst, dann melde dich! Dann gehen wir auf einen Drink in den *Strandversorger*.«

»Wohin?«

»In eine Strandbar hier, die nett ist!«

»Oh, ja, sehr gerne!«

»Wohnst du bei Ben?«

»Bei Ben? Ich ...« Julia zögerte. »Ja, wieso?«

Mindy lachte. »Liegt doch nah. Wir sind in der Gartenstraße, du schreibst ein Drehbuch ... Klingt nach Ben. Ist Ben auch da?«

»Der kommt am Wochenende. Vielleicht.«

»Hat sich nicht festgelegt, ja? Klingt auch nach Ben.« Mindy lachte noch mehr.

Julia lachte mit. Was blieb ihr sonst auch übrig? Ben, überall lauerte Ben. Anne telefonierte mit ihm, was Mindy mit ihm gemacht hatte, wollte sie lieber gar nicht erst wissen!

»Viel Spaß auf Langeoog!«, verabschiedete sich Mindy von ihr. »Melde dich, wenn dir die Decke auf den Kopf fällt. Es kann ganz schön einsam sein auf der *Insel fürs Leben*.«

Julia bedankte sich und versprach, sich zu melden. Draußen vor dem Laden stieg sie auf ihre Uralt-Gazelle und begann mit ihrer Erkundungsrunde um die Insel.

Die Langeoog News hatte recht gehabt. Es war jetzt schon mit jedem Tag ein bisschen wärmer geworden. Und heute spielte die Sonne ein lustiges Versteckspiel mit großen weißen Wolkenballen, die der Wind über den blauen Himmel trieb. Wenn eine Wolke die Sonne verdeckte, wurde es schlagartig kalt, aber solange man durch die Sonne fuhr, schien man den kommenden Frühling in der Luft zu ahnen.

Nach ein paar Runden durch den Ort landete Julia auf einer Straße, die direkt auf den Wasserturm zuführte. Sie entdeckte an der Ecke *Fokko Gerdes* und kaufte eine winzige Glaskugel mit Schneegestöber und Wasserturm für ihre Mutter zu Ostern, dann entfernte sie eine Bierdose vom Sockel des Lale Andersen-Denkmals und fuhr über die gleiche Straße zurück in Richtung Fischladen, um dort die üppigen Auslagen anzuschauen. Herrlich, was die alles haben, dachte Julia. Zeit, sich vom Käsebrot zu verabschieden! Morgen könnten sie und Anne hier einkaufen und zusammen eine Bouillabaisse kochen.

Sie stieg wieder auf ihr Fahrrad. Inzwischen hatte sie wirklich den Eindruck, sich ganz passabel in den dreißig Straßen, die den Ort Langeoog ausmachten, zurechtzufinden. Aber ob sie auch den Weg zum Hafen finden würde? Vielleicht war es einfacher, die Inselbahn zu nehmen. Sie wollte sich vor der *Teestube im Hafen* in einen der Strandkörbe setzen, die sie auf dem Foto in der Zeitung gesehen hatte.

Julia schloss ihr Fahrrad am Bahnhof an, und als hätte sie ihr ganzes Leben kein anderes Verkehrsmittel gekannt, kletterte sie in einen knallroten Spielzeug-Waggon mit der antiquierten Frakturschrift *Inselbahn Langeoog* und wartete geduldig, bis der Zug mit viel Tuten und Schnaufen endlich losfuhr. Sie war, soweit sie sehen konnte, der einzige Fahrgast. Niemand schien Besucher zu erwarten, niemand schien abreisen zu wollen. Es war, als sei man aus der Zeit gefallen.

Langsam zuckelten sie am Flugplatz und den großen Wegweisern zum Golfplatz vorbei, durch die kahlen Bäume hindurch, die die *Langeoog News* das »Wäldchen« genannt hatte und in Richtung Meer. Am Hafen setzte sie sich wie geplant in einen der Strandkörbe vor der Teestube, bestellte sich Waffeln und einen Tee mit Rum und notierte sich in ihrem Notizbuch mögliche Drehorte. *Locations* schrieb sie oben auf die Seite. Im Fischladen konnte sie sich einen großen Krach zwischen Maria und Miguel vorstellen. Vielleicht würde sie am Schluss versuchen, ihm einen Fisch um die Ohren zu hauen, wie man es von den Fischschlachten in den *Asterix*-Heften kennt? Und welche Szene könnte hier am Hafen spielen? Könnte Bodo hier wohnen?

Sie sah sich um und entdeckte ein Schild, das auf den Segelverein hinwies. Das war es! Bodo arbeitete hier als Segellehrer. Julia überlegte, in welche Treatment-Szene sie hineinschreiben könnte, was Bodo beruflich macht, aber es war schwer, ohne den Text vor sich zu haben.

Dann hörte sie aus der Ferne ein lautes Tuten. Als sie aufstand, konnte sie sehen, wie sich die *Langeoog 1* dem Hafen näherte. In dem Moment, als sie die Fähre sah, wurde Julia bewusst, wie sehr sie diese Insel in ihr Herz geschlossen hatte. Die wortkargen Menschen, die blauen Dachschindeln, die weiten Dünen und die graue Nordsee. Schon jetzt war es *ihr* Langeoog, das sie gleich Anne zeigen würde.

Julia bezahlte ihre Rechnung und nahm einen letzten Schluck Tee, bevor sie in Richtung Anleger bummelte. Irgendetwas sagte ihr, dass es nun vorbei war mit der ganz großen Ruhe auf der Insel.

23

»Und wo sind die Kinder?«

»Die Kinder?« Anne schaute Julia an, als wüsste sie nicht, wovon sie redete.

»Deine Kinder!«, erinnerte Julia sie.

»Die Kinder sind …« Anne biss in ihr Krabbenbrötchen und vervollständigte den Satz mit etwas, das wie »hei heina huha« klang.

»Wo?«

Es dauerte einen Moment, bis Anne den Mund wieder leer hatte. »Bei deiner Mutter. Die Kinder sind bei deiner Mutter!« Anne nahm einen großen Schluck von ihrem Gin Tonic. »Köstlich! Bist du sicher, dass du nicht auch noch einen zweiten willst?«

Julia ignorierte die Frage. Ihr Drink war noch nicht mal halb leer. »Bei meiner Mutter?«

»Ja, bei deiner Mutter!« Anne strich sich energisch die Brötchenkrümel von dem Daunenmantel. »Meine Mutter wollte sie nicht nehmen. Sie sagt, sie will sich nicht einmischen.«

»Meine Mutter will sich natürlich einmischen. Ist ja klar.«

Sie hatten Herbert Weidel in sein Haus in der Gartenstraße gebracht und ihn dann mit der Ausrede, noch einkaufen zu müssen, dort zurückgelassen. Lange würde er da nicht bleiben, das war jetzt schon klar. Herbert Weidel war bester Laune und überaus unternehmungslustig. Anne hatte ihn schon an der Bar der Fähre kennengelernt und dort gleich mit ihm den ersten Sekt des Tages geköpft.

»Also, ich hole mir noch was zu trinken!« Anne stand auf und ging zu einem der lustigen, knallbunten Strandhäuser, in denen die Bar des *Strandversorgers* untergebracht war.

»Ist das eine gute Idee?« Julia fand, dass Anne hinreichend angeschickert war.

»Das ist eine fantastische Idee. Ich bin seit acht Jahren nüchtern!«

Sie wussten beide, dass das nicht der Wahrheit entsprach, aber Julia verkniff sich jede weitere Bemerkung. Sie schaute ihrer Freundin nach, wie sie an die Bar ging und die Männer, die zwei Tische weiter Bier tranken, taten dasselbe. Wenn Anne wollte, würde sich sicher schnell jemand finden, der sich für sie interessierte. Was dachte sich Peter dabei, sie so zu behandeln, dass sie abhaute? Es dauerte nicht lange, bis Anne mit ihrem neuen Gin Tonic wieder bei ihr war.

»Komm, wir nehmen die Drinks ans Meer mit.« Anne lief vor ihr her den Holzbohlenweg hinunter durch die Dünen. Im Schutz des Strandhafers setzten sie sich hin und prosteten einander zu.

»Was ist denn eigentlich genau passiert?« Julia wollte endlich die ganze Geschichte erfahren und Anne begann, zu erzählen.

»Gestern Nachmittag habe ich zuhause versucht, einen Schriftsatz fertig zu machen. Aber bei mir ist die Tastatur kaputt. Vom N und von der Löschtaste haben sich die

Plättchen gelöst. Ohne N hätte ich weitergemacht, aber ohne Löschtaste kann man nicht schreiben.«

Julia versuchte, ein Grinsen hinter ihrem Longdrink-Glas zu verstecken. Aus dem Kontext gelöst war: »Ohne N hätte ich weiter gemacht!« ein lustiges Statement, aber Anne hatte bestimmt im Moment keinen Sinn für sowas.

»Und ich musste diesen Schriftsatz fertigstellen, weil die Frist ablief. Also habe ich mir Peters Rechner genommen, was ich sonst nie mache. Warum auch?«

Oje, das klang nicht gut. »Und?«

»Ich habe alles fertiggemacht und den Schriftsatz auf den Stick gezogen. Als ich Word geschlossen habe, war auf einmal Facebook offen auf dem Bildschirm.«

»Und dann hast du dir seinen Account angeschaut!«

Anne nickte nur.

»Er hat eine Affäre?«

»Keine Ahnung. Er schreibt mit einer. Aber nicht erst seit gestern, verstehst du? Die erste Nachricht ist genau zwei Jahre alt.«

»Eine Karnevalsbekanntschaft?«

»Sieht so aus. Anscheinend ist er durch die Kneipen gezogen und hat die da kennengelernt und mit ihr rumgemacht. Wie es alle tun im Karneval.«

Dass Anne Julia in diese Aussage einbezog, war offensichtlich. Julia ersparte sich die Bemerkung, dass sie weder verheiratet noch liiert war und schon gar keine Kinder hatte, und Anne redete sowieso weiter.

»Ich glaube, die haben sich nicht mal wiedergetroffen. Sie wohnt in Freiburg. Aber sie schreiben sich. Fast täglich. Er schickt ihr Fotos von sich. Und manchmal auch von den Kindern. Von Ellas Geburtstag und eins von Lennis Einschulung.«

»Was? Warum tut die sich das an?«

»Du wolltest wohl fragen, warum tut er uns das an!«

»Natürlich!«, korrigierte Julia sich schnell. »Was sagt er denn dazu?«

»Nichts.«

»Das ist nicht viel!«

»Ich habe auch nichts gesagt.«

»Ah!« Julia nickte verständnisvoll, ohne irgendetwas zu verstehen.

»Wenn ich ihn darauf anspreche, dann muss er ja reagieren.«

»Das stimmt!« Ist das nicht der Sinn der Sache?, überlegte Julia. Offensichtlich nicht.

»Und was denkt er, wo du jetzt bist?«

»Bei dir auf Langeoog, weil du *mal wieder* Liebeskummer hast.«

»Hast du *mal wieder* zu Peter gesagt?«

»Ja!« Anne strich sich die roten Locken aus dem Gesicht. »Es klang besser!«

»Findest du?«

Anne lachte. »Jules, ich liebe dich. Du bringst mich immer zu lachen, egal in welcher Situation!«

Julia lachte mit. Es war in der Tat eine absurde Situation. Sie war hier auf Langeoog und hatte Liebeskummer und nun war Anne zu ihr gekommen, weil sie auch Liebeskummer hatte. Es wäre völlig verrückt, sich darüber zu ärgern, dass Anne ihrer selbst wegen da war. Hauptsache, sie waren zusammen. Julia legte den Arm um ihre Freundin.

»Was hast du gesagt im Karneval?« Anne legte den Kopf auf ihre Schulter. »Wie oft soll sich dieses müde Karussell noch drehen? Jetzt tanzen wir beide wieder um die weißen Elefanten.«

»Aber damit habe ich doch nicht dich gemeint. Peter und du, ihr seid perfekt füreinander!«

»Er schreibt täglich irgendeiner Frau und ich sage nichts dazu, weil es die Sache nicht wert ist!«

»Was meinst du denn damit, dass es die Sache nicht wert ist? Das kann doch gar nicht sein!«

»Er und ich! Ob wir noch glücklich sind zusammen. Es ist es nicht wert, dass ich mich das frage.«

Julia schwieg. Hier saßen sie also wieder und redeten über die Liebe. Statt Dosenkölsch am Rhein war es heute Gin Tonic in Plastikpfandbechern am Meer.

»Ich werde es nicht riskieren, dieses riesengroße Familienschiff zum Kentern zu bringen. Ich weiß nicht, wie die Leute das machen.«

»Was machen?« Julia schaute aufs Meer und fragte sich, ob ein Schiff zu sehen war, das diesen Vergleich heraufbeschworen hatte.

»Was machen? Sich trennen natürlich. Von den Freunden, die am Anfang seine waren, von den Schwiegereltern, von den Fotoalben, die wir gemeinsam geklebt haben, und den Möbeln, die man miteinander angeschafft hat.«

»Na ja ...«

Das ist Annes Ehe? Das ist nicht ihr Ernst. Sie ist nur verletzt, dachte Julia. Verletzt oder nicht, Anne war nicht zu bremsen.

»Soll ich meine Schwägerin verlassen? Und meine Nichten?« Julias Schweigen schien Anne zu weiteren Statements anzustacheln. »Man verlässt nicht nur einen Mann, man verlässt ein Lebensmodell. Eigentlich verlässt man einen Traum.«

Julia hatte ein flaues Gefühl im Magen. Sie schämte sich, dass sie manchmal gehofft hatte, dass Anne ein klitzekleines bisschen weniger glücklich mit Peter wäre. Dass es in diesem perfekten Familienidyll etwas mehr Platz für eine beste Freundin gab. So hatte sie es sich allerdings nicht vorgestellt.

»Du willst doch Peter nicht verlassen, weil er irgendeiner Frau, die er gar nicht trifft, manchmal schreibt.«

Sie rückte ein Stück von Anne weg, um sie besser anschauen zu können.

»Natürlich will ich ihn deswegen verlassen! Mir wäre es lieber, er wäre an Karneval mit ihr ins Bett gegangen, anstatt über zwei Jahre eine absurde fake Facebook-Intimität mir ihr aufzubauen.«

»Du willst Peter verlassen?«

»Ich will, aber ich werde es nicht tun.«

Julia schwieg und schaute aufs Meer. Die Sonne näherte sich dem Horizont und der Himmel färbte sich langsam rötlich. *Wish you were here* hatte sie Anne schreiben wollen und es stattdessen Ben geschickt. Und jetzt war Anne da. Sie legte ihren Arm wieder um die Schultern ihrer Freundin.

»Es wird alles wieder gut!«

»Ja, das wird es. Aber jetzt gerade bin ich traurig darüber, mit jemandem verheiratet zu sein, der er es nötig hat, sich in eine solche Fantasiewelt zu flüchten.«

»Das verstehe ich!«

»Ja, ich weiß.« Anne nahm einen Schluck Gin Tonic.

»Was soll das denn heißen?«

»Du suchst du dir doch auch nur Typen, die dich nicht wollen. Wie Hanno, der noch nicht mal nach deiner Handynummer fragt. Oder Männer wie Tim, die eintausend Kilometer weit weg wohnen, damit du dich nicht zu oft mit ihnen treffen musst.«

Als Julia schwieg, setzte Anne noch einen drauf: »Du läufst doch auch weg, wenn es echt wird.«

»Und du bleibst, obwohl es nicht mehr echt ist?«

Julia biss sich auf die Lippen, das war das Letzte, was sie zu Anne in diesem Moment hatte sagen wollen. Aber Anne lachte nur.

»Wir sind eben ein Dream-Team! Holst du uns noch einen Drink?«

Seufzend stand Julia auf und nahm Annes leeren Becher an sich. Der Wind fuhr durch ihre Haare, und als sie den Kopf hob, um sich ihren Schal um die Haare zu schlingen, sah sie Herbert Weidel an der Bar vom *Strandversorger* stehen. Sie wollte sich zurück in den Schutz der Dünen drücken, aber es war zu spät. Er hatte sie gesehen und nahm Fahrt in ihre Richtung auf. Er lief schnell und dynamisch und sein breites Lächeln ließ ihn sympathischer aussehen, als Julia ihn in Erinnerung gehabt hatte.

»Ah, was für ein Glück! Euch hier zu treffen! Darf ich euch auf ein paar Austern einladen? Die reizende Dame von der Strandbar meinte, hier den Weg hinunter gäbe es ein vortreffliches Restaurant.«

Julia hätte gedacht, dass Anne alleine mit ihr bleiben wollte, aber das Gegenteil war der Fall. Anne ließ sich sofort von Herbert Weidel dabei helfen aufzustehen, und kicherte albern, während er ihr den Sand aus der Kleidung klopfte. Dann hakte sie sich bei ihm unter und verlangte, dass er sie in dieses vortreffliche Restaurant führen sollte. Die beiden gingen voraus, wobei er sich einmal zu Julia umdrehte und ihr verschwörerisch zuwinkerte. Dann ging er entschlossen auf das große Glasgebäude des *Seekrugs* zu, das man jenseits der Dünen aufragen sah. Julia folgte ihnen langsam. Sie hörte Fetzen ihres Gesprächs und dazwischen erklang das laute Applauslachen ihrer Freundin, wenn Herbert Weidel einen Witz gemacht hatte. Dass das Stichwort *Mein Herz schlägt laut Berlin* gefallen war, hätte Julia auch gewusst, wenn ihr der Wind nicht Teile des Gesprächs zugetragen hätte. Sie betrachtete ihre Freundin und den alten Bestseller-Autor. Er redete und sie hing an seinen Lippen. Dass das nicht echt war, wussten sie alle drei. Aber was hatte Anne damit gemeint, dass sie immer abhaute, wenn es echt zu werden drohte? Woher wusste man denn, wenn es echt war? Was war denn echt? Der Wind, der an ihren Haaren zerrte oder die Kälte, die ihre Wangen rot färbte? Sie schaute aufs Meer. Schöner als heute Nachmittag hatte es in der ganzen Zeit nicht ausgesehen. Noch immer war der Himmel glutrot gefärbt und Julia musste unwillkürlich an die Glut des Holzfeuers in Bens offenem Kamin denken. Die orangenen Strahlen tauchten Meer und Sand in einen warmen Ton, als ob es Hochsommer wäre, während die Luft so kalt war, dass Julia sie beim Einatmen spürte. Sie nahm ihr Handy heraus und fotografierte das Schauspiel, bevor sie Anne und Herbert Weidel in den Seekrug folgte.

Erst als eine Flasche Chablis vor ihnen stand, hatten die beiden einen Blick für die Aussicht. Noch war es hell genug draußen, dass man den Sonnenuntergang sehen konnte, und die beiden »ohten« und »ahten« und stießen um die Wette auf dieses Naturspektakel an. Herbert Weidel hatte allerdings auch keinen Sitzplatz in der hintersten Ecke des Restaurants bei der Heizung ausgesucht, sondern hatte sich schnurstracks an den allerschönsten Tisch des Restaurants mit der besten Aussicht führen lassen. Er hatte sich kaum aus dem Mantel helfen lassen, da wussten die Mitarbeiter des *Seekrugs* bereits, mit wem sie es zu tun hatten und bemühten sich seitdem, nur die schönsten Austern für ihn zu öffnen. Das hatte der Weidel gut drauf, das musste man ihm lassen.

»Dass die alle den Film kennen!«, wunderte sich Anne laut und Julia musste schlucken. Ob dieser Kommentar gut ankäme? »Schau dir die Kellnerinnen an!«, beantwortete Anne ihre eigene Frage. »Wie alt sind die? Anfang zwanzig. Natürlich kennen die den Film nicht!«

»Sie haben ja so recht, Anne!« Herbert Weidel griff nach Annes Hand auf dem Tisch. »Ich brauche dringend einen Image-Boost. Die letzte Frau, mit der ich geschlafen habe, ist meine eigene. Das ist doch kein Zustand!«

»Unfassbar!«, stöhnte Julia, während Anne voller Verständnis und voller Chablis nickte.

»Eben!« Herbert Weidel nickte begeistert mit. Offensichtlich fühlte er sich nicht unverstanden, sondern im Gegenteil bestätigt. Er griff nun auch nach Julias Hand. »Gut, dass ich hergekommen bin, Julia. So ein Gespräch über die Arbeit kann man einfach nicht am Telefon führen.«

»Nein! Das ist unmöglich. Ein solches Gespräch über die Arbeit habe ich wirklich noch nie am Telefon geführt!«

Julia entzog Herbert Weidel ihre Hand. »Weder am Telefon noch sonst irgendwo!«

Sie betrachtete kopfschüttelnd Anne, die immer noch händchenhaltend mit ihm dasaß. Es war ein Irrsinn, wie die beiden sich gefunden hatten. Ob sie die jemals hier loseisen könnte? Er genoss die Aufmerksamkeit der schönen jüngeren Frau und Anne die Komplimente des erfahrenen Charmeurs. Mit einem Mann in ihrem Alter hätte sie nie so geflirtet. Bei Herbert Weidel war es ihr anscheinend klar, dass es nirgendwo hingehen würde. Ihm selbst hoffentlich auch, dachte Julia.

Während Herbert Weidel Anne seine *Mein Herz schlägt laut Berlin*-Geschichten erzählte und ihr immer wieder Chablis nachschenkte, checkte Julia ihre Nachrichten. *B wie Bossy* hatte ihr geschrieben und sie merkte, wie ihr Herz sofort ein paar Takte aussetzte.

> Hallo Julia, ist der Herbert bei dir angekommen? Ich erreiche ihn nicht. Danke, Ben

Julia drückte auf Info und änderte den Namen in ihren Kontakten. Es war kindisch, Ben so zu nennen: *B wie Bossy*. Er war ihr gegenüber gar nicht so aufgetreten. Aus Angst, den Job nicht gut zu machen, hatte sie ihn zu dieser Cheffigur stilisiert. Was hatte er gesagt? Sie sei kindisch? Er hatte recht gehabt. Mit allem.

Sie wünschte, sie könnte ihm zeigen, dass sie ihre Einstellung geändert hatte. In den Textnachrichten hatte sie sich nicht so dämlich angestellt. Ihre Chats waren lustig. Sie würde ihm schreiben. Sie ging auf das Bild des Sonnenuntergangs, das sie eben am Strand gemacht hatte, und schickte es ihm. Dann schrieb sie

> angekommen

– genauso, wie sie es am ersten Abend auf der Insel schon einmal gemacht hatte.

Der Weidel war angekommen, würde er, Ben, am Wochenende auch dazukommen? Er hatte nie offiziell abgesagt. Er hatte nur gesagt, dass er es nicht hundertprozentig zusagen konnte. Und schon glaubte sie einer Mindy, die behauptete, es sei typisch für Ben, sich etwas offenzuhalten. Dabei wusste sie gar nicht, was typisch für Ben war. Sie wusste nur, dass sie es unbedingt rausfinden wollte. In echt. Sie wollte ihn wiedersehen! Und das schrieb sie ihm jetzt.

Ich wünschte, du wärst hier. In echt.

24

Als sie Herbert Weidel und Anne endlich zum Aufbruch überreden konnte, war es schwer zu sagen, wer von den beiden betrunkener war.

Sie verstanden sich immer noch großartig. Nicht nur im *Seekrug*, sondern auch den ganzen Weg nach Haus, über den Strandweg und die Gartenstraße hinunter, hatten sie ununterbrochen miteinander geredet. Wobei miteinander der falsche Ausdruck war. Sie redeten abwechselnd, anders konnte man es nicht bezeichnen. Anne redete über sich und Peter, über die Kinder und über den Vater einer der Freunde von Lenni redete sie auch ziemlich viel. Herbert Weidels Thema war immer noch die schöne Zeit, als ihn die Verfilmung von *Mein Herz schlägt laut Berlin* zum deutschen Superstar gemacht hatte. Er erzählte von Sylt und von der *Sansibar*, von Sachs und Sex und überhaupt von dem guten Leben, und wenn Julia es nicht bereits zum zweiten Mal hören würde, hätte sie es sogar witzig gefunden. Vielleicht wurde es aber auch nur dadurch lustig, dass Anne, die ihm nicht zuhörte, grundsätzlich an der falschen Stelle lachte. Als Herbert Weidel vorschlug, noch einen »Scheidebecher«, wie er es nannte, bei Ben zu nehmen, war Anne sofort Feuer und Flamme. Julia stimmte nur zu, weil sie das Gefühl hatte, auf Anne aufpassen zu müssen. Außerdem wäre es leichter zu gehen, als Herbert Weidel aus ihrem Haus rauszuschmeißen, wenn sie endgültig genug hatte von diesen sich in konzentrischen Kreisen drehenden Gesprächen.

Es war seltsam, bei Ben zu sein, ohne dass er da war. Während Herbert Weidel das Weinregal in der Küche checkte, checkte Julia ihre Nachrichten. Zwei blaue Häkchen hatte ihr Text an Ben. Zugestellt und gelesen. Aber geantwortet hatte er nicht. Auf Textnachrichten hatte er sonst immer schnell reagiert. Aber es war zu spät, die Nachricht zu löschen. Wenn er sie schon gelesen hatte, war nichts mehr zu machen. Anne und Herbert Weidel hatten sich schnell auf einen Rotwein von Antinori geeinigt und Julia konnte nur in letzter Sekunde verhindern, dass er den Korken mit dem Haustürschlüssel in den Flaschenhals drückte, weil er keinen Korkenzieher fand.

»Ich mache das!« Energisch stellte sie die teuer aussehende Flasche zurück. Sie schaute sich das Weinregal an und zog ein paar Flaschen heraus. Ben schien die gleiche Angewohnheit zu haben wie ihr Vater. Oben lagen einfach aussehende Weine und im untersten Regalfach lagen Weine, deren Namen Julia nur aus Filmen kannte.

Ganz oben waren ein paar Flaschen Merlot. *If anybody orders Merlot I'm leaving – I am not drinking any fucking Merlot.* Als Filmfan müsste Ben *Sideways* kennen, den Merlot könnten sie jedenfalls eher trinken als den Tignanello, den der Weidel gerade hatte köpfen wollen. Sobald sie Anne überredet hätte aufzubrechen, könnte der Weidel tun und trinken, was er wollte. Aber solange sie dabei war, wollte Julia für einen Rest Zurückhaltung sorgen. Den großen Korkenzieher an der Wand hatte sie schon beim letzten Mal bewundert, jetzt hatte sie die Gelegenheit, ihn auszuprobieren. Es klappte problemlos und der Korken kam mit einem satten »Plop« aus dem Flaschenhals. Julia stellte den beiden die Flasche auf den Tisch. Ihr war neben dem Korkenzieher eine Pinnwand aufgefallen, die sie sich näher anschauen wollte. Dort hing ein Fahrplan der Fähren: Von Bensersiel gab es täglich fünf Fähren nach Langeoog. Die Erste um 6:45, dann um 9:30, 13:30, 15:30 und die letzte um 18:30. Obwohl, da stand Sommerfahrplan. Wahrscheinlich gab es im Winter weniger Fähren. Wie lange hatte die Überfahrt gedauert? Etwa eine Stunde? Selbst wenn Ben in der Sekunde, in der er ihre Nachricht gelesen hatte, losgefahren wäre, hätte er die letzte Fähre verpasst. Heute würde niemand mehr auf Langeoog ankommen und auch niemand mehr abreisen. Wie es sich wohl anfühlte, auf einer Insel zuhause zu sein wie Mindy und ihre Eltern?

Wie es sich anfühlte, auf Sylt zuhause zu sein, hätte sie dem Monolog von Herbert Weidel entnehmen können, aber Julia schaute sich lieber die Fotos auf Bens Pinwand an. Es waren fast alles Bilder vom Segeln, Ben mit Freunden auf einem großen Boot. Jan war auf einigen Bildern mit drauf, auf anderen waren auch Thea und Hanno und auf einem Bild entdeckte Julia Mindy. Es war seltsam, in Bens Haus zu sein ohne ihn.

Weil niemand darauf achtete, was sie tat, schlenderte sie ins Wohnzimmer, in dem heute kein Kaminfeuer brannte. Auf dem Wohnzimmertisch entdeckte Julia ein paar Blätter und einen Ordner. War das nicht …? Zögernd trat sie näher an den Tisch heran. Ja, da lag ihr Treatment, sie konnte die Überschrift erkennen. Sie sah, dass Ben Notizen in den Text geschrieben hatte. Julia merkte, wie ihr

Atem flacher und schneller wurde. Sie schaute sich nach Anne und Herbert Weidel durch die offene Küchentür hindurch um. Aber die beiden merkten nichts. Der Weidel hatte schon wieder nach Annes Hand gegriffen, um sich ihrer Aufmerksamkeit zu versichern. Darum würde sie sich gleich kümmern müssen, aber jetzt wollte sie sich diese Notizen anschauen. Wenn Ben das so offen liegen lässt, versuchte sie ihr Gewissen zu beruhigen. Immerhin hatte er gewusst, dass der Weidel anreisen und wahrscheinlich auch diese Notizen lesen würde. Oder vielleicht schon gelesen hatte? Oh Gott, diese Entwürfe mussten unbedingt verschwinden. Sie würde sie einfach wegschmeißen! Julia griff nach dem kleinen Haufen Papier und konnte es natürlich doch nicht lassen, einen Blick darauf zu werfen. Sie überflog die erste Seite. Besonders aussagekräftig waren die Notizen nicht. Hier und da ein Smiley und dann auf der nächsten Seite auf einmal ganz viele Smileys. Was war das, was er so lustig gefunden hatte? Julia schaute auf die Überschrift auf der Seite. Dort stand: BODO. BODO? Den Text hatte sie ihm auch gegeben? Daran konnte sie sich gar nicht mehr erinnern.

Mit flauem Gefühl im Magen las sich Julia ihren ersten Entwurf der Beschreibung von BODO durch und das Blut stieg ihr in die Wangen. Ja, das war bereits in diesem frühen Stadium eine glasklare Karikatur von Ben! Er war viel zu intelligent, um sich nicht selbst darin erkannt zu haben. Und das fand er lustig? Sie fegte ein zerknülltes Blatt Papier von einem der Stühle und setzte sich darauf. Wenn ihm alles so gut gefallen hatte, warum hatte er sich dann so seltsam benommen, als er abgereist war? Warum hatte er gesagt, dass alles Blödsinn war, was sie geschrieben hatte? Das ergab doch keinen Sinn.

Während sie überlegte fiel ihr Blick auf den zerknüllten Zettel, den sie eben vom Stuhl gefegt hatte. Er lag auf dem Boden in der Nähe des Kamins. Es war eindeutig auch ein Blatt bedrucktes Papier. Was um Himmels willen hatte sie Ben denn alles gegeben? Auf einmal fiel ihr ein, dass sie den Drucker getestet hatte, nachdem er installiert war. Trotz der beiden Gin Tonic mit Anne am Nachmittag und einem Glas Chablis im *Seekrug* war Julia auf einmal wieder stocknüchtern. Sie ging zum Kamin, hob den Papierball auf und entfaltete ihn langsam. Aus der Küche hörte sie Anne und Herbert Weidel lachen und irgendwie klang es, als wollten sie sich über sie lustig machen. Sie entfaltete das Papier und strich es auf der Tischplatte glatt. Ach, sie hatte ihm dieses dämliche Moodboard gegeben.

Das hatte sie inzwischen längst gelöscht. Es gehörte gar nicht zum Treatment dazu. Ausgerechnet das musste sie ihm geben? Sie las den Text.

Leo geht aufs Meer zu, die Sonne färbt Himmel, Meer und Sand rot. Sie steht atemlos am Ufer. So etwas Schönes hat sie noch nie gesehen.

»Wie gefällt dir unsere kleine Insel?« Leo erschrickt. Sie hat Paul nicht kommen hören, das gewaltige Tosen der Nordsee hat seine Schritte verschluckt.

»Sie ist wunderschön!«, haucht Leo und wendet sich zu ihm um. »Ich möchte am liebsten für immer hierbleiben.«

Oh Gott, ist das kitschig. Julia spürte förmlich, wie sie rot wurde. Da hatte er die Idee her, dass sie eine seichte Romanze schreiben würde. Das hatte er sich nicht ausgedacht, sie hatte es ihm bewiesen.

Er nimmt sie bei der Hand. »Dann bleib hier. Bleib bei mir!«
Sie schauen sich in die Augen. Leo spürt, wie sie schwach wird. »Bei dir?« Sie zögert. »Ja, bei mir!« Hanno zieht sie ganz nah an sich heran.

Hanno? Mist, da hatte sie tatsächlich Hanno statt Paul geschrieben. Wie peinlich! Jetzt sah sie, dass Ben die Zeile am Rand angestrichen und ein Fragezeichen dahinter gesetzt hatte.

»Ich habe vom ersten Moment an gewusst, dass du zu mir gehörst. Sobald ich dich an diesem Tag, den ich nie vergessen werde, im Hafen erblickt habe.«
Ihre Silhouetten färben sich rot, als er sich zu ihr herunterbeugt und sie küsst. Hannos Lippen sind sanft und fordernd zugleich. Sie schmeckt das Salz des Meeres auf ihnen.

Schon wieder Hanno. Ben hatte es zweimal im Text unterstrichen. Geht es noch peinlicher?

»Ich habe es auch gewusst, als ich dich zum ersten Mal im Hafen sah. Ich wusste, dass wir uns lieben würden!« Sie schmiegt sich in seine starken Arme und gibt sich seinen Küssen hin. Er nimmt sie bei der Hand und führt sie zu einem der Strandkörbe.

Ja, offensichtlich war es noch peinlicher gegangen.

Julia stöhnte. Diesen großartigen Text hatte sie Ben als ersten Einblick in ihre Textarbeit für ihr gemeinsames Projekt gegeben? Sie wäre am liebsten jetzt noch hier sofort ganz alleine in Bens Wohnzimmer im Boden versunken.

Was für ein Chaos hatte sie angerichtet. Als ob es in ihrem Kopf immer noch Konfetti regnen würde! Sie hatte mit ihm im Karneval geflirtet, bis Ursula aufgetaucht war. Und sein Auftritt im Büro hatte ihr auch gefallen. Diese *Wish-you-were-here*-Nachricht war ein klassischer Freudscher Fehler gewesen. Ben war nach Langeoog gekommen, um sie zu sehen. Sie hatten sich geküsst und dann hatte sie ihm quasi schriftlich mitgeteilt, dass sie in Hanno verliebt war. Und dabei hatte sie gehofft ... Julia stöhnte wieder.

»All's okeh?« Im Türrahmen war eine schwankende Anne erschienen.

»Nichts ist okay. Hast du vergessen? Peter betrügt dich.« Sie stand auf und nahm Anne an Arm. »Sorry! Das habe ich nicht so gemeint. Lass uns ins andere Haus rübergehen, bitte.«

»Wieso? Ist doch gerade so lustig hier!« Annes Augen glänzten vom Wein.

»Anne, komm!« Julia zog Anne mit sich. »Morgen findest du es nicht mehr so lustig. Ich nehme dich jetzt mit nach drüben. Genug gefeiert!«

Das »genug gefeiert« sagte sie bewusst auch in Richtung Herbert Weidel, den sie schon wieder vor Bens Weinregal stehen sah. Ihn konnte sie schlecht ins Bett schicken, aber Anne schon. Im Türrahmen wartete sie, bis sich die beiden genug zum Abschied gedrückt hatten, und dann führte sie Anne ab.

»Wo es gerade so schön war!«, murrte Anne.

»Das Sprichwort muss ich hier wohl nicht bemühen.«

»Welches Sprichwort?« Anne starrte sie an.

»Geh ins Bett!« Julia schob Anne sacht in ihr Zimmer im ersten Stock vom Ferienhaus. »Wir reden morgen, okay!«

»Schlaf gut!« Anne zog die Tür hinter sich zu und Julia ging in ihr eigenes Zimmer. Jetzt hatte sie schon wieder an Ben geschrieben, dass sie sich wünschte, er wäre hier. Hatte er nicht gesagt, dass die Zusammenarbeit professioneller ablaufen sollte? Und wenn sie sich irgendetwas ausdenken würde, dass sie ihm die Nachricht aus Versehen geschickt hätte. Zweimal aus Versehen? Julia ging ins Bad, um sich die Zähne zu putzen. Im ersten Stock klapperte Anne mit den Türen, sie musste nach dem Bad suchen, aber das würde sie schon finden.

Julia ging ins Bett und zog sich die Decke bis zum Hals. Über ihr fiel das fahle Licht des Vollmonds auf ihr Bett. Während sie noch überlegte, ob sie überhaupt einschlafen könnte, dämmerte sie schon weg. Im Halbschlaf träumte sie, dass Ben gekommen wäre. Sie hatte die Haustüre gehört. Mit angehaltenem Atem lauschte sie, aber sie hörte nur den Weidel im Nebenzimmer, der das Radio angemacht haben musste. Mann, war der anstrengend.

Julia stand auf und holte sich *Ohropax* von ihrem Schreibtisch. Wie gut, dass sie die immer für Zugfahrten dabeihatte! Mit *Ohropax* in den Ohren hörte sie nur ihren eigenen Atem und innerhalb von wenigen Minuten war sie tief und fest eingeschlafen. So fest, dass sie es nicht glauben konnte, als sie nach wenigen Minuten Tiefschlaf schon wieder durch einen unablässigen Klingelton geweckt wurde. Was hatte Anne denn jetzt angestellt? Julia schlüpfte in den Bademantel und ging ins Erdgeschoss.

Wenn das der Weidel ist, bringe ich ihn um, dachte Julia und öffnete schlecht gelaunt.

Vor ihrer Tür stand Ben.

25

Julia starrte Ben an und ihr Herz klopfte so laut in ihren Ohren, dass sie sich nicht sicher war, ob er sie begrüßt hatte. Er stand mit einem kleinen Reisekoffer frisch rasiert, hellwach und nach Aftershave duftend vor ihrer Tür. Julia musste sich zusammenreißen, um ihm nicht einfach um den Hals zu fallen. Nur ihre allzu frischen Erinnerungen an ihre peinlichen Kitschfantasien, die er gelesen hatte, hielten sie zurück.

»Hast du keinen Schlüssel?«

»Guten Morgen!« Ben grinste. »Natürlich habe ich einen Schlüssel. Ich fand es unhöflich, mich selbst reinzulassen, aber besonders höflich scheint der Ton hier sowieso nicht zu sein.«

Julia wurde rot. »Entschuldige! Guten Morgen!« Sie trat einen Schritt zurück, um Ben hereinzulassen. »Ich war nur so überrascht, du hast mich geweckt.« Am meisten überraschte sie, wie unfassbar sexy er heute Morgen aussah.

»Das tut mir leid. Ich hätte einen Kaffee trinken gehen sollen. Ich dachte, um acht Uhr sitzt du am Schreibtisch.« Er zwinkerte ihr zu.

Es sollte ein Witz sein, Julia wusste es. Trotzdem fühlte sie sich auf einmal kontrolliert. War er wirklich auf der ersten Fähre gewesen oder war er gestern angekommen und hatte heute Morgen einen kurzen Weg von Mindys Dusche hier hergehabt?

»Du musst doch keinen Kaffee trinken gehen. Ich mach dir einen. Wir können auch gleich anfangen, ich zieh mir nur was über.«

»Wir können auch gleich anfangen?« Jetzt schien Ben den Faden verloren zu haben.

»Mit dem Treatment!« Julia zog sich den Bademantel enger vor der Brust zu. »Ich habe wirklich viel geschrieben.«

»Ach so, zu arbeiten!« Ben zog sich seinen Mantel aus und setzte sich an den Küchentisch. »Ganz schön kalt da draußen.«

»Warst du schon bei dir drüben?« Julia steckte ein Espresso-Pad in die Maschine.

»Das ist ja das Problem, der Herbert hat den Schlüssel drinnen stecken lassen und ich komme gar nicht erst rein. Das Klingeln hört er auch nicht. Seid ihr gestern versumpft?«

»Ich nicht!« Julia betonte das ich. Wollte er das von ihr als seiner Mitarbeiterin wissen?

»Also der Herbert!« Ben lachte.

Julia stellte ihm den Espresso hin. »Ich glaube, ich mach mir auch einen.« Sollte sie sagen, dass Anne und der Weidel zusammen versumpft waren? Wie gut kannten sich Anne und Ben? Anne liebte ihre vollverspiegelte Businessfassade. Wer weiß, was sie Ben gesagt hatte, warum sie hierherkommen musste? Am Ende hatte der die gleiche Geschichte gehört wie Peter. Dass sie, Julia, *mal wieder* Liebeskummer hatte. Sie schnaubte.

»Alles in Ordnung?«

»Alles in Ordnung!«

Julia setzte sich zu ihm an den Tisch. Am besten gar nicht über Anne und den Weidel reden.

»Willst du Dickmilch haben? Mit Sanddorn-Sirup?«

»So gut hast du dich hier eingelebt?«

Er lächelte sie an und Julia spürte das Flattern von tausend Schmetterlingen in ihrer Brust.

»*When in Rome* …« Sie stand auf, um den Kühlschrank zu öffnen, aber Ben winkte ab.

»Danke, ich trinke erst mal den Kaffee. Ich bin früh losgefahren und die Plörre auf der Fähre war heute nicht trinkbar.«

Julia schwieg und nahm einen Schluck Kaffee. Er war nicht bei Mindy gewesen, er musste ihretwegen da sein. Oder wegen des Drehbuchs? Er machte keinen Schritt auf sie zu. Obwohl sie hier halbnackt in seiner eigenen Küche saß.

»Wie läuft es denn mit Herbert? Hat er dich sehr genervt?«

»Nein, eigentlich nicht. Der interessiert sich nicht für das Drehbuch, alles was der will, ist, dass es erfolgreich verfilmt wird.«

»Das wollen wir wohl alle.«

»Mich interessiert der Teil vorher auch.«

»Stimmt, manchmal ist der Teil vorher auch sehr interessant.« Ben lächelte sie an.

»Meinst du interessant, wie *gut* oder interessant, wie *das hätte ich jetzt nicht gebraucht*?«

Ben lachte. »Mir war nicht klar, dass es ein *interessant wie in das hätte ich jetzt nicht gebraucht* gibt.«

»Wirklich nicht? Wenn ich dir ein Stück Kuchen anbiete, das dir nicht schmeckt, und du höflichkeitshalber sagst *der schmeckt interessant*, dann…«

»Ich verstehe!« Ben sah erheitert aus. »Oder ich verwende es ironisch gebrochen. *Interessant wie wenn mir jemand einen Sonnenuntergang schickt, der offensichtlich nicht für mich bestimmt ist.*«

»Ja.« Julia schaute in ihre Kaffeetasse. »Ironisch gebrochen geht immer.« War das alles ein einziger Spaß für ihn?

Ben griff nach ihrer Hand.

»Wäre das nicht ein guter Moment zu sagen, dass der zweite Sonnenuntergang für mich bestimmt war?«

Julia spürte, wie ihr ganzer Körper anfing zu kribbeln.

»Eigentlich sollte ich diejenige sein, die das Skript schreibt.« Sie warf Ben einen Blick zu.

»Wenn du dich nur nicht immer bei den Namen vertun würdest.«

Ben zog sie an sich heran und küsste sie. Julia schloss die Augen und versank in seine Umarmung. Seine Lippen wanderten über ihr Gesicht. Ihren Mund, ihre Augen, ihre Wangen hinunter über ihren Hals. Seine Hände folgten, und bei jeder Berührung spürte Julia, wie wenig sie anhatte. Ben musste ihr nur den Bademantel von den Schultern streifen und sie würde im Nachthemd dasitzen. Vielleicht besser nicht in der Küche, wenn Anne oben schlief. Sie nahm Ben an der Hand und zog ihn mit sich in Richtung Treppe.

»Komm!«

»Sicher?«

»Absolut!«

Sie waren außer Atem vor lauter Küssen im zweiten Stock angekommen, als es klingelte.

»Lass ihn klingeln!« Ben hatte ihr den Bademantel ausgezogen und fuhr mit seinen Händen über den glatten Stoff ihres Nachthemdes.

»Auf jeden Fall lass ich den klingeln!« Julia schmiegte sich an ihn, und schob mit ihrem Fuß die Schlafzimmertür zu. Der Weidel hatte von selbst aufgehört zu klingeln und trommelte jetzt gegen die Tür.

»Der spinnt«, stöhnte Ben und schob die Träger des Nachthemdes von ihren Schultern. Es glitt von ihrem Körper und Julia stand nackt vor Ben. Er schaute sie an. »Du bist so schön!«

Vor der Haustür klopfte und klingelte Herbert Weidel jetzt abwechselnd. Dazu hatte er angefangen, zu rufen.

»Ich bring ihn um«, knurrte Ben und lief die Stufen runter. Aber Julia wusste schon, dass er den Weidel nicht umzubringen brauchte. Sie hatte die Stimme erkannt. Vor der Tür stand kein alternder Bestseller-Autor, sondern ihre alte, beste Freundin Anne. Beziehungsweise stand sie nicht da, sondern stürmte jetzt mit den Worten »Mann, Julia ...« ins Haus.

»Ah, Ben!« Ihre Tonlage sprang um mehrere Oktaven in die Höhe. »Wie schön!«

Julia hob das Nachthemd vom Boden auf und schlüpfte hinein. Dann zog sie sich auch den Bademantel wieder an und ging langsam nach unten. Im ersten Stock warf sie einen Blick in Annes Zimmer und auf ihr unbenutztes Bett. Es war doch einfach nicht zu fassen. Als Julia in der Küche angekommen war, stand dort Anne in den Klamotten von gestern und machte Smalltalk mit Ben, der sich wieder an den Tisch gesetzt hatte.

»Guten Morgen, Julia! Bist du auch endlich wach?«

Über Bens Kopf hinweg verdrehte Julia fragend die Augen. Anne antwortete ihr mit einem Schulterzucken, das so viel hieß wie »ist was«?

Anne hatte echt Nerven.

»Na, warst du draußen?« Julia konnte sich die Frage einfach nicht verkneifen.

»Ich habe mir nur Milch für den Kaffee geholt!«, erklärte Anne, die ganz offensichtlich keine Milch geholt hatte.

»Kalt draußen!«, verkündete sie dann und schüttelte sich demonstrativ. »Ich glaube, ich bin zu dünn angezogen, ich gehe mich mal lieber umziehen.« Mit diesen Worten verschwand Anne zum Flur.

»Eine Sekunde bitte!«, sagte Julia zu Ben und lief Anne hinterher.

Am oberen Treppenabsatz holte sie sie ein. »Spinnst du? Hast du mit dem Weidel ...?«

»Natürlich nicht! Wie kommst du denn darauf?«

»Wie ich darauf komme?« Julia starrte Anne an. »Du kommst nach einer durchzechten Nacht in den Klamotten von gestern zurück und fragst mich, wie ich darauf komme, dass du die Nacht woanders mit jemand anderem verbracht hast?«

»Kannst du bitte leiser reden?« Julia zog Anne am Arm in ihr Zimmer. »Peter hat gerade angerufen. Er nimmt die Fähre um 9:30. Er will mit mir reden.«

»Was?«

»Hier ist also *überhaupt* nichts passiert. Gar nichts. Kannst du bitte rübergehen und dem Weidel sagen, dass hier *gar nichts* passiert ist?«

»Ich soll da rübergehen?«

»Wer denn sonst? Ben? Bitte, Julia. Das kannst du auch später mal in einem Buch verwenden. Viel später!«

Anne hatte sich ihre Jeans ausgezogen und knüpfte sich die Bluse auf.

»Großartig. Danke! Schlechte Romane kann ich alleine schreiben.« Julia schüttelte den Kopf.

»Ich hab jetzt keine Zeit, Julia. Ich muss unbedingt duschen!« Anne schnappte sich ein Handtuch und wickelte es sich um. An der Tür drehte sie sich zu Julia um. »Danke, Jules!«

Julia sah, dass sie weinte.

»Überhaupt kein Problem, Anne. Ich geh da rüber. Es ist nichts passiert.«

Julia rannte in ihr Zimmer, zog sich an und ging kurz ins Bad. Was sollte sie nur dem Weidel sagen? Am allerbesten wäre es, wenn er nicht in Erscheinung treten würde, wenn Ben drüben auf ihn aufpassen würde. Den Schauspielkünsten von Herbert Weidel, der endlich mal mit einer Frau geschlafen hatte, die nicht seine war, vertraute Julia nicht das kleinste bisschen. Sie ging in ihr Zimmer zurück und ihr Blick fiel auf das ausgedruckte Treatment. Ben und der Weidel gemeinsam auf Langeoog. Wäre es nicht nahe liegend, dass sie sich das Drehbuch zusammen ansahen?

Wehe, du sagst was zu Ben, murmelte Julia auf dem Weg nach unten. Irgendwas musste sie doch zu Ben sagen. Aber der Gedanke erwies sich als falsch. Als sie zur Küchentür reinkam, war es Ben, der etwas zu ihr sagte. »Die ist mit dem Weidel ins Bett gegangen, oder? Ich lach mich tot.«

Julia grinste schief. »Ich habe versprochen, dass ich gar nichts sage. Also zu dir sage ich gar nichts und zum Weidel sage ich, dass ich gar nichts sage, weil ja auch gar nichts war.«

»Und wozu das Affentheater?«

»Ihr Mann ist auf der nächsten Fähre!«

»Ich geh zum Herbert. Ich hatte dem sowieso gesagt, dass er die Finger von meinem Besuch lassen soll. Damit hatte ich zwar dich gemeint, aber das wusste er nicht.«

»Wirklich?«

Julia strahlte ihn an.

»Ja, sicher. Der Herbert ist *mein* Problem. Ist das das Treatment?« Er zeigte auf den Ordner in Julias Hand. »Dann dusch ich den jetzt mal und setze ihn an den Schreibtisch.«

»Gut«, stimmte Julia ihm zu. »Danke.«

»Nicht gut«, antwortete Ben. »Ich würde lieber da weitermachen, wo wir aufgehört hatten.« Er zog Julia wieder an sich. »Anne sagt, du hast Liebeskummer?« Er küsste sie.

»Im Moment nicht!«

Ben lachte und ließ sie los. »Wir reden später. Ich muss auch ein paar Telefonate führen und um 11 Uhr habe ich eine Zoom-Konferenz. Noch ist nicht Wochenende. Und schließlich ...«

»... ist das nicht dein einziges Projekt.«

»Falsch. Schließlich bin ich mitten in der Nacht losgefahren. Dieser Kurztrip stand nicht im Kalender. Ulf hat mich mit dem Segelboot in Bensersiel abgeholt. Hier gibt es noch nicht mal eine Fähre um die Uhrzeit.«

»Um mich zu sehen?«

»Um dich zu sehen und um dich zu spüren.« Er zog sie wieder an sich und küsste sie. »Und um mit dir ...«

Sie mussten jetzt aufhören, sonst würde sie ihn nicht mehr weglassen. Julia löste sich aus seiner Umarmung.

»Es wäre besser, du würdest jetzt gehen. Ich habe Anne versprochen, mich um alles hier zu kümmern. Die flippt aus, wenn sie merkt, dass du das mitbekommen hast.«

»Dann hat Anne ihren Liebhaber wenig weise gewählt. Heute weiß ich es, morgen die Republik.«

»Hauptsache, Anne kriegt das nicht mit!«

Ben ging zu Tür und kam sofort wieder.

»Da war doch noch was …« Er schnappte sich den Ordner vom Tisch und küsste Julia ein letztes Mal zum Abschied.

Sie sah ihm hinterher. Was, wenn er immer noch fände, dass sie totalen Blödsinn geschrieben hatte? Mit ihrem Text in Bens Hand fühlte sie sich nackt, aber nicht Bademantel-Nachthemd-nackt, sondern Hausarzt-machen-Sie-sich-mal-frei-nackt.

Julia machte sich noch einen Kaffee und für Anne gleich einen mit. Dann holte sie ihr Handy und ihren Laptop von oben. Als sie wieder in die Küche kam, saß Anne in Mantel und Hut am Tisch und trank Wasser aus einer großen Flasche.

»Was ist denn jetzt?«

»Ich gehe zum Hafen und hole Peter von der Fähre ab. Der darf nicht auf den Weidel treffen.«

Sie musste den gleichen Gedanken gehabt haben wie Julia.

»Wenn doch nichts war?«, wagte Julia einzuwerfen.

»Der Weidel denkt aber, dass was gelaufen ist«, behauptete Anne und trank den letzten Schluck aus der Flasche.

»Du bist gestern Abend noch zu dem rübergegangen und jetzt denkt er, dass da was war, wobei gar nichts passiert ist?«

Wenn das die Geschichte für Peter sein sollte, dann wäre es in der Tat besser, wenn sie ihn gar nicht hierherbringen würde.

»Ich hatte noch Durst. Ich wollte noch was trinken und bin drüben auf der Couch eingeschlafen.«

»Okay.« Die Geschichte war hanebüchen, aber Julia war es egal. Sie dachte daran, dass Anne geweint hatte. Sie würde es bestimmt nicht noch schwerer für sie machen.

»Dann ist ja alles in Ordnung. Dann triff dich mit Peter. Ein Wochenende zu zweit ist bestimmt schön. Ohne Kinder. Davon schickt er keine Fotos auf Facebook rum!«

»Die Fotos von diesem Wochenende poste *ich* auf Facebook! Darauf kannst du dich verlassen!«

Julia lächelte Anne an. Sie freute sich, dass Anne wieder bereit war, für ihre Beziehung zu kämpfen. Das war tausendmal besser als eine Anne, der alles egal war um des lieben Friedens willen.

Jetzt war ihre Freundinnen-Zeit ebenso unverhofft beendet, wie sie begonnen hatte. Peter war auf dem Weg zu einem Versöhnungswochenende und Anne war wieder Anne und Peter. Sie war noch nicht mal bereit, ihren betrunkenen Seitensprung Julia gegenüber zuzugeben. So war es eben. Jeder hatte seine Macken und Anne brauchte nun mal ganz viel Fassade. Entweder man akzeptiert seine Freunde oder man verdient keine, dachte Julia.

»Ich habe dich lieb, Anne! So wie du bist!«

»Danke, Jules! Es war so schön, mal wieder Zeit mit dir zu verbringen!«

Anne stand auf und Julia brachte sie zur Tür. Als sie sich umarmten, flüsterte Anne ihr ins Ohr: »Ich erzähle dir das alles ein anderes Mal. Versprochen!«

»Ich weiß!« Julia drückte sie.

Als Anne gegangen war, nahm Julia ihren Rechner und ihr Handy wieder mit an ihren Schreibtisch im Dachzimmer und setzte sich dem Gartenzwerg gegenüber hin.

»Und was soll ich jetzt schreiben?«, fragte sie ihn, aber er antwortete nicht. Wahrscheinlich war er angewidert von dem hohen Alkoholkonsum im Nachbarhaus. Und dem unmoralischen nächtlichen Verkehr sowieso. Julia starrte auf ihren Rechner. Es hatte keinen Sinn. Sie würde kein

Wort mehr schreiben, bevor sie kein Feedback von Ben hatte.

»Warum gehst du nicht einfach rüber? Deine Freundin hat es doch auch so gemacht.« Das würde der Gartenzwerg zu ihr sagen, wenn er sprechen könnte. In einem Drehbuch mit sprechenden Gartenzwergen. Ich drehe durch, wenn ich nicht zu Ben gehe, dachte Julia.

»Hoffentlich ist der Weidel schon geduscht!«, sagte sie zum Gartenzwerg, während sie sich ihre Jacke anzog.

Ben öffnete ihr die Tür zum Nachbarhaus. Er hatte eine Kaffeetasse in der Hand und sah sehr fröhlich aus. Er hatte die obersten Knöpfe seines Hemds geöffnet und die Haare waren etwas wirr. Wahrscheinlich vom Küssen, dachte Julia glücklich und ihr Herz machte einen riesengroßen Satz.

»Komm rein, wir lesen gerade mit verteilten Rollen! Es ist sehr, sehr lustig.«

»Wirklich?« Julia hätte ihn am liebsten umarmt.

»Ja, ja. Einmal hat der Herbert sich schon in die Hose gemacht.«

»Echt?«

»Natürlich nicht! Verleumdung!«, rief Herbert Weidel von der Couch. Aber auch er war bester Laune.

»Das ist richtig gut, wenn dieser Stümper hier es auch noch gut verkauft kriegt, dann hab ich Sex für die nächsten zehn Jahre.«

»Aber nicht mit meinen Freundinnen!«

»Wieso? Jetzt fängst du auch noch an. Da war überhaupt nichts. Die ist auf der Couch eingeschlafen.«

Julia kicherte. Wahrscheinlich war das die Wahrheit. Die arme Anne, sie schien etwas anderes zu glauben.

Julia setzte sich neben Herbert Weidel auf die besagte Couch und dann lasen sie die Dialoge. Ben war BODO und Herbert Weidel und Julia sprachen MIGUEL und MARIA.

»Wenn man es laut liest, hört man, wo es noch holpert«, fand Julia.

»Wird schon noch ein bisschen weiterholpern, du sitzt gerade mal eine Woche dran. Aber der Anfang ist gemacht und der ist absolut ausbaufähig! Lass uns das zusammen in Form bringen und dann mach ich Montag einen Termin mit dem Studio aus.«

»Klasse!«, sagte der Weidel.

»Krass!«, sagte Julia.

»Hol mal deinen Terminkalender, Herbert, da musst du mit.«

Folgsam stand der Weidel von der Couch auf. Für die Mengen von Alkohol, die er gestern getrunken hatte, war er erstaunlich fit.

Als er verschwunden war, setzte sich Ben zu Julia. Sie schaute ihn an, und seine Nähe elektrisierte sie.

»Wollen wir nachher mal eine Runde am Meer drehen?«

Julia nickte, dann streckte sie ihre Hand aus und griff nach seiner. Ben drückte sie fest und lächelte Julia an.

»Alles okay bei Anne?«

»Sie ist zu Peter an den Hafen gefahren. Sie nehmen sich hier ein Hotel fürs Wochenende. Die machen alles richtig.«

Ben nahm Julias Gesicht in seine Hände und schaute ihr in die Augen. »Das ist hoffentlich nicht dein Ernst, dass die alles richtig machen?«

Julia schmiegt ihr Gesicht in seine Hände. »Nein, ich wäre nur auch gerne auf dem Weg in ein Hotelzimmer mit jemandem.«

»Mit jemandem? Mit irgendjemandem? Mit Hanno? Mit mir?« Anstatt eine Antwort abzuwarten, zog Ben sie an sich und küsste sie.

»Mit dir!«, sagte Julia zwischen zwei Küssen. »Mit dir, mit dir und nur mit dir!«

»Dachte ich es mir doch.« Er küsste sie wieder.

»Ist doch schön, wenn man recht hat: Bossy Ben BODO.« Sie schlang ihre Arme um ihn.

»Es war noch nie schöner, recht zu haben.« Ben konnte sogar beim Küssen lachen.

»Wieso warst du dir eigentlich so sicher, dass Hanno kein Mann für mich ist?«

»Das war ein einfacher Umkehrschluss. Ich wusste auf den ersten Blick, dass du die Frau für mich bist.«

Julia drückte sich so fest an Ben, wie sie konnte. Sie fühlte sich so leicht, sie würde wegfliegen, wenn er sie nicht im Arm hatte. Ben hatte sich auf den ersten Blick in sie verliebt! Das Leben konnte so schön sein! Plötzlich kam ihr ein Gedanke.

»Sag mal, hast du Hanno auch gesagt, dass er die Finger von deinem Besuch lassen soll?«

Ben küsste sie auf den Hals, dass sie eine Gänsehaut bekam. »Mag sein, dass ich so etwas erwähnte habe«, murmelte er in die empfindliche Haut ihres Nackens.

»Du bist unmöglich!« Julia küsste Ben.

»Nichts ist unmöglich. *If you can dream it you can do it.* Und ich habe jeden Tag von dir geträumt, seit wir uns begegnet sind.«

Auf der Treppe hörten sie den Weidel poltern.

»Kommst du nach deinem 11 Uhr-Zoom zu mir rüber?« Julia legte ihre Stirn an seine. »Also zu dir zu mir?«

Ben küsste sie noch einmal.

»Zu dir zu mir?« Er lachte schon wieder. »Das klingt gut. Und absolut ausbaufähig. Ja, da komme ich gerne hin.«

»Ich könnte mitkommen!«

Herbert Weidel hatte ganz offensichtlich nicht verstanden, um welche Art von Verabredung es sich handelte. Während Ben ihm erklärte, dass das nicht nötig und auch der Sache nicht dienlich wäre, hörte Julia in sich hinein. Es klangen keine Hochzeitsglocken in ihrem Herzen. Sie überlegte nicht, welche Farbe die Trauzeugin auf dem Standesamt tragen sollte. Sie sah ihre Mutter nicht weinen und Lucy keine Blumen werfen. Sie sah nur Ben neben sich auf der Couch. Und er sah genauso glücklich aus, wie sie sich fühlte.

Die Autorin

Sibylle Luig ist in Köln aufgewachsen und hat dort, in Florenz und in London Kunstgeschichte und Germanistik studiert. Nach Jahren als wissenschaftliche Mitarbeiterin, Übersetzerin von kunsthistorischen Texten und Programmleiterin bei einem deutschen Kunstbuchverlag machte sie sich selbstständig und widmet sich seit Herbst 2016 eigenen Buchprojekten.

Der erste Entwurf von *Konfettichaos* ist in einem Strandkorb auf ihrer Lieblingsinsel Langeoog entstanden.

Weitere Bücher von Sibylle Luig
im Verlag Monika Fuchs

Nix als Trouble mit dem Ex

Romantische Komödie

Esther, 35, Promi-Reporterin, bereitet im Hotel Alpenwirt ihre Traumhochzeit vor. Alles scheint perfekt, bis sie ihrem Ex-Freund Mark dort begegnet und die Erinnerungen Esther in ein Gefühlschaos stürzen. Richtig kompliziert wird es, als sie den Filmstar Danyal Karim im Hotel kennenlernt und hinter dem Rücken ihres Verlobten ein Exklusiv-Interview mit ihm vereinbart ...

Sibylle Luig, Nix als Trouble mit dem Ex.
232 Seiten | Softcover | ISBN 978-3-947066-02-5

Magie hoch zwei
Kinderbuchreihe ab 8 Jahre

Elli ist 10 Jahre alt und unglücklich: Sie findet in ihrer neuen Schule einfach keine Freundin. Doch auf der Klassenfahrt nach Hamburg trifft Elli ein Mädchen, Idi. Plötzlich wird ihr Leben magisch und es geschehen merkwürdige Dinge. Als Idi Elli in Berlin besucht, erfahren die beiden ein gut gehütetes Familiengeheimnis …

Sibylle Luig, Magie hoch zwei.
Band 1: Operation Waldmeister. Mit Bildern von Ulrike-Barth-Musil
184 Seiten, Hardcover, Fadenheftung | ISBN 978-3-947066-22-3

Elli freut sich auf Idis Umzug nach Berlin. Doch die Vorfreude wird getrübt, als ausgerechnet die beiden Oberhexen Oma Matilda und ihre Schwester Esther ins Nachbarhaus ziehen. Mit ihrer unsinnigen Zauberei bringen sie die Mädchen in Schwierigkeiten. Elli, Idi und Philip schmieden einen Plan, wie sie die Omas stoppen können.

Sibylle Luig, Magie hoch zwei.
Band 2: Die fiesen Omas. Mit Bildern von Ulrike-Barth-Musil
176 Seiten, Hardcover, Fadenhaftung | ISBN 978-3-947066-33-9

Mitten im Winter finden Elli und Idi im Grunewald einen Welpen. Gemeinsam suchen sie nach dem Besitzer des Hundes und kommen dabei Dieben auf die Spur. Was wollen die Männer mit den Hunden und wer ist ihre Chefin? Ihre Suche nach Antworten stürzt die Kinder in ein spannendes Abenteuer voller Magie, das sie durch ganz Berlin führt.

Sibylle Luig, Magie hoch zwei.
Band 3: Diebe in Berlin. Mit Bildern von Ulrike-Barth-Musil
172 Seiten, Hardcover, Fadenhaftung | ISBN 978-3-947066-44-5

Artur Rosenstern

Die Rache der Baba Jaga

Eine deutsch-ukrainische Liebesgeschichte

Gisbert ist 32 Jahre alt, Arminia-Fan, Slawistik-Student im 20. Semester an der Bielefelder Uni. Und er ist verliebt: in die ebenso so schöne wie kluge Ukrainerin Julia. Aber als er Julias Eltern kennenlernt, wird ihm klar, dass mit ihrer Mutter nicht gut Pelmeni essen ist. Sie hält ihn für einen Loser, auf keinen Fall will sie ihm ihre Tochter anvertrauen. Gisbert soll ihr erst beweisen, dass er ein ganzer Kerl ist. Sie schickt ihn in die Ukraine, um dort Sitten, Gebräuche und vor allem die Verwandtschaft kennenzulernen.

Gemeinsam mit seinem Freund Karl-Heinz macht Gisbert sich auf den Weg nach Olexandriwka, einem Dorf auf der Krim. Doch seine zukünftige Schweigermutter, die eher an die Märchenhexe Baba Jaga erinnert, zieht von Hannover aus die Fäden, um ihm das Leben so schwer wie möglich zu machen …

Geboten werden deutsch-ukrainische Verwicklungen und Fettnäpfchen mit einem Schuss Liebe, halben Kerlen, Fußball, Schleiermacher und den schärfsten Pelmeni der Welt. Aus einer Zeit, in der die Arminia erstklassig war und Putin die Krim noch nicht wollte.

Artur Rosenstern, Die Rache der Baba Jaga
260 Seiten, Softcover, Klebebindung | ISBN 978-3-947066-40-7